Sag mir ein neues Wort für Liebe

Edda Rönckendorff

Sag mir ein neues Wort für Liebe

Roman

Weltbild Verlag

Genehmigte Sonderauflage für
Weltbild Verlag GmbH, Augsburg 1995

Schutzumschlag von Graupner & Partner.
Gesamtherstellung: Ebner Ulm
Printed in Germany
ISBN 3-89604-114-2

1

Liebeskummer war der einzige Beweggrund dafür, daß ich an jenem Wochenende in die Eifel fuhr, zu lauter Leuten, die ich bis auf eine Ausnahme nicht kannte.

Margarete Karsten, bei der ich nach dem Abschluß meines Studiums, sozusagen als nachgeholtes Praktikum, den Handel mit Antiquitäten lernen möchte, hatte mich eingeladen. «Wir werden etwa acht sein; alles gute Freunde oder Familie. Wenn Sie Lust haben, Annemarie, kommen Sie doch auch.»

Bei Margarete Karsten geht es nicht so sehr darum, ob man Lust hat; wenn sie pfeift, kommt man. Ich hatte dankbar zugesagt – wirklich dankbar, weil ich immer noch nicht gut über die leeren Wochenenden hinwegkam. Sie gab mir Anweisungen für die Fahrt, und ich hatte versprochen, im Haus zu helfen, wenn Not am Mann wäre.

«Kindchen», sagte Roswitha am Freitag in der Mittagspause, als wir im hinteren Teil des Ladens auf den alten Plüschsesseln mit Troddeln saßen und Tee tranken, «freuen Sie sich nicht zu früh. Sie werden schwer arbeiten und sich hinterher überströmend bedanken müssen.» Roswitha ist Ende Vierzig, mausgrau, Frau Karstens rechte Hand und eine Verkaufskanone. Kein Kunde mit dicker Brieftasche kann sich gegen ihren mausgrauen Charme wehren. Sie hat das Prinzip, Ladenhüter abzustoßen und gute Dinge mit Zähnen und Klauen zu verteidigen. Der Erfolg ist, daß man bei «der Karsten» wunderschöne, edle Antiquitäten zu exorbitanten Preisen kaufen kann. Die Teller, Gläser oder Möbel, die Roswitha sich entreißen läßt, sind ihren Preis wert, und wer wenig Geld hat, fährt auch nicht schlecht, weil Roswithas Ladenhüter immer noch besser sind als anderswo die Prunkstücke. Sie heißt Fräulein Schumacher, aber ich darf Roswitha sagen. Sie nennt mich «Kindchen», was mich zur Weißglut bringt.

«Ich heiße Annemarie!»

«Annemarie, Kindchen, lassen Sie sich warnen. Frau Karsten geht mit seltsamen Menschen um. Sie sind alle sehr interessant, aber . . .»

Als ich mit Fragen in sie drang, errötete sie ein wenig. «Sie werden schon sehen. Ich glaube, Sie sind auf dem Gebiet erfahrener als ich.» Mehr konnte ich nicht aus ihr herausholen.

Die Fahrt war schön. Ich fand ohne große Mühe bis in die Nähe des Ziels, aber dann scheiterte ich an der Suche nach dem Holzweg. Auf meinem Zettel stand: Holzweg mit Graben, im Graben abgebrochenes Schild. Der erste Holzweg hatte keinen Graben, der nächste kam erst nach zwei Kilometern. Ich stieg aus und suchte nach dem Wegweiser, auf dem «Karsten-Hof» stehen sollte. «Er ist vor zwei Jahren umgefahren worden», hatte Margarete Karsten gesagt. «Ich bin noch nicht dazu gekommen, ihn wieder aufstellen zu lassen.»

Im Graben wucherten Brennesseln – sattgrün, gefährlich und herb duftend. Dazwischen dann doch die Leiche eines modernden Pfahls, auf dem sich kleine schwarze

Käfer sonnten. Ich kletterte in den Graben, um festzustellen, ob am Pfosten ein Schild sei, aber wegen der Brennesseln war das nicht so einfach. Dann hörte ich oben auf der Straße ein Auto anhalten, und über mir tauchte wenig später eine große magere Gestalt auf. Ich konnte nur eine dunkle Silhouette erkennen, aber es schien ein Mann zu sein. Im Gegenlicht sah er wie eine Vogelscheuche aus.

«Was tun Sie da?»

Es ärgerte mich, daß mir keine witzige Antwort einfiel. Ich gehöre zu den Menschen, die erst eine halbe Stunde später geistreich sind. Also kletterte ich – ziemlich unelegant – die Böschung hinauf und sagte: «Guten Tag. Ich suche nach einem Schild zum Karsten-Hof. Kennen Sie sich hier aus?»

Die Vogelscheuche war ein Mann in einem dunkelblauen Pullover, grauen Flanellhosen und einem weißen Hemd mit dunkelblauen Karos. Er sah nicht so aus, als gehöre er in die Gegend.

«Was wollen Sie bei Frau Karsten?» Er begann mit der Musterung merkwürdigerweise bei meinen Schuhspitzen und endete zwei Handbreit über meinem Scheitel. Mir kam der Gedanke, daß er, sollte ich plötzlich einen Heiligenschein bekommen haben, lediglich darauf achten würde, ob er auch gut blankgeputzt wäre. Mein Anblick schien ihn nicht sehr zu begeistern. Sein Gesichtsausdruck war ausgesprochen mürrisch. Ich fand ihn ungehobelt und unfreundlich und war absolut sicher, einen der Wochenendgäste vor mir zu haben. «Ich bin bei Frau Karsten eingeladen.»

«Ach! Und wer sind Sie?»

Ich dachte an Roswithas Warnung. Aber ihn konnte sie nicht gemeint haben. Er war weder interessant, noch verdiente er nach dem «aber» eine Gedankenpause. Allerdings erfüllte er mich mit Unbehagen. Ich bin nicht auf den Mund gefallen; meistens kann ich ganz gut mit fremden Menschen reden. Bei ihm aber begann ich zu stottern: «Ich – heiße Annemarie Waldkirch. Ich arbeite – bei Frau Karsten.»

«So, Sie sind das. Sie können hinter mir her fahren. Ich bin auch eingeladen.»

Ich hatte eben die Wagentür hinter mir zugeschlagen, da tauchte er neben meinem Fenster auf. Statt des Waldwegs mit seinem Vorhang aus tief herunterreichenden Fichtenzweigen hatte ich plötzlich den Mittelabschnitt des mageren Herrn vor mir. Er verkrümmte sich, und dann sah ich in das kantige, mürrische Gesicht mit den gar nicht dazu passenden, schönen braunen Augen.

«Entschuldigen Sie mein Benehmen. Ich bin nicht immer so unhöflich. Es muß wohl an meiner Vorfreude auf das Wochenende bei meiner Tante liegen. Ich heiße Karsten. Herbert Karsten.»

Während ich hinter ihm eine Geländefahrt absolvierte, bei der ich um meinen braven alten VW bangte und alle Gedanken hätte konzentrieren sollen, dachte ich an Schorsch. Schorsch ist in München geboren, seine Familie stammt aus Livland und ist von altem Adel. Wir waren schon zusammen im gleichen Kindergarten. Ich kenne und liebe ihn, so lange ich denken kann. Aus einem mageren, rothaarigen kleinen Jungen hat er sich zu einem vierschrötigen, semmelblonden und sommersprossigen Mann entwickelt. Er sieht wie ein westfälischer Bauer aus. Jetzt hat er auch nach Westfalen heimgefunden – zu einer Gräfin und einem Wasserschloß mit Schwänen. Es ist alles sehr schön standesgemäß. Möge er in seinem Wassergraben ertrinken! Leider kann er ausgezeichnet schwimmen.

Und Agneta ist meine Freundin. Wir haben zusammen Kunstgeschichte studiert. Durch mich hat er sie kennengelernt. Ach, was war ich edel! Ich wollte ihrem Glück nicht im Wege stehen. Schorsch sagte, er hätte nie geglaubt, daß aus unserer ewigen Kinderfreundschaft – er war bis vor einem halben Jahr der einzige Mann, mit dem ich überhaupt geschlafen hatte, und das nennt er «Kinderfreundschaft»! – bei mir tiefere Gefühle hätten entstehen können! Und dann sollte ich zur Hochzeit kommen und weiterhin ihrer beider beste Freundin sein! Ich habe am Abend ihrer Hochzeit ein alkoholisiertes Fest gefeiert, bin in einem fremden Bett gelandet, habe festgestellt, daß man auch mit anderen Männern gut schlafen kann – und es seither getan. Agneta schreibt mir unverdrossen. Ich glaube, sie ahnt noch heute nicht, wie ich zu Schorsch stand. Ich kenne in ihrem Schloß jeden Winkel, weil ich so oft dort war. Ich weiß, wo sie schlafen und wo demnächst das Baby wohnen wird. Ich werde dem Baby ein rosa oder blaues Höschen stricken und weiterhin hoffen, daß sein Vater ertrinkt. Ach, Schorsch, einmal wieder mit dir über den ärgerlichen Alltagskram lachen! Insgeheim erzähle ich dir immer noch alles – auch wie ich jetzt in meinem roten Lieschen hinter einem dunkelblauen Alfa Romeo herholpere.

Margarete stand auf einem gepflasterten Hof vor einem düsteren hohen Bruchsteinhaus, hinter dem noch höhere und dunklere Tannen aufragten. Sie trug etwas Buntgeblümtes, wohl ihre Ferienkleidung, denn im Geschäft steckt sie in strengen Kostümen mit weißen Rüschenblusen. Wir begrüßten uns. Wie nett, daß ich ihren Neffen schon kennengelernt hatte! Sie führte uns ins Haus, wies Zimmer an. Meines lag unter dem Dach, winzig, aber sehr gemütlich. «Kommen Sie gleich wieder runter zum Tee, Annemarie. Im Kaminzimmer, Herbert.»

Ich schaute aus dem Dachfenster, packte aus, wusch die Hände. Dann ging ich den Stimmen nach. «Das», erklärte Margarete Karsten, «ist Fräulein Dr. Annemarie Waldmüller.»

«Waldkirch», sagte ich.

«Ach, das kommt daher, daß sie im Geschäft nur Annemarie heißt und ich ihren Namen so selten höre. Ich bin sicher, ihr dürft sie auch so nennen.»

«Ihr» waren zwei sich etwas ähnlich sehende Männer, beide grauhaarig, beide etwa gleich groß und um die sechzig. Sie standen auf. Wir gaben uns die Hand. «Wir sind Baumann und Gruber aus Frankfurt», erklärte der erste. «Das heißt, ich bin Gruber.» Der zweite sagte «Baumann» und hatte einen ebenso festen Händedruck und ein ebenso liebenswürdiges Lächeln. Mir fiel ein Stein vom Herzen. Baumann & Gruber ist ein angesehenes Geschäft in Frankfurt. Die Inhaber sind auf alte Graphik spezialisiert. Es stellte sich heraus, daß der Neffe Herbert ebenfalls vom Fach war, aber bei ihm ging es vornehmlich um alte Teppiche und «ein paar Töpfe und Teller und Miniaturen – Sie wissen schon». So genau wußte ich es nicht, denn das ist nicht mein Gebiet.

Gleich nach dem Tee war «Not am Mann», und meine

Tätigkeit begann. In der Küche lernte ich Anna kennen: siebzig Jahre alt, klein, bärbeißig und ein unersetzbar tüchtiges Faktotum. Ich räumte das Teegeschirr ab, half beim Herstellen von Cocktails, bei denen am Gin nicht gespart wurde. Als ich das Tablett ins Kaminzimmer trug, waren die letzten beiden Gäste eingetroffen. Eine elegante, fabelhaft aussehende Frau von Rosbach. Sie wirkte wie ein überzüchtetes Rennpferd; alles war lang und schmal – das Gesicht, die Hände, die Füße. Schräge eisblaue Augen, dunkle, sehr kurze Haare, geblähte Nasenflügel – nein, um im Bild zu bleiben: Nüstern. Bei einem Trakehner nennt man das einen «trockenen» Kopf. Wenn ein Mann mich so ansähe, wüßte ich sofort, daß er interessiert ist. Aber bei einer Frau? Der Mann, der zu ihr gehörte, hätte Filmstar sein können. Jet-set, schlichtes Wildleder, Seidenhemd mit Halstuch, braungebrannt, blondgebleicht oder gefärbt, der Mund voller Jackettkronen. Er sagte tatsächlich «Hei», und er heißt Philip Philip. Wie man das schreibt, weiß ich nicht. Wenn er sich das nicht selber ausgedacht hat, verdienen seine Eltern Schläge.

Wir waren zu siebt. Während die Gäste sich unter Margaretes Anleitung überall im Haus verteilten, half ich Anna beim Tischdecken, Kochen, Schüsseln-Zurechtstellen, Salatwaschen und Kräuterhacken. Aber davor hatte Roswitha mich schon gewarnt, und es störte mich nicht. Mir gefiel Anna, und ich nahm ihr gerne etwas ab.

Bei Tisch saß ich am unteren Ende – damit ich leichter beim Servieren helfen könnte, wie Margarete mir mit einem vertraulichen Zwinkern zuflüsterte. Sonst hatte ich Glück; auf der einen Seite saß der Neffe Karsten, auf der anderen Gruber von Baumann & Gruber. Zum Reden kam ich allerdings nicht. Ich reichte herum, holte nach, schenkte ein, hörte zu und schlang zwischendurch hastig das gute Essen in mich hinein: Schildkrötensuppe, mit klarer Ochsenschwanzsuppe verlängert. («Is billischer, un merkt keiner», sagte Anna. Ich werde es mir merken, denn man schmeckt es wirklich nicht.) Forellen aus dem eigenen Bach, Hirschbraten vom Jagdpächter, Himbeeren aus dem Garten, Sahne von Annas Kuh. Tischgespräch: Antiquitäten rauf und runter. Zweimal Philip (so stellte er sich vor) betreibt mit Frau von Rosbach in München ein Einrichtungshaus oder etwas Ähnliches. Sie richten für reiche Menschen ganze Häuser oder sogar Schlösser ein. Die Tischrede hielt Baumann: Freude über das alljährliche Treffen in altvertrauter, kultivierter Atmosphäre mit altvertrauten und neuen Freunden (Gläserheben auf mich. Ich wurde rot. Wenn ich mir das doch nur abgewöhnen könnte!). Margarete: Organisationstalent in glücklicher Verbindung mit Lebensfreude, Lebensgenuß, Großzügigkeit und liberalem Denken. (Großer Beifall.) Besonders das liberale Denken haben sie ja wohl auch nötig.

«Wie gefällt Ihnen das Haus?» fragte Gruber.

«Ich habe es noch gar nicht richtig gesehen.»

«Dann zeigen wir es Ihnen nachher.»

«Auch die verborgenen Schönheiten?» fragte der Neffe an mir vorbei.

Gruber lächelte flüchtig. «Das wird sich ergeben.»

Abtragen: schwere Tabletts mit alten Nymphenburg-Tellern. Ich schwitzte Blut und Wasser, aber keiner von den anderen rührte einen Finger. Sie zogen ins Kaminzimmer um. Ich kannte es schon vom Tee. Es ist riesengroß und wunderschön eingerichtet. Zum Glück mit bequemen Sesseln. Nicht mit viktorianischen Monstren, zerbrechlichen Stühlchen oder gotischen Bänken. Sessel, in denen man sitzen kann. Ich versank allerdings erst nach einer Stunde in einem davon, nachdem in der Küche aufgeräumt war und ich die dritte Kanne Mokka geholt hatte. Baumann & Gruber, meine selbsterkorenen Ritter ohne Fehl und Tadel, hatten mir einen Platz zwischen sich freigehalten. Sie hatten auch die Flasche mit dem Schweizer Birnenschnaps requiriert. Ich bekam reichliche Zuteilungen.

«Wir brauchen noch Kaminholz.» Margarete sah mich an, aber ich blickte versonnen in den Birnenschnaps; so lange, bis Zweimal Philip aufstand und sich bemühte. Danach hockte er in nachtblauem Samt vor dem Kamin, pustete mit dem Blasebalg, schob Birkenscheite nach und plauderte mit Frau von Rosbach über ein Haus an einem oberbayerischen See, das sie gerade einrichteten.

«Sollen wir jetzt mal durchs Haus gehen?» schlug Baumann vor. Der Neffe Karsten schloß sich uns an. Es wurde zu einer Unterrichtsstunde. Zwei reizende ältere Onkel – leider habe ich nie einen Onkel gehabt, nur zahllose Tanten – waren mir plötzlich in den Schoß gefallen. Sie erklärten Techniken, nannten Daten, Länder und Namen, zeigten kleine Fehler oder Eigenarten der Künstler. Als ich von einem Geschenk sprach, das meine Eltern zur Silberhochzeit bekommen hatten, sahen sie sich verständnisinnig an, und Gruber sagte verschämt: «Bei uns wären es schon fünfunddreißig Jahre.»

Ich hatte sie schon vorher gemocht, jetzt schloß ich sie ins Herz. Vielleicht können sie doch eine Nichte gebrauchen. Sogar der sonst so sauertöpfische Neffe lächelte freundlich. Er hielt sich still im Hintergrund und wurde nur lebhaft, wenn es um Teppiche ging.

Im Treppenhaus hingen Kupferstiche an der Wand. Englische Nachtreiter, eine Reitjagd in Schlafmützen, die ganze Serie. Ich sah sie mir an. Die Männer gingen kommentarlos daran vorbei, aber ich sah, daß sie sich zulächelten. Auch Karsten. Ich dachte an die «verborgenen Schönheiten» und nahm mir vor, sie genauer zu erforschen. In den Schlafzimmern, in die sie eindrangen, obwohl sie belegt waren, gab es Himmelbetten, moderne Graphiken und seltsamen Zierat. In Margaretes Zimmer einen Phallus aus Obsidian. Präkolumbisch, erklärte Baumann. Als ich ihn genauer betrachtete, spürte ich Karstens Blick im Nacken. Ich drehte mich zu ihm um und sah ihn altjüngferlich erröten. Bei Zweimal Philip – über einem Stuhl hing seine Wildlederjacke – lag ein Steiff-Teddy auf dem Kopfkissen. Er war groß, etwas abgewetzt und mit einer handgestrickten grauen Hose und einem Ringelpulli bekleidet. Kühle, hochmütige Blicke aus sechs Männeraugen, aber keine Bemerkungen. Ich schämte mich ein bißchen. Jet-Set, nachtblauer Samt und ein Kinderteddy! An der Wand hingen an einem Brett japanische Stichblätter. Sie waren kleiner als alle, die ich bisher gesehen hatte. Auch kunstvoller. Und die Paare darauf vergnügten sich in den absonderlichsten Posen. Diesmal errötete ich.

Aus Frau von Rosbachs Zimmer holte uns Margarete, die mit durchdringender Stimme durchs Treppenhaus rief: «Kommt runter. Wir machen eine Séance!»

«O Gott!» sagte ich.

«Der wird uns gerade dabei leider nicht beistehen.» (Gruber.) «Mitgefangen, mitgehangen.» (Baumann.)

Wir gingen artig treppab. Plötzlich schloß sich eine Hand warm um meinen Arm. «Verstehen Sie jetzt, warum ich mich so auf das Wochenende gefreut habe?» Der Neffe Karsten lächelte schon wieder. Er roch nach Birnenschnaps. Seine Hand war weder zärtlich, noch wollte sie mich sicher die Treppe hinabgeleiten. Sie suchte nur Halt. Er schwankte leicht.

«Wenn Sie weiter so viel lächeln, haben Sie morgen Muskelkater und bekommen eine Gesichtslähmung.» Ich flüsterte, damit uns Baumann & Gruber nicht hören sollten. Sie bildeten die Vorhut.

Er überging meine Warnung grandios. «Vorsicht vor der Rosbach», zischelte er statt dessen. «Sie hat ein Auge auf Sie geworfen.»

Gruber mochte nicht mehr jung sein, taub war er nicht.

Er drehte sich um. «Nur *ein* Auge?»

Ich hätte gern etwas über ein Glashaus und Steine gesagt, fand es aber nicht passend. «Sie sind alle so reizend zu mir, vielen Dank, aber ich kann mich meiner Haut ganz gut wehren.»

Ich dachte an Schorsch. Er hätte Tränen gelacht. Wie gut, daß wir nicht bis in mein Zimmer unter dem Dach vorgedrungen waren. Dankeschön, Frau Karsten, daß Sie uns gerufen haben. Ich bin blöd, ich weiß es, aber ich schleppe sein Foto mit mir herum. Es steht auf meinem Nachttisch. Das Foto eines semmelblonden Kleiderschranks, der mit meiner Freundin verheiratet ist. Wenn er wenigstens noch schön wäre! Manchmal ertrinken Schloßherren in ihren Gräben. Er wird mir den Gefallen nicht tun. Oder seine Schwäne werden ihn an Land schleppen, und Agneta kann ihm neuen Atem einhauchen. Vielleicht war es auch bei mir ein bißchen viel Birnenschnaps.

Baumann lehnte am Treppenpfosten. Er legte mir den Arm um die Schultern und sagte genau das, was zu erwarten war. «Kind», sagte er. «Kind, die Dame steht auf Haut, um mich in Ihrer Sprache auszudrücken. Ich kenne ja Ihre Neigungen nicht . . .»

«Ich bin nicht . . .» ich schluckte das vulgäre Wort herunter « . . . an Damen interessiert.»

«*Sie* vielleicht nicht . . .» Es klang gedehnt.

Wir saßen Schulter an Schulter um einen kleinen runden Tisch und mußten uns alle die Hände geben. Auf dem Tisch lag ein rundes Packpapierblatt mit dem Alphabet. Im Zentrum stand ein umgestülptes Glas. «Das kommt später», tat Margarete das Instrumentarium ab. «Erst müssen wir sehen, ob wir Kontakt bekommen. Das ist nämlich gar nicht so einfach.»

«Den Kontakt haben wir schon, Tante Gretchen!»

«Sei nicht albern, Herbert! Wenn du nicht ernst sein kannst, mußt du nach nebenan gehen.»

Links von mir saß der Neffe, neben ihm Frau von Rosbach, dann Gruber, Margarete, Baumann und rechts von mir Zweimal Philip.

«Legt jetzt alle die Hände auf den Tisch. Eure Finger müssen sich berühren. Der Kreis soll geschlossen sein.»

Wir gehorchten. Vierzehn Hände auf einer Tischplatte sind kein schöner Anblick. Sie wirkten irgendwie nackt und ungehörig. Wir waren alle etwas verlegen. Der Tisch stand in einer Fensternische des Eßzimmers. Margarete hatte die schweren Vorhänge zugezogen. «Wenn ich das Licht ausgeschaltet habe», befahl sie, «darf keiner mehr sprechen. Ich setze mich auf meinen Platz, schließe den Ring, und dann warten wir ab.»

Nervöses Hüsteln, rabenschwarze Dunkelheit, links und rechts zwei fremde kleine Finger. Der auf der linken Seite begann mit meinem kleinen Finger zu spielen. Sieh da, der Herr Neveu! Ich trat nach ihm, spürte aber statt eines Männerschuhs eine glatte seidenbestrumpfte Wade. Der Neffe mußte die Beine um die Stuhlbeine gewickelt haben. Wollte sie mit ihm füßeln? Eine Geschichte von Schorschs Großmutter: «Mein Herr, wenn Sie mich lieben, dann sagen Sie es mir, aber machen Sie mir nicht die Strümpfe schmutzig!» Jetzt rückte rechts ein muskulöser Schenkel in samtener Verpackung in Tuchfühlung. Wenn das so weiterging! Gegenüber kicherte einer. «Seid ruhig!» befahl Margarete streng. «Es geht sonst nicht.»

Plötzlich ging es. Mir lief es eiskalt den Rücken hinunter. Der Tisch bewegte sich unter meinen Händen; er wippte auf und ab. Nicht sehr schnell, aber ich spürte unter meinen Fingern, wie sich die Platte hob und senkte. Und dann hätte ich um ein Haar laut aufgeschrien. Eine klamme Hand legte sich auf mein Knie. Ich stöhnte vor Schreck tief auf, und der Neffe flüsterte mit Birnenaroma dicht bei meinem Ohr: «Lassen Sie sich nichts vormachen. Es ist Hokuspokus!»

«Pst!» zischte jemand.

Ich hatte mich gefangen und begriff nun, daß es sich nicht um ein Gespenst, nicht um Liebe zu meinem Knie, sondern um Angst handelte. Die Hand, die sich um meine Kniescheibe schloß, zitterte so stark, daß ich es im ganzen Bein spürte. Ich schob meine rechte Hand nach rechts und stieß auf einen Daumen. Also lag die linke Hand von Zweimal Philip auf meinem Knie. Ich hauchte dort hin, wo sein Ohr sein mußte: «Keine Angst. Es passiert nichts!»

Dann ging mir auf, daß einer schummelte, denn der Tisch wackelte weiter, obwohl Philip und ich den Kreis längst durchbrochen hatten. Meine rechte Hand lag beruhigend auf dem Samtärmel. Ein Beau, der mit einem Plüschteddy ins Bett ging und beim Tischrücken Zustände bekam! Ich fand ihn auf einmal ganz menschlich und war voller Mitleid. Damit war bei mir dann der Bann gebrochen. Jemand rückte absichtlich am Tisch, neben mir zitterte einer vor Angst – und das alles als Gesellschaftsspiel!

Ich drehte den Kopf und hauchte nach links: «Können Sie das abstellen?»

Aber nicht der Neffe Karsten unternahm etwas, sondern Frau von Rosbach. «Der Kreis ist durchbrochen», sagte sie mit ihrer hellen, etwas strengen Stimme. «Margarete, mach bitte das Licht an.»

Stuhlrücken und Geraschel. Ich griff unter den Tisch, löste die Hand von meinem Knie, zerrte sie auf die Tischplatte, streckte meine Finger aus, bis ich den Anschluß fand, und war gerade fertig, als das Licht anging. Wir starrten blinzelnd auf den Tisch, wo brav alle vierzehn Hände lagen.

Margarete war wütend und zeigte es auch. Alle anderen wirkten verlegen oder peinlich berührt, nur Frau von Rosbach blickte hinter geschwungenen Wimpern prüfend zu mir herüber. Ich lächelte ihr eine Sekunde lang zu und merkte dann, daß ihr Blick zu Zweimal Philip weitergewandert war. Sah sie wirklich liebevoll und sehr mitleidig aus?

«Wenn ihr das albern findet, hat es keinen Zweck. Schade. Ihr habt mir den Spaß verdorben! Wollen wir es noch mal versuchen?»

Keiner wollte mehr. Wir gingen ins Kaminzimmer, kramten im Spielschrank herum und fanden ein Riesenpuzzle, an dem wir alle zusammen noch bis spät in die Nacht arbeiteten. Wir tranken Wein und gingen endlich erschöpft zu Bett.

Als ich den Kopf auf das Kissen legte, lächelte Schorsch vom Nachttisch zu mir herüber. Ich konnte ihn nicht ertragen. Ich legte ihn um. Was für ein hübscher Ausdruck!

Ich stand früh auf, half Anna beim Frühstück, und dann machten wir alle zusammen einen großen Spaziergang. Die Gruppen wechselten ständig. Zuerst schloß sich mir Zweimal Philip an.

«Annemarie – ich darf doch Annemarie sagen? Ich möchte mich entschuldigen oder erklären, wegen gestern abend, Sie wissen schon ... Es ist nämlich so, daß ich eine gräßliche Erfahrung mit einer Wahrsagerin hatte, und seitdem gehen mir bei jeglichem magischen Firlefanz die Nerven durch. Ich kann es einfach nicht mehr ertragen.»

«Sie brauchen nichts zu sagen. Ich fand es auch nicht gut. Ich war froh, als Frau von Rosbach eingriff.»

«Sie hat es mir zuliebe getan. Sie kennt meine Furcht. Ich erzähle Ihnen die Geschichte ein andermal. Aber ich will mich Ihnen nicht aufdrängen. Vielleicht möchten Sie lieber mit Karsten . . .»

«Nein, das möchte ich nicht.» In Wirklichkeit hätte ich nichts dagegen gehabt, denn Zweimal Philip war anstrengend. Er war so nervös, daß er keine zwei Schritte tun konnte, ohne irgendein Blatt oder einen Zweig abzurupfen, er sprach hektisch und lachte nach jedem halben Satz. Für den Spaziergang hatte er eine Art Spielanzug gewählt; eine Latzhose aus grob gewebter Seide, oben gerafft, mit hochgekrempelten Beinen. Merkwürdigerweise stand ihm das. Ein komisches Gefühl, mit diesem Paradiesvogel spazieren zu gehen, denn ich trug Jeans und ein kariertes Baumwollhemd. Es schien ihm zu gefallen; als wir an einer Wegbiegung den anderen aus dem Blickfeld gerieten, ergriff er meine Hand und sagte:

«Wissen Sie, daß Sie sehr reizend sind? Und daß Sie sich gestern nacht phantastisch benommen haben? Sie hätten mich verraten und vor allen blamieren können. Ich bewundere Frauen, die so viel Selbstbeherrschung haben. Und es muß herrlich sein, zu sehen, wie Sie sie verlieren. Sie gefallen mir, Annemarie. Gefalle ich Ihnen auch ein bißchen?» Damit ließ er meine Hand los, umarmte mich und begann mich sehr intensiv zu küssen.

«He! Zweimal Philip, so schnell schießen die Preußen nicht», sagte ich, als ich wieder Luft schnappen konnte. «Außerdem kommen die anderen gleich, und es wäre mir unangenehm . . .»

«Oh, nur deswegen? Wir werden noch viele günstige Gelegenheiten finden. Ich möchte wahnsinnig gern mit dir schlafen, Annemarie.»

«Warum?»

«Was für Fragen du stellst.» Er schüttelte den Kopf und war plötzlich ernüchtert. «Muß man denn dafür Gründe haben? Du bist jung und hübsch, und da ist das doch ganz natürlich.»

«Ach, Philip, halt mich doch nicht für dümmer, als ich bin. Willst du Frau von Rosbach ärgern? Ärgert sie sich, wenn du mit Mädchen schläfst?»

Er wurde rot und senkte den Kopf, ganz in die Betrachtung seiner Schuhspitzen versunken.

Da holte uns Lena von Rosbach ein, schob sich zwischen uns und hakte uns unter.

«Laß uns allein, Philip», sagte sie nach fünf Schritten. «Ich möchte mich gern mit Annemarie unterhalten.»

Er folgte aufs Wort.

«Lassen Sie mich mit der Unterhaltung anfangen», sagte ich. Ich war wütend genug, um keine Scheu mehr vor ihr zu haben. «Er liebt Sie, offenbar aber sehr hoffnungslos. Sie arbeiten beruflich zusammen. Und es ist geradezu rührend, wie er bei jedem Gespräch versucht, Sie zu loben und Ihnen alle Erfolge und allen Glanz zuzuspielen. Ich habe gelernt, daß man für jedes bißchen Liebe dankbar sein soll, auch dann, wenn man sie nicht erwidert. Warum behandeln Sie ihn so schlecht?»

«Sie sehen hübsch aus, Annemarie, wenn Sie ärgerlich sind. Philip ist ein solch langes Kapitel, daß ich darüber das ganze Wochenende reden könnte. Aber das möchte ich nicht. Ich behandele ihn auch nicht schlecht. Es sieht nur so aus. Die Konstellation ist einfach unglücklich: Philip liebt Frauen, vor allem mich. Ich lebe mit einer anderen Frau zusammen und bin an Männern wenig interessiert. Ich schlafe ab und zu mit Philip, weil ich ihn gern habe und er mir leid tut. Aber leider ist er dann so befangen, daß er meistens nicht funktioniert. Weil er mich liebt, möchte er mich zu Männern bekehren, vor allem zu sich; aber da er sich das alles viel zu intensiv vornimmt, geht es schief. Um sich und mir zu beweisen, daß er als Mann nicht versagt, stürzt er sich auf jedes weibliche Wesen, das in seine Nähe kommt. Da ich ihn kenne und er gerade im Begriff war, sich auf Sie zu stürzen, wollte ich Sie warnen.»

«Herzlichen Dank. Ich bin erwachsen und kann mich meiner Haut sehr gut wehren.» Verflixt, das hatte ich gestern schon einmal gesagt. «Außerdem sind Playboys mit Plüschteddies nicht unbedingt mein Fall . . .»

Ich hätte mich ohrfeigen können. Warum mußte ich so taktlos sein? Was ging es sie an, daß ich das wußte? Zwei Weiber, die sich über die Schwächen eines Mannes lustig machen . . . Ich schämte mich.

«Pardon», sagte ich. «Das möchte ich zurücknehmen. Ich habe es zufällig gestern bei der Hausbesichtigung gesehen. Es spricht nicht für meinen lauteren Charakter, daß ich es bei der ersten Gelegenheit weitertratsche.»

«Sie tratschen nicht. Ich weiß das doch. Philip hat seine Eltern als kleiner Junge durch einen Unfall verloren. Alle Geborgenheit und Liebe, die ihm entgangen ist, muß der Bär ersetzen.» Plötzlich lachte sie fröhlich. «Kann ich Sie ein bißchen mit mir versöhnen, wenn ich gestehe, daß ich dem Vieh den Anzug gestrickt habe? Ich kenne Philip schon, seit er zehn Jahre alt ist. Meine Eltern haben ihn damals zu sich genommen. Der Anzug war meine erste stricktechnische Meisterleistung. Ich habe ihn ihm zur Konfirmation geschenkt.»

«Wissen Sie, daß ich auch einen Freund habe, den ich seit meiner Kinderzeit kenne?»

«Und wo ist dieser Freund jetzt?»

«In Westfalen in einem Wasserschloß mit meiner besten Freundin. Wenn es nach mir ginge, schwämme er als Leiche im Schloßgraben.»

«Demnach sind Sie treu?» fragte Lena von Rosbach. «Wenn Sie ihm nicht treu gewesen wären, würden Sie ihn nicht mit solchem Genuß umbringen wollen.»

«Das ist ein dummes Spiel von mir.»

«Wirklich?» fragte sie mit gespieltem Ernst.

Wir lachten, und endlich gingen mir die Augen auf, und ich sah, daß es ein herrlicher Tag war mit Sonnenschein, Vogelgezwitscher, Bienengesumm, rauschendem Wald und Wiesen, die der Wind kämmte.

Ich kaute Sauerampfer und sagte: «Ich war treu. Jetzt nicht mehr. Es ist erholsam, treulos zu sein.»

«Eine Zeitlang sicher. Aber irgendwann werden Sie das alles wiederholen. Sie werden wieder einen Mann lieben, wieder treu sein – und dann hoffentlich mehr Glück haben. Wissen Sie, Annemarie, Menschen sind nicht sehr einfallsreich. Sie spielen sehr oft die Situationen ihrer Kindheit nach. Kinder aus guten Ehen führen gute Ehen und so weiter.»

«Feine Aussichten für mich. Meine Eltern waren siebenundzwanzig Jahre verheiratet, als sie entdeckten, daß sie sich nichts mehr zu sagen hatten. Jetzt sind sie geschieden. Im Gegensatz zur allgemeinen Vorstellung von der alternden Frau, die allein bleibt, hat meine Mutter einen zehn Jahre jüngeren Mann geheiratet und ist sehr glücklich. Mein Vater ist der, der sich nicht zurechtfindet. Wenn ich ihn besuche, finde ich Mädchen vor, die ein paar Jahre jünger sind als ich. Er glaubt sich das schuldig zu sein, aber es steht ihm nicht und macht ihm nicht viel Spaß.»

«Woher wollen Sie das wissen?»

«Er hat es meinem Bruder gesagt.»

«Vielleicht meint er, es gehöre sich so dem Sohn gegenüber.»

Herbert Karsten kam als nächster.

«Darf man euch stören? Fräulein Dr. Waldkirch, Sie lachen ja heute. Ich dachte schon, Sie könnten das nicht.»

Diese Retourkutsche! Gestern sah er wie mehrere Wochen Regenwetter aus, war angeheitert, und ich hatte ihn wegen seiner schlechten Laune aufgezogen.

«Ach, Herbert, das hängt sicher davon ab, mit wem sie zusammen ist.»

Das verdarb ihm seinen Scherz, und er sah nicht einmal, daß sie mir fröhlich zublinzelte.

«Haben Sie sich mit dem schweren Schicksal dieses Wochenendes ausgesöhnt?» fragte ich und fügte für Frau von Rosbach hinzu: «Wir haben uns gestern unterwegs getroffen. Herr Karsten schäumte nicht gerade vor Vorfreude.»

«Das», sagte sie, «tut er nie und bei nichts. Es gehört zu seinem Image. Wenn etwas schiefgehen kann, wird es schiefgehen. Für jedes bißchen Glück muß man bezahlen. Dieses Leben ist eins der schwersten . . .»

«Aber es übt ungemein», sagte ich, und sie lachten.

Dieser Spruch war neu für sie.

«Wie ich dich kenne», sagte Lena zu Karsten, «wirst du jetzt dein verhindertes Pädagogentum an Annemarie austoben wollen. Ich schlage mich zu den anderen und sehe euch beim Essen.»

Sie schritt schneller aus und gesellte sich zu Margarete und Baumann & Gruber, die uns inzwischen überholt hatten. Wir sahen hinter ihr her, und ich war wieder einmal neidisch, weil ich wie ein Haflinger konstruiert bin und nicht wie ein Vollblut. Karsten grinste mich plötzlich an. «Machen Sie sich nichts draus. Lena ist vielleicht schöner, aber ich könnte mir denken, daß Sie besser durchs Leben kommen. Wenn Lena auch nur drei Tage mit Margarete zusammenarbeiten müßte, gäbe es Mord und Totschlag. Wie lange halten Sie es schon bei ihr aus?»

«Drei Monate. Aber ich habe nicht viel mit ihr zu tun. Ich bin Roswithas Leibsklave. Sehr gern übrigens. Sie ist reizend, und ich lerne ungeheuer viel – und darum geht es mir ja.»

Ein Marienkäfer setzte sich auf meinen Arm. Ich hob ihn ins Sonnenlicht und hauchte ihn an, bis er die Flügel ausbreitete und davonflog. Im Gras vor meinem rechten Fuß sah ich eine hellbraune Heuschrecke, die sich mit einem Riesensprung davonrettete. Ich ging ihr nach, fing sie in der hohlen Hand, spürte ihre Bewegungen kitzelnd auf der warmen Haut, machte die Finger auf und sah ihr zu, wie sie sich sortierte, die Fühler zucken ließ und dann fortschnellte. Ihr winziges Gewicht blieb auf meiner Handfläche, als sie schon längst auf einem wippenden Grashalm gelandet war.

Karsten hatte etwas gesagt, aber es war mir entgangen. Ich blickte zu ihm auf. «Entschuldigen Sie, wie war das mit Ihrem Urlaub?»

«Ich mache Ihnen einen schönen Vorschlag, und Sie hören nicht einmal zu, weil Sie in Ihre Sommertollheit versunken sind.»

«Was für ein hübsches Wort! Sommertollheit. Haben Sie das selbst erfunden? Man müßte für jede Jahreszeit etwas finden, was ihr entspricht. Winterbesinnen, Frühlings . . . was? Was fällt Ihnen zum Frühling ein?»

«Kunden, die Teppiche für die Aussteuer ihrer Töchter kaufen. Umzüge. Neueinrichtungen von Zimmern oder ganzen Häusern. Philip und Lena machen ihre Hauptgeschäfte im Frühjahr. Wenn es um Teppiche geht, kommen sie zu mir . . .»

«Wie nüchtern Sie sind. Ich dachte an Gefühle. Wie gefällt Ihnen Frühlingsglück?»

«Nicht sehr gut. Ich bin überhaupt nicht für Gefühle geeignet. Die überlasse ich Dichtern und überkandidelten jungen Frauen.»

«Danke schön.»

«Oh, bitte sehr. Aber können wir jetzt mal auf meinen Vorschlag zurückkommen? Während Sie sich in diese Orgie mit Käfern und Heuschrecken vertieften, hatte ich gefragt, ob Sie im August, wenn Margarete Betriebsferien hat, zu mir kommen wollen, um sich mit Teppichen zu beschäftigen. Ich schließe zwar auch, aber ich habe nur so eine Art halben Urlaub und könnte Ihnen etwas beibringen. Sie sagten ja, daß Sie nichts davon verstehen . . .»

«Das ist sehr freundlich von Ihnen, aber . . .»

«Denken Sie an die Bezahlung? Ich nehme an, daß Margarete Ihnen das Gehalt weiterzahlt. Ich werde Ihnen ein Taschengeld geben, und Sie können im Geschäft wohnen. Wir haben ein kleines Zimmer, das auf den Hof geht und in dem manchmal Besucher übernachten.»

August, kaum noch sechs Wochen. Ich hatte keine Ferienpläne, weil ich sparen mußte. Mein Auto bricht bald unter mir zusammen. Noch einen Winter wird es nicht überstehen. Aber auf was läßt du dich da ein, Annemarie? Was ist mit Frau Herbert Karsten? Gibt es sie? Bisher hat niemand von ihr gesprochen. Aber ein Mann von etwa vierzig hat entweder eine Frau, oder er ist geschieden, oder er hat mit weiblichen Wesen nichts im Sinn. Er könnte auch Witwer sein. Aber das glaubte ich nicht. Das hätten sie mir erzählt. Vielleicht war er nur schwierig.

«Darf ich es mir noch überlegen? Ich finde das Angebot verlockend, und es ist nett von Ihnen, mir den Vorschlag zu machen . . .»

«Keineswegs. Ich bin nicht nett. Ich habe vor, eine Bestandsaufnahme zu machen, zu katalogisieren, Preise neu festzulegen und zu sortieren. Dabei brauche ich Hilfe. Meine Angestellten eignen sich dazu nicht besonders, und ich möchte auch nicht, daß sie zu genau wissen, um welche Werte es geht. Sie sind nicht vom Fach, können mir also nicht reinreden, und ich halte Sie für diskret. So wie ich Sie einschätze, werden Sie meiner Tante nichts über meine Lagerbestände erzählen.»

«Ihr Vertrauen ehrt mich», sagte ich, aber er lachte nicht.

«Wenn Sie sich bis Sonntagabend entscheiden könnten, wäre ich froh. Denn nächste Woche müßte ich auf jeden Fall mit der Suche nach einer Hilfskraft anfangen.»

«Ja, natürlich.»

Damit war unsere Unterhaltung beendet. Wir wanderten ziemlich wortkarg weiter, bis wir uns alle in der Nähe des Hofs wieder zusammenfanden und gemeinsam die letzten paar hundert Meter bis zum Haus gingen.

Ich half Anna in der Küche, dann aßen wir Auflauf mit Fasan, Sauerkraut und Schrotkugeln und tranken danach draußen auf dem Sitzplatz im Hof Kaffee. Später verzogen sich alle zum Mittagsschlaf in ihre Zimmer. Ich bin kein Mittagsschläfer, darum kramte ich im Bücherschrank und legte mich dann mit dem «Taugenichts» auf mein Bett. Was hatte Karsten gesagt? Sommertollheit. Ich hätte es ihm nicht zugetraut. Es hätte viel besser zu Schorsch gepaßt. Auch der Taugenichts paßt zu Schorsch. Wenn ich ihn zeichnen müßte, sähe er wie Schorsch aus. Einer, der für das Leben gemacht ist. Heiterkeit, Mondseligkeit und Nachtigallengeschluchze – ja, und die Sommertollheit. Und ihn will ich umbringen? Ach, lassen wir ihn leben, geben wir ihm eine Gnadenfrist.

Ich bin dann doch noch eingeschlafen.

Geschirrgeklapper und Stimmen weckten mich. Sie tranken im Hof Tee. Wie immer, wenn ich zu ungewohnter Zeit schlafe, ging es mir schlecht. Ich war müde und übellaunig und fand mich nicht zurecht. Als ich endlich nach unten ging, war es schon fünf Uhr. Im Haus war es ganz still. Nur die alten Treppenbalken knirschten dann und wann, und von draußen kam Vogelgezwitscher herein. Die Jagdstiche! Warum hatten die Männer so zweideutig gegrinst? Es waren lustige Bilder. Reiter mit Zipfelmützen, an den Fenstern aufgeschreckte Schläfer mit Kerzenleuchtern und Nachthauben. Ich nahm eins der Bilder vom Nagel und hielt es ins Licht des Treppenhausfensters. Meine Fingerspitzen berührten auf der Rückseite statt Pappe Glas. Ich drehte das Bild um und hatte einen zweiten Stich vor mir: Eine Rokokodame, anmutig auf einem Stuhl ausgestreckt, vor ihr ein kniender Kavalier, intensiv mit ihr beschäftigt. Die eleganten Damen trugen damals viel, aber wenig darunter. Ihrem Gesichtsausdruck nach machte es ihr großes Vergnügen. Es war eine ganze Serie – frech, hübsch, verspielt und ganz gewiß aus Baumann & Grubers Geheimdepot. Ich wüßte zu gerne, wie man an so etwas kommt, und was es kostet. Ein Auktionshaus, vielleicht ein Kaninchenbau wie Sotheby's, ein älterer, soignierter Versteigerer, verstohlenes Fingerheben oder unmerkliches Nicken von Interessenten. Sie sind Händler oder Privatsammler. Sie bieten in den Himmel ...

Eine lang ausgedehnte Teestunde, dann ein kurzer Spaziergang, diesmal mit Baumann & Gruber, die ich aber nicht auf die Bilder ansprach. Ich dachte immer, ich wäre sehr aufgeklärt und frei, aber wie soll ich mit diesen beiden älteren Herren über Erotika plaudern?

Baumann & Gruber.

«Erzählen Sie, was Sie für die Zukunft planen, Annemarie. Wollen Sie ein eigenes Geschäft aufmachen oder sich irgendwo beteiligen? Oder sind dies Lehrjahre, um später an ein Museum zu gehen?»

«Ich weiß es noch nicht. Es gibt viele Kunsthistoriker und wenige Beamtenstellen. Ich möchte herumschnüffeln und viel lernen. Ich habe überhaupt keine praktischen

Erfahrungen. Bei Frau Karsten habe ich viel mit Porzellan und Möbeln zu tun. Ich will ein Jahr bei ihr bleiben und dann in eine andere Sparte überwechseln . . .»

«Gehört Graphik auch dazu? Dann könnten Sie nämlich zu uns kommen.»

«Ist das ein ernstgemeintes Angebot?»

«Ja. Sie dürfen nur nicht zu lange warten. In ein paar Jahren werden wir uns zur Ruhe setzen. Wir haben jetzt schon einen sehr tüchtigen jüngeren Teilhaber, der später das Geschäft weiterführen soll.»

«So lange warte ich bestimmt nicht. Vielen Dank. Aber es gibt einen Pferdefuß; Sie müssen mir ein normales Gehalt bezahlen, weil ich davon leben muß. Ich habe kein Geld. Darum kann ich von einer Beteiligung oder einem eigenen Geschäft vorläufig nur träumen.»

Das zweite Stellenangebot in vierundzwanzig Stunden. Und auch das habe ich wohl nur der Bekanntschaft mit Margarete Karsten zu verdanken. Ich hatte sie kennengelernt, als ich während des Studiums auf Kunstmessen bei ihr am Stand aushalf. Mein Professor hatte das vermittelt.

Baumann & Gruber wollten «selbstverständlich» ein Gehalt zahlen. Ich sollte bei der nächsten Gelegenheit nach Frankfurt kommen und das Geschäft besichtigen. Möglichst im Herbst, ehe der große Weihnachtsrummel begann.

Es war der große Tag der Angebote. Kaum kamen wir vom Spaziergang zurück, sprach Lena von Rosbach mich an.

«Wie ist das, Annemarie, Ihre Familie lebt doch in München, nicht wahr? Hätten Sie Lust, zu uns zu kommen, wenn Sie Margarete satt haben? Nach meinen Erfahrungen tritt dieses Stadium nach zirka sechs Monaten ein.»

Ich lachte und erzählte ihr, daß ich im August zum Neffen nach Köln sollte, um in die Kunst des Teppichhandels eingeweiht zu werden. Vor Weihnachten dürfte ich dann bei Baumann & Gruber vorsprechen und sehen, ob ich auf alte Graphik stünde. «Was machen Sie, Frau von Rosbach, wenn ich zusage und Herr Philip mich nicht haben will?»

Sie blähte die Nüstern. «Sie arme Unschuld! Darum geht es doch! Er hat mich vorgeschickt, weil er meint, das mache einen besseren Eindruck. Hat er Ihnen heute morgen beim Spaziergang nicht schon verlockende Angebote gemacht, sein Bett mit inbegriffen? Es war ein reizendes Tête-à-tête ...»

«Und Sie», unterbrach ich sie, «haben das getan, was jede gescheite Frau in einer solchen Situation tut: Sie haben ihre eleganten Beine etwas weiter ausgreifen lassen, uns eingeholt, Philip Philip den Laufpaß gegeben und mir auf den Zahn gefühlt. So genau kenne ich Sie zwar noch nicht, daß ich Ihnen etwas über das endgültige Ergebnis der Prüfung sagen kann. Möglicherweise sieht es etwa so aus: Sie halten mich nicht für gefährlich, weil Sie wissen, daß Sie mir überlegen sind, und Sie haben die Großmut, die Frauen Ihres Kalibers gelegentlich gegenüber Unterlegenen walten lassen.»

«Bin ich wirklich so unausstehlich?» fragte sie. Nun brauchte ich Hilfe, und sie kam, wie sollte es anders sein, in Gestalt von Gruber, der das Tablett aus der Küche brachte.

«Cocktails!» rief er.

Ich bin so viel Alkohol nicht gewöhnt, auch nicht solche Rededuelle. Als ich in mein Zimmer stieg, um mich vor dem Nachtessen umzuziehen, hatte ich Gummiknie. Auch Anna, der ich dann noch in der Küche half, muß es gemerkt haben. Sie gab mir Tomatensaft mit Pfeffer und einer dunkelbraunen Sauce aus einer Flasche, von der das Etikett abgegangen war. Das Zeug wirkte sofort. Meine Knie und ich benahmen uns wieder. «Trinken Se nur den Wein aus der jrünen Flasche», riet sie. «Der is nisch so schwer.»

Es gab einen fabelhaften *Coq au Vin*. Im übrigen glich das Abendessen dem von gestern. Dieselbe Sitzordnung, ich schlang, trabte rund um den Tisch, schlang, sprach mit vollem Mund mit Karsten, schenkte ein – mir aus der jrünen Flasche – und trabte weiter. Da wir in einem gepflegten Hause speisten, gab es anderes Porzellan. Kurland, mit durchbrochenem Rand und grüngoldenen Girlanden. Das Abdecken, Umdecken und Hinaustragen genügte zur totalen Ausnüchterung. Ich setzte mich erschöpft an den Küchentisch, als ich alles heil bei Anna abgeliefert hatte. Dann spülte ich, sie trocknete ab.

Mokka beim Riesenpuzzle, Birnenschnaps von Baumann & Gruber; sie schenkten abwechselnd ein.

«Prost», sagte Karsten, «ich heiße Herbert.»

«Prost, ich Annemarie.»

Plötzlich stand Philip Philip neben uns. «Dies war die intelligenteste Unterhaltung des Abends.» Er ahmte uns nach. «Ich heiße Herbert, Prost, ich Annemarie.» Wir mußten so darüber lachen, daß Baumann & Gruber angesteckt wurden. Wir wischten uns die Tränen ab. Lena von Rosbach und Margarete, die über den Unfug mit dem Puzzle erhaben waren, kamen aus der Zimmerecke, in der sie sich leise und versunken unterhalten hatten, zu uns herüber. Wie sollen Leute mit einem Schwips erklären, warum sie lachen? Baumann versuchte es tapfer. «Es ist blödsinnig komisch», stöhnte er. «Er heißt nämlich Herbert, und sie heißt Annemarie.» Wir saßen in den Sesseln und schluchzten vor Lachen. Lena und Margarete sahen sich stumm an. Darüber lachten wir auch. Es dauerte lange, bis wir wieder normal wurden; und normal hieß eigentlich nur müde. Wir waren den ganzen Tag draußen gewesen und hatten viel zu viel gegessen und getrunken.

«Ich gehe morgen früh um sechs Uhr zwei Stunden spazieren», sagte Herbert zu mir. «Kommen Sie mit?» Er hatte mich auf dem Flur abgepaßt, als ich die Gläser und Tassen in die Küche brachte. «Ich wollte es nicht an die große Glocke hängen.»

«Ich kann Ihnen nicht versprechen, daß ich wach werde. Wenn ich um sechs Uhr nicht vor dem Haus stehe, gehen Sie allein.»

«Ja, dann gute Nacht.»

Als ich ins Wohnzimmer kam, waren nur noch Margarete und Baumann & Gruber da. Ich holte mir Sprudel und hörte ihnen eine Weile zu. Sie sprachen von Krieg und Nachkriegszeit. Sie hatten sich damals schon gekannt und waren zusammen jung gewesen. Als ich merkte, daß mir die Augen zufielen, ließ ich die drei allein und stieg langsam die Treppe bis zum Dachgeschoß hinauf.

In meinem Bett lag Philip Philip. Soweit er zu sehen

war, war er nackt. Er hielt den «Taugenichts» auf dem Bauch und las die letzten Worte: «‹ . . . und es war alles, alles gut.› Was für eine bezaubernde Geschichte, Annemarie. Gut, daß du endlich kommst. Kann ich bleiben, oder muß ich gehen?» Er legte das Buch auf den Nachttisch zum umgelegten Schorsch, deutete auf das Bild und fragte: «Ist der Knabe, der so aussieht, als könne er vor lauter Kraft nicht laufen, von großer Bedeutung?»

«Nein. Ja. Nein.»

Dem sann er eine Weile nach. «Wenn wir davon ausgehen, daß das letzte Nein richtig ist, müßte es von rückwärts aufgerollt ‹Nein, nein, ja!› heißen. ‹Ja› mit Ausrufezeichen.»

«Ach Philip, ich bin ein bißchen blau und sehr müde.»

«Das ist eine hübsche Kombination.»

«Und wenn ich jetzt etwas von unüberwindlicher Abneigung sage?»

«Würde ich es nicht glauben.»

Er blieb.

Habe ich Jet-set gesagt? Ich nehme es zurück. Ich weiß auch gar nicht, wie Jet-set ist. Habe ich Mitleid gehabt, weil er einen Plüschteddy mit sich herumschleppte und bei einer albernen, gemogelten Séance Angst bekam? Nein, Philip brauchte kein Mitleid. Wir spinnen alle ein bißchen: er mit seiner Lena, ich mit Agnetas Schorsch. Was soll's? Das war vergessen. Geblieben ist Wohlbefinden, Heiterkeit, Dank.

Ich kam übernächtigt auf den Hof, wo Karsten schon wartete. Es war so kalt, daß wir Wölkchen ausatmeten, aber die Sonne schien, und die Vögel sangen. Wir marschierten los, die Hände in den Taschen vergraben, wortkarg und so flott, daß wir bald laut schnauften und die Jacken aufknöpften. Er hetzte mich einen Berg hinauf. Als ich oben eine Atempause einlegte, war er schon zwanzig Schritte weiter, bis er merkte, daß ich nicht mehr neben ihm hechelte. Er blieb stehen, drehte sich zu mir um und zeigte unendlichen Griesgram und Überdruß.

«Mußte das mit Philip sein?»

«Was?» Zeitgewinn. Nur vier Stunden Schlaf, ein Berg von Dingen, die ich überlegen muß, ein in der Morgenfrische nicht funktionierender Verstand, und nun diese Frage. Es gab mögliche Antworten. Was geht Sie das an? Nichts natürlich; es ist meine Sache, wann ich mit wem warum schlafe. Ich bin schon lange erwachsen. Sie haben mir einen schlecht bezahlten Ferienjob angeboten, nicht Ihr Herz. Sie sind nicht mein Typ. Wenn Sie nicht betrunken sind, sind Sie nicht nett. Und Alkoholiker sind nicht mein Fall. Ich schlafe mit jedem, der des Weges kommt und mir ein bißchen gefällt. Vielleicht kommt einmal einer, bei dem ich nicht mehr an Schorsch denke. Wenn er nie kommt, versauere ich wenigstens nicht als alte Jungfer. Ich kann dann meine Memoiren schreiben. Nein, mein lieber Herr Karsten, ich brauche Sie nicht als mahnendes Gewissen. Davon habe ich selber genug. Glauben Sie, mir ist wohl, wenn ich über das nachdenke, was ich mir im letzten halben Jahr alles geleistet habe? Ich habe so viele Idiotien hinter mir, daß Philip dagegen ein erster Schritt zur Genesung ist. Er ist jung – ziemlich jung, jünger als Sie –, er ist ein fröhlicher Liebhaber, er ist schön und gut gewachsen, und wenn er auf dem Höhepunkt ist, lacht er. Haben Sie etwas zu mir gesagt?

«Annemarie», sagte Karsten zum zweiten Mal. «Es geht mich nichts an. Ich weiß es, weil ich wach war, als er die Treppe herunterkam, in sein Zimmer ging, die Tür zuschlug und ‹Oh, du lieber Augustin› pfiff. Wiegen Sie sich nicht in schönen Träumen, denn Sie werden bitter enttäuscht werden. Er liebt Lena, sie liebt Frauen, und beide werden nie voneinander loskommen.» Er machte kehrt und ging vor mir her über eine Schneise mit hohem grünen Gras. Der Tau perlte silbern, weichte nach ein paar Schritten meine Turnschuhe auf und machte die Hosenbeine klatschnaß. Es war wie ein Wadenwickel. Ich hatte aufgeholt, ging neben ihm und sah seinen verkniffenen Mund und die tiefen Falten auf der Stirn.

«Danke. Es war freundlich, daß Sie mir das gesagt haben, aber ich wußte es. Niemand hat es mir verschwiegen. Ich weiß nicht, für wie alt Sie mich halten, aber ich bin sechsundzwanzig.»

«Das ist kein Grund.»

«Ich wüßte nicht, wieso ich Ihnen Gründe nennen sollte.»

«Schließlich hatte ich Ihnen gestern angeboten, in den Ferien zu mir zu kommen und –»

Eigentlich bin ich nicht jähzornig, aber mir wurde mitten im kalten Tau heiß, und ich sprühte Funken. «Ach, ich sollte arbeiten, lernen und nicht allein schlafen? War es so gedacht? Und jetzt sind Sie eifersüchtig, weil ein anderer gekommen ist, der nichts vorausgeplant hat, keine Gründe und keine Erklärungen braucht, tut, wozu er Lust hat und dabei jemand findet, der freiwillig mitspielt! Hat Sie der ‹liebe Augustin› gewurmt?»

«Ja.»

Ich starrte ihn an, dann war auf einmal meine Wut verflogen, und ich lachte.

«Ich mag Sie, wenn Sie lachen», sagte er, «aber wenn Sie wütend sind, werden Sie beinahe unwiderstehlich.»

Wir marschierten ziemlich genau zwei Stunden im Geschwindschritt durch den Wald, sagten hin und wieder ein paar belanglose Sätze, waren weder freundlich noch unfreundlich, einfach zwei Leute, die sich flüchtig kannten. Ich hatte wieder das Gefühl, in eine Situation geraten zu sein, der ich nicht gewachsen war. Wenn er vielleicht erreichen wollte, daß ich mich nicht Philip, sondern ihm zuwandte, hatte er das raffiniert eingefädelt. Welche Frau brächte es fertig, nicht diesem «beinahe unwiderstehlich» nachzuforschen, nicht zu fragen, nicht neugierig zu sein? Ich hätte gern nachgeforscht und gefragt, neugierig war ich auch, aber ... alle eingebauten Warnsysteme meldeten Gefahr, in eine Falle zu geraten, aus der herauszukommen vielleicht sehr schwer werden würde. Es mußten das «Mann-mit-den-grauen-Schläfen-Syndrom» sein, das griesgrämige Gesicht, die Falten, die Verwandlung, sobald er sich freier fühlte. Hier in der Eifel waren es Margaretes guter Wein und der Birnenschnaps. Wäre ich ihm mit achtzehn begegnet – ich bin ein Spätzünder und war schon damals vorbelastet durch Schorsch –, hätte ich mich für ihn aufs Schafott geworfen. Ich hätte davon geträumt, die Falten zu ebnen, ihn lächeln zu sehen, ihm meine Jungfräulichkeit darzubieten – und was es in den Köpfen junger Mädchen sonst noch an kitschigem Gedankensalat gibt. Ich hätte ihm traurig-romantische Schicksale angedichtet. Eine entsagungsvolle Liebe zu einer verheirateten Frau; eine Geliebte, die an einem geheimnisvollen Leiden dahinsiecht und die er aufopfernd bis zur letzten Minute pflegt. Nein, meine Liebe, laß die Finger davon! Er ist ein reicher Geschäftsmann. Er sieht so aus, weil er so ist. Grau, griesgrämig mit stellenweisen Aufheiterungen, aber die sind zu spärlich, um Gefühle zu investieren. Bleib bei den Zweimal Philips, die ihre Seitensprünge fröhlich absolvieren, die Wohlbefinden verschenken und nicht so gräßlich weh tun, wenn alles vorbei ist.

Was für ein miesepetriger Spaziergang! Aber das stimmte auch nicht; denn als wir kurz vor dem Karsten-Hof auf einen Hochsitz kletterten, war der Tau getrocknet, die Sonne wärmte, ein wunderschönes Spinnennetz spannte sich über die kleine Luke hinter der Bank, und ein Vogel saß oben auf einem Baumwipfel und sang aus voller Kehle. Der Neffe – man müßte ihn umtaufen, denn Herbert ist ein so zahmer Name – sagte plötzlich: «Ich habe nachgedacht. Auf Sommertollheit könnte Herbstwärme folgen, dann gefällt mir Ihr Winterbesinnen, bloß mit dem Frühling komme ich nicht zurecht.»

«Heiterkeit? Frühlingsheiterkeit?»

«Hm. Nein, das haben schon zu viele andere gedacht und geschrieben. Es ist überhaupt ärgerlich, daß man nichts Neues mehr denken kann. Alles hat irgendwer schon vorweggenommen und besser, klüger oder schöner gesagt. Wenn einem was einfällt, was man gut und neu findet, dauert es nie lange, bis man es in einem alten Buch liest oder sich erinnert, daß es etwas längst Bekanntes ist, das man nur etwas zu gut in sich verstaut hatte.»

«Wir werden über den Frühling nachdenken», sagte ich. «Wir haben bis zum August Zeit, dann können wir vielleicht beim Sortieren Ihrer staubigen Teppiche Frühlingsnamen austauschen.»

«Meine Teppiche sind nicht staubig.» Diese Antwort hätte ich mir ausrechnen können, ebenso wie das, was darauf folgte. «Und beim Sortieren werden Sie an anderes zu denken haben als an den Frühling.» Nur den letzten Satz, auf den wäre ich nie gekommen. «Da Sie aber trotz Ihrer Wut auf mich beschlossen haben, zu kommen, freue ich mich und will dafür sorgen, daß wir Zeit finden, mit den Jahreszeiten fertig zu werden.»

Das war wirklich nett.

Wir waren um acht Uhr zurück. Anna hatte ohne mich den Frühstückstisch auf dem Hof gedeckt und Hektoliter Kaffee gekocht. Es wurde ein schwieriges Frühstück. Philip Philip und Lena von Rosbach kamen zuletzt.

«Guten Morgen», sagten sie im Chor und machten kleine Verneigungen in der Runde. «Guten Morgen, Annemarie», sagte Philip als Nachschlag. «Haben Sie gut geschlafen?»

«Ja, danke. Sie auch?»

Der Neffe griff ein, streng und mürrisch: «Besonders gut kann er nicht geschlafen haben. Um zwei Uhr morgens hat er so laut gepfiffen, daß ich davon wach geworden bin. Pfeifst du dich oft in den Schlaf, Philip?»

Lenas aufmerksamer Blick wanderte von Karsten zu Philip und endlich zu mir. Klare, eisblaue, sehr wachsame Augen. «Was hat er denn gepfiffen, Herbert?»

Sie hätten Philip auch direkt fragen können, aber es war ein Zwiegespräch unter Ausschluß aller anderen.

«Was von Löns, Lena. Mit viel Heide», sagte Karsten. «Ich könnte es dir vorsingen, pfeifen ist leider nicht meine Stärke.»

«Nein, vielen Dank!» Sie hob entsetzt die Hände, wirkte aber merkwürdig erleichtert.

Auch Philips Gesicht entspannte sich zu einem strahlenden Lächeln. «Tut mir leid, Herbert. Ich habe schlechte Junggesellengewohnheiten. Ich hatte ganz bestimmt nicht vor, dich zu stören.»

Wenn ich ihn allein erwische, will ich ihn fragen, was es mit dem «Lieben Augustin» auf sich hat. Warum hat Karsten gelogen? Warum war Lena so erleichtert, und Philip auch? Hier geht immerzu etwas vor, was ich nicht verstehe. Sie sprechen eine Geheimsprache und denken in einem Code. Sie kennen sich zu lange. Ist der «Liebe Augustin» seine Siegeshymne nach Eroberungen, mit denen er Lena verletzt? Oh, hätte ich nicht ... Quatsch. Was hat das mit mir zu tun?

Aber Philip – dazu brauchte es keinen Code und keine Geheimsprache – wollte sich nicht allein sprechen lassen. Bis zum Spätnachmittag, an dem ich fahren mußte, war er ein Hordenmensch. Er war immer mit jemand zusammen. Beim kurzen Bummel durch die Wiesen sprach er angeregt auf Margarete ein; beim Mittagessen waren wir sowieso alle zusammen; danach war Mittagsschlaf, den ich auch sehr nötig hatte. Beim Tee und dem danach folgenden Aufbruch vom Neffen Karsten und mir gab es auch nur gemeinsames Geplauder und freundlichstes Abschiednehmen. Dankesbezeugungen von mir an Margarete. Was hatte Roswitha gesagt? «Sie werden schwer arbeiten und sich hinterher überströmend bedanken müssen.» Nein, so schwer hatte ich nicht gearbeitet, und das Bedanken fiel mir leicht. Umarmung für Margarete, Handküsse von Baumann & Gruber, eine schmale, fest zupackende Hand auf meiner Schulter: Lena von Rosbach. Umarmung von Philip. Er roch nach herben Kräutern. Die braungebrannte Wange war glatt und fühlte sich am Nachmittag sehr anders an als in der Nacht, die eigentlich gar nicht mehr wahr ist. «Wenn Sie nach München kommen, Annemarie ...» sagte er, und ich murmelte Bestätigendes. Als er sich löste, zwinkerte er ganz verstohlen.

Dann Karsten. Ein harter Händedruck und das Kommando, ich solle hinter ihm herfahren. Ich hatte vorher nach dem Holzweg gefragt, weil ich nicht genau wußte, ob es Abzweigungen gab, ehe man auf die Landstraße kam. Brav folgte ich dem dunkelblauen Alfa Romeo. Direkt vor der Landstraße hielt Karsten an und stieg aus. Ich auch. Wir trafen uns im Niemandsland zwischen Dunkelblau und Rot mit Rost.

«Denken Sie über den Frühling nach!» sagte er, nahm mich bei den Oberarmen, beugte sich über mich und küßte mich – auf die Stirn. Dann drehte er sich um, hob winkend die Hand, verschwand im Auto und rauschte ab.

Die nächsten zwanzig Kilometer rechnete ich fest damit, daß er irgendwo am Wegrand wartete. Aber er wartete nicht. Als ich auf die Autobahn kam, begann ich zu singen. «Rosemarie, sieben Jahre mein Herz nach dir schrie» und «Auf der Lüneburger Heide, in dem wunderschönen Land». Nur den «Lieben Augustin», den habe ich nicht gesungen.

2

Im Geschäft war Sauregurkenzeit. Kaum ein Kunde, aber trotzdem viel Arbeit. Margarete war noch zwei Tage länger in der Eifel geblieben und bestellte schöne Grüße von den anderen, die auch erst am Montag oder Dienstag gefahren waren. Sonst wurde das Wochenende nicht erwähnt, und wir lebten wieder in strenger Hierarchie: Margarete, Roswitha und der Leibsklave Annemarie. Wir räumten auf, sortierten, zeichneten neu aus, katalogisierten.

Roswitha hatte mich genau über Margaretes Gäste vernommen. «Haben Sie viel arbeiten müssen, Kindchen?»

«Annemarie! Nein, es war nicht schlimm.»

«Haben Sie geflirtet?»

«Natürlich. Mit allen.»

«Aber nicht mit Baumann & Gruber!»

«Und wie! Das ist ungefährlich und macht darum besonders viel Spaß.»

«Wie haben die beiden darauf reagiert?»

«Sie haben mich aufgefordert, gemeinsam mit ihnen die Nacht zu verbringen.» Meistens muß ich lachen, aber diesmal gelang es mir, todernst zu bleiben.

«Kindchen!» sagte sie entrüstet.

Dann lachten wir alle beide. Ich werde nicht aus ihr schlau. Sie ist mausgrau, sittenstreng und korrekt wie eine Dame aus der Zeit unserer Plüschsessel mit Troddeln, auf denen wir in der Mittagspause sitzen. Sie ist jünger als meine Mutter, die mit ihr verglichen wie ein kleines Mädchen wirkt. Vor allem seit sie mit meinem Stiefvater Wolfgang verheiratet ist, der anscheinend eine Mutter heiraten wollte und nun einen etwas albernen Backfisch bekommen hat. Roswitha hat ein gutes Gesicht und sähe, wenn sie sich anders aufmachte und anders anzöge, sicher sehr hübsch aus. Sie sagt keinen Ton über ihr Privatleben. Ich stelle mir vor: Sie kommt nach Hause. Zuhause, das ist eine elegante kleine Wohnung, modern eingerichtet, Glas, Chrom, viel Rechteckiges und Sachliches als Erholung vom Tag zwischen Altertümern. Sie hängt den strengen Mantel in den Schrank, zieht die Haarnadeln aus dem Knoten, hüllt sich in chinesischen Seidenbrokat mit eingewebten Drachen, trinkt einen Whisky und kocht innerhalb von zwanzig Minuten in einer Stromlinienküche etwas ganz Raffiniertes. Dann klingelt es an der Tür. Der Mann ist ... Wie ist er? Wie sieht der Mann aus, der zu Roswithas imaginärem Privatleben paßt? Es ist nicht der große Gepflegte mit den silbergrauen oder schlohweißen Haaren. Es darf kein Beau sein. Was dann? Jetzt weiß ich es: Er ist untersetzt, ein Pykniker, Schmunzelfalten um den Mund und die Augen, zuverlässig, gutmütig. Er ist Makler oder Filialleiter einer Bank oder Kaufhausdirektor.

Die mausgraue Antiquitäten-Roswitha hatte etwas zu mir gesagt, während ich mit dem Pykniker beschäftigt war.

«Entschuldigung, ich habe geträumt. Was sagten Sie?»

«Ich hatte nach Herbert Karsten gefragt. Mochten Sie ihn?»

Ich zog die Schultern hoch. «Der ist mir zu schwierig. Er kann sehr nett sein, aber meistens ist er launisch und unfreundlich.»

«Ja, es ist traurig. Er war ein reizender Junge. Als ich bei Margarete anfing, ging er noch zur Schule. Er war öfters in den Ferien bei ihr in der Eifel, aber er kam auch ins Geschäft und hat geholfen. Ich habe mich immer auf ihn gefreut.»

«Sprechen Sie wirklich von dem Herbert Karsten, den ich kenne?»

Roswitha sprach von ihm. Nach der Schule hatte ihn sein Vater ein paar Jahre nach Persien zu Geschäftsfreunden in die Lehre geschickt. Dort bekam er Kinderlähmung. Er wurde in einer eisernen Lunge zurückgeflogen, wurde geheilt, behielt aber einen seelischen Knacks. Er ist erst vierunddreißig.

Ich erzählte Roswitha von meinem Plan, im August bei ihm zu arbeiten und bei der Inventur zu helfen. Sie hielt es für gut. Bei ihm könnte ich mehr lernen als bei jedem anderen aus der Branche. Mit seinem Wesen müßte ich mich eben abfinden. Vielleicht vertrüge ich mich auch mit ihm. Die Idee mit Baumann & Gruber gefiel ihr sehr viel weniger. Ja, die beiden älteren Herren wären sehr sympathisch. Sie schätzte sie auch sehr. Aber der Juniorpartner wäre ein eiskalter, harter Geschäftsmann, der an nichts anderes dächte als an Geld. Das sollte ich mir noch reiflich überlegen.

«Das werde ich. Kommt Zeit, kommt Rat.»

Roswitha sah mich so an, wie es diese trottelige Bemerkung verdiente. Ehe sie etwas sagen konnte, ging die Ladentür auf, und eine kleine alte Dame mit einem Korb kam herein. Das kenne ich nun schon und kann immer noch nicht das schlechte Gewissen abstellen, wenn alte Männer oder Frauen mit gehüteten Erbstücken kommen, um sie zu verkaufen. Roswitha ist dieser Situation mit unendlichem Takt und großer Freundlichkeit gewachsen. Sie hilft beim Auswickeln, bewundert, wenn Bewunderung angebracht ist, zahlt anständig, wenn auch nicht großartig, oder gibt Ratschläge, wohin sie gehen sollen, wenn sich die Dinge für uns nicht eignen. Aus dem Korb kamen zwei bildschöne Biedermeiertassen, Fürstenberg mit Nummern, guterhaltene Sammlerstücke. Ich blieb wie immer im Hintergrund und hörte zu. Oft kommen erst die Paradestücke aus dem Korb, und wenn die Verkäufer merken, daß Interesse besteht, zeigen sie anderes vor, worüber sie nicht Bescheid wissen. Roswitha ermutigt sie immer und hat auf diese Weise schon vielerlei Seltsames, aber auch ganz wunderschöne Dinge gekauft. Bei der alten Dame waren es zwei Fayenceteller ohne Zeichen, grün und rostrot, fast ganz ausgemalt mit einem Muster stilisierter Blüten und Blätter.

Roswitha bot für die Tassen einen guten Preis, wenn sie auch bei jeder Auktion mit mindestens hundert Mark höher limitiert worden wären. So geht das Geschäft nun mal, und alte Leute, die mit einem Korb in einen Laden kommen, haben selten den Mut, zu Auktionshäusern zu gehen.

Die Fayenceteller bat sie sich für einen Tag aus. «Ich nehme an, daß sie aus Südholland oder Belgien kommen. Wahrscheinlich stammen sie aus der Mitte des achtzehnten Jahrhunderts. Ich will versuchen, das genauer festzustellen. Dann mache ich Ihnen einen Preis. Sollen wir Ihnen schreiben oder können Sie wiederkommen?»

«Ich komme gern wieder», sagte die alte Dame. «Ich habe viel Zeit, und bei Ihnen ist so viel Schönes zu sehen.»

Roswitha zahlte bar, dann machte sie eine Führung durch den Laden, erklärte, zeigte, kramte Bestecke und Silberdöschen aus den Schubladen und war so zuvorkommend und liebenswürdig, daß die alte Dame strahlte, statt traurig zu sein.

«Wir leben davon, daß uns Menschen was verkaufen, Annemarie», sagte sie, sobald wir wieder allein waren. «Wenn die alte Frau sich bei uns wohl fühlt, schickt sie uns ihre Freundinnen. Übrigens kaufe ich viel lieber von Lebenden, die noch was von dem Geld haben. Wenn nachher die Haushaltsauflöser kommen, feilsche ich um jede Mark, denn denen macht man keine Freude damit, daß man ihnen was zeigt und erzählt und ihnen einen Nachmittag lang das Gefühl gibt, wichtig genommen zu werden.»

Manchmal gibt es Doppelschläge. Gestern die alte Frau mit den Tassen, heute die Werkstatt, in der wir Porzellan reparieren und nachbrennen oder unsere angeknabberten Gläser wieder glatt schleifen lassen. Es ist ein Familienbetrieb. Die Eltern und ein Bruder der Frau malen und brennen und schleifen, die Tochter oder Nichte führt das Geschäft. Sie rief an, unsere Sachen seien fertig. Ich fuhr zum Abholen. Im kleinen Vorzimmer konnte man sich kaum umdrehen. Überall stand Glas und Porzellan herum, kunterbunt durcheinander, teils geflickt, teils in Scherben, schauderhafter Kitsch neben wunderschönen chinesischen Vasen oder Meißener Figuren. Ganz privat für mich sammle ich Zwiebelmuster. Mittlerweile kann ich schon ganz gut schätzen und unterscheiden, weiß, woran ich erste bis vierte Wahl erkenne, was Stadt Meißen ist und was nicht. Ich fragte die junge Frau, ob es vorkäme, daß sie Dinge verkauften, die nicht abgeholt worden wären.

«O ja», sagte sie. «Ich bekomme im August einen neuen Lehrling. Wenn das Mädchen da ist, will ich sortieren. Wenn Sie dann kommen, habe ich bestimmt was für Sie.»

Ich freute mich und bedankte mich überschwenglich.

«Sammeln Sie denn eigentlich nicht?» fragte ich dann.

«Das werden Sie komisch finden. Ich gehe den ganzen Tag nur mit altem Zeug um und will es nicht auch noch zu Hause haben. Ich habe modernes, buntes Steingutgeschirr.»

Das konnte ich gut verstehen. Aber ich habe gerne alles, was mir gefällt, ständig um mich herum.

Als ich wieder ins Geschäft kam, war der Postbote dagewesen. Roswitha gab mir neugierig ein Brieftelegramm. Ich war auch sehr neugierig, denn wer weiß schon, wo ich arbeite, und wer schickt heute noch Telegramme, wo man alles per Telefon erledigen kann? Ich zog mich zurück und riß es auf.

«Was halten Sie von Frühlingstraum stop Besseres kommt nach – Karsten»

Ich steckte das Telegramm in meine Handtasche, begegnete Roswithas Blick und sagte: «Mein Bruder. Ich wollte von ihm eine Adresse haben.»

Keine glaubwürdige Erklärung, aber eine bessere fiel mir so schnell nicht ein.

Verflixt noch mal, was sollte ich bloß mit diesem Karsten mit seinem grauen Gesicht und seinen schönen braunen Augen und seinen lyrischen Anwandlungen anfangen? Er tauchte ungebeten und unsichtbar in meiner Wohnung oder im Geschäft auf oder versetzte mich plötzlich wieder in die Eifel, wo ich ihn über dem Graben mit den Brennesseln stehen sehe, oder wo er sich an mir festhält, während im Treppenhaus die Nachtreiter reiten, oder wo er mit mir auf dem Hochsitz sitzt. Es wäre so viel einfacher, an Philip zu denken. Nein, ich brauchte niemanden, der meine Gedanken bevölkerte. Ich war ausgelastet mit Bildern. Ein sommersprossiges Gesicht genügte mir. Schorsch war abendfüllend, und tagsüber genügte Schorsch auch. Und wer, bitte, erzählt mir so schöne Geschichten wie Schorsch es getan hat und jetzt bei Agneta tut? Etwa dieser trockene Mensch, der von Beruf schlechter Laune ist? Nein, behalten Sie Ihren Frühlingstraum für sich, Herr Karsten. Ende März haben Schorsch und Agneta geheiratet; der Frühlingstraum ist schon ausgeträumt. Gruselfrühling würde mir gefallen. Ein Bild wie von Böcklin; eine Leiche im Wasser, Leberblümchen am Ufer, Zypressen im Hintergrund ... im August werde ich Karsten Ähnliches vorschlagen, aber nicht jetzt. Ich werde auch das Telegramm nicht beantworten. Ich will in Ruhe gelassen werden.

Apropos Ruhe! Als ich in meine Wohnung kam – ich habe eine möblierte Einzimmerwohnung gemietet, weil ich ja nicht weiß, wie lange ich hierbleiben werde –, hatte die Hausmeisterfrau, die einmal in der Woche putzt und einen Schlüssel hat, einen großen knallbunten Blumenstrauß auf den Tisch gestellt. An der Vase lehnte ein weißer Umschlag in einer Fleurop-Tüte. Philip schrieb in großen runden Buchstaben: «Liebe Annemarie, ‹und es war alles, alles gut›. Dank und Verehrung! Philip.»

Woher hatte er meine Adresse? Ich habe sie ihm nicht gegeben. Trotzdem, das mit dem Strauß ist nett. Er war überhaupt nett. Die Welt müßte aus lauter netten, für mich unkomplizierten Philip Philips bestehen. Laßt den schönen Lenas die Komplikationen, gebt dem Haflinger Annemarie unkomplizierten Spaß!

Ich rückte den Strauß zurecht und sah die anderen Briefe. Agnetas Schrift, ein dicker Brief. Ein Bankauszug. Ich gebe zuviel Geld aus. Die Miete ist hoch, ich gehe zu oft in Restaurants essen, weil mir die Decke auf den Kopf fällt. Ich muß im Herbst ein neues Auto haben. Vorläufig reicht es nicht mal zu einem einigermaßen anständigen Gebrauchtwagen. Irgendwann muß ich Agnetas Brief doch lesen, dann konnte ich es auch gleich tun.

Alltagserlebnisse einer werdenden Mutter. Manchmal ist ihr morgens noch schlecht, aber es bessert sich. Sie haben die Pacht gekündigt, weil Schorsch selber wirtschaften will. Soll er doch, er ist schließlich Landwirt. Die Eltern sind aus lauter Vorfreude auf das Kind närrisch. Kann ich mir vorstellen! Sie haben nur die eine Tochter. Natürlich hätten es viele Söhne werden sollen, aber irgendwo ist der Wurm drin. Bei altem Adel gibt es das manchmal. Dabei wiegt diese eine Tochter viele Kinder auf. Agneta ist eine jener zarten Blonden mit einem wunderschönen, fast überzüchteten Gesicht. Sie ist nach dem Goldenen Schnitt gebaut und stand in der vordersten Reihe, als der Verstand verteilt wurde. Sie ist schön und blitzgescheit. Sie hat über Velazquez promoviert. Sie haben einen davon im Wasserschloß. Ihr Doktorvater war rot angehaucht, was bei Kunsthistorikern nicht eben häufig vorkommt. Er hat es ihr schwergemacht. Ein roter Professor und eine Reichsgräfin sind ein merkwürdiges Gespann, aber am Ende fraß er ihr aus der Hand. Beim Mündlichen war sie schon schwanger, und sie wollten schnell heiraten. Ich, dumme Kuh, die ich nun mal bin, hatte die dankbare Aufgabe, es Reichsgrafens beizubringen. Sie kennen mich seit sechs Jahren, denn Agneta und ich haben uns im ersten Semester angefreundet. Agneta und Schorsch warteten in Münster auf einen Anruf. Als ich kam, glaubte Papa Reichsgraf, Agneta wäre durchgefallen, und ich sollte die Hiobsbotschaft überbringen. «Nein», sagte ich, «sie hat ihren Doktorhut. Aber sie hat noch etwas. Sie hat einen Mann, den sie heiraten will.»

«Und warum kommt meine Tochter nicht selbst, um mir das mitzuteilen? Warum kommen Sie, Annemarie?»

«Weil es mit dem Mann noch nicht getan ist. Die beiden wollen keine standesgemäße Verlobung; sie wollen schnell heiraten und ohne Brimborium.»

«Heißt das etwa ...?»

«Ja, das heißt es.»

Papa Reichsgraf sah mich an und drehte sich dann zum Kaminsims um, auf dem ein Foto seiner zarten schönen Agneta stand. «Sie hat ihren Doktor, sie hat einen Mann und ein Kind», stellte er benommen fest. «Ein bißchen viel für einen einzigen Nachmittag, finden Sie nicht auch, Annemarie?»

Ich hatte nichts gegen den Doktor und nichts gegen das Kind, bloß was gegen den Mann, und gerade das konnte ich ihm nicht sagen.

Es sprach für Papa Reichsgraf, daß er mich bis zu meiner Abfahrt nicht fragte, wer und was dieser Mann denn wäre. Er rief Agneta bei den Freunden in Münster an und sagte, sie sollten sofort kommen, und er freue sich. Ich sollte natürlich bleiben, aber dem war ich nicht gewachsen. Ich nahm Reißaus. Seither habe ich Papa Reichsgraf nicht mehr gesehen. Mama Reichsgräfin auch nicht, aber die kann man auch aus der Ferne bewundern, sie ist nichts zum Liebhaben. Sie gehört in die Kriegsgeneration, die mir und meinen Altersgenossen oft Angst einjagt. Eine um ihre Jugend betrogene Generation, die sich in erlebtes Sterben, Hungern und Elend hüllt wie in einen Mantel. Sie sind darüber nicht hart geworden, aber distanziert. Agnetas Mutter stammt aus Ostpreußen von einem großen Gut. Als ihr Vater von den Russen erschossen wurde und darauf ihre Mutter an einer Fehlgeburt starb, holte sie die letzten beiden Pferde aus dem Versteck im Moor und ritt mit zwei kleinen Brüdern von Ostpreußen bis in den Westen zu Verwandten. Sie war damals siebzehn. Mit zwanzig lernte sie Papa Reichsgraf kennen, der im Krieg ein Bein verloren hatte. Sie heirateten. Sie hätte gern viele Kinder gehabt, aber es blieb bei Agneta, der sie das etwas zu oft erzählt und vorhält, kein Junge zu sein. Sie hat nicht genug zu tun und ist darum in vielen Organisationen kolossal mildtätig, um sich herum verbreitet sie Geschäftigkeit und Unrast.

Als ich Agnetas Brief zu Ende gelesen hatte, fand ich

im Umschlag noch einen Zettel von Schorsch. «Annamirl, Du fehlst hier. Der Papa hat Sehnsucht nach Dir, und die Mama müßte von Agneta abgelenkt werden. Der Hof ist in all den Jahren verkommen. Das Schloß braucht ein neues Dach, der Staat gibt sechzig Prozent, aber woher die anderen vierzig nehmen, nachdem die Pacht kaum was einbringt? Kannst Du Dir vorstellen, daß ich am Wochenende Gäste – Besichtiger – in Filzpantoffeln durch die Galaräume führe, die Möbel, den Velazquez und die Familiengeschichte erkläre und hinterher die Tageskasse zähle? Es gäbe eine Lösung des Geldproblems. Kennst Du wen, der den Velazquez fälschen kann? Wie wär's mit Putti? Kannst Du Deiner künftigen Schwägerin nicht gut zureden? Als Restauratorin hat sie doch alle Möglichkeiten, und Robert hat sicher nichts dagegen. Den echten Velazquez könnte ich dann nämlich endlich nach Amerika verkaufen. Glaubst Du, daß es sehr schwer ist, eine Infantin zu malen? Die Millionen würden fürs Dach und eine anständige Landwirtschaft reichen, vielleicht auch noch für die Babyausstattung und eine mehrmonatige Reise der Mama. Ja, ich weiß, Putti macht das nicht und wir haben ein Wasserschloß und einen Velazquez und sind reich. Wenn ich als Leiche im Schloßgraben schwimme, waren es die Sorgen Deines Schorsch. P. S. Strick Höschen, denn so schnell klappt es mit dem Velazquez bestimmt nicht.»

So geht das mit Schorsch. Nicht mal meinen Schloßgraben kann ich allein für mich haben. Auch den nimmt er mir weg.

Es ist die Zeit der Besuche. Erst kam meine Mutter mit Wolfgang. Er ist vierzig, sie fünfzig. Sie hat ganz jung geheiratet. Mein Bruder Robert kam auf die Welt, als sie zwanzig war, mit vierundzwanzig bekam sie mich. Sie hat nie einen Beruf gelernt und ist darum darauf angewiesen, verheiratet zu sein. Als die Ehe unserer Eltern in die Brüche ging, waren Robert und ich ziemlich besorgt. Was fangen zwei erwachsene Kinder mit einer siebenundvierzigjährigen Mutter an, die nichts zu tun hat? Als wir ihr das in wohlgesetzten Worten vortrugen, lachte sie sich krank. Wieso keinen Beruf? Was habe sie denn bisher getan? Ob wir denn nie Stellenanzeigen läsen? In jeder besseren Zeitung würden Hausdamen gesucht, die alleinstehenden, wohlhabenden Männern ein behagliches Heim schaffen, ihre Gäste bewirteten und mit den Chauffeuren, Köchinnen, Putzfrauen und Gärtnern umgehen könnten. Trauten wir ihr das etwa nicht zu? Doch, murmelten wir, natürlich, nur nicht daran gedacht, und ob sie denn wirklich? Dann nahm sie ihre Handtasche, zog ein Bild heraus und zeigte uns Wolfgang. Sie kenne ihn schon eine Reihe von Jahren, aber erst nach der Scheidung sei er wieder aufgetaucht. Ja, ein bißchen jünger wäre er schon, aber sie habe sich gut gehalten. Männer alterten auch immer früher als Frauen. Eine ganz kleine Hochzeit, nur mit Freunden, nicht mit Familie . . .

«Unter Familie versteht sie dich und mich», sagte Robert, als wir in seiner Wohnung den Schrecken mit einem Schnaps hinunterspülten. «Sie will uns nicht dabei haben. Stell dir das mal vor! Der Mann meiner Mutter könnte mein älterer Bruder sein, und du, du könntest ihn glatt heiraten!»

Wir tranken noch einen Schnaps. Robert ist geizig; wenn wir zusammen ausgehen, zahlt jeder die Hälfte. Er war so erschüttert, daß er mich teuer einlud.

Seit wir Wolfgang kennen, sind wir mit fliegenden Fahnen zu ihm übergelaufen. Er ist ein freundlicher Mann, herzlich und taktvoll. Er hat uns kurz vor der Hochzeit angerufen und sich mit uns getroffen – ohne Mutter. Er sagte, daß er gern gut mit uns stünde, aber verstehen könnte, wenn wir gegen ihn und diese Heirat wären. Er überließe es uns, die künftige Beziehung zu ihm zu bestimmen.

Robert, der in München lebt, sah die beiden natürlich viel öfter als ich. Wenn wir telefonierten, erzählte er mir von den jüngsten Verwandlungen unserer Mutter. Aber keine Schilderung meines Bruders hatte mich auf das vorbereitet, was kam.

Ich saß im Hinterzimmer des Ladens und suchte nach einer chinesischen Porzellanmarke. Um mich herum lagen Bücher in Stapeln. Als Roswitha kam, war ich so in die Suche vertieft, daß ich nicht aufschaute. Aber ihre Stimme machte mich stutzig.

«Ein Ehepaar ist da, das Sie sprechen möchte, Kindchen. Die Dame sagt, sie wäre Ihre Mutter.»

«Das ist theoretisch durchaus möglich, Roswitha. Ich bin im Besitze einer solchen.»

Sie war so erschüttert, daß sie nicht einmal lachte.

«Guten Tag, Mutter», sagte ich und umarmte die erblondete Dame in lila Schlabberkleid und Stulpenstiefeln ganz schnell, um eine Atempause zu gewinnen. Dann schob ich sie auf Armeslänge von mir und weidete mich an ihrem Anblick. Sie war weitgehendst lila und schön und sah wirklich wie Ende Dreißig aus. Nur daß dies meine Mutter sein sollte ...

«Gut siehst du aus», sagte ich endlich und wurde mit einem so dankbaren Lächeln belohnt, daß es mich rührte.

«Annemarie», sagte Wolfgang und gab mir die Hand. Er war auf einer Geschäftsreise und hatte kurzentschlossen meine Mutter mitgenommen. Während Mutter sich mit Roswitha unterhielt, zog Wolfgang mich in eine Ecke. «Ihr seht euch viel zu wenig. Ihr kennt euch doch eigentlich gar nicht mehr.» Da hatte er allerdings recht. Im Moment war ich tatsächlich verwirrt. Das war meine Mutter?

Wir verabredeten, daß Wolfgang mich um halb sieben abholen und mit mir zum Hotel fahren sollte. Die beiden stöberten im Laden herum und kauften dann einen schönen und unglaublich teuren Kellinghusenteller. Margarete und Roswitha verzeichneten das mit Hochachtung. Mir brachte es Prestige ein. Wer hat schon eine Paradiesvogelmutter, deren Mann das Scheckbuch zückt und viertausend Mark für einen einzelnen Teller bezahlt? Von mir wissen Margarete und Roswitha nur, daß ich ständig pleite bin. Meine Laune stieg, aber als sie hinterher vorsichtig Fangfragen stellten, wurde ich wortkarg. Die Waldkirchs mußten und müssen sich, soweit ich es übersehen kann, ihr Geld mühsam verdienen. Wolfgang macht Geld. Es ist sein Talent und seine Begabung. Er hat eine Fabrik für chirurgische Instrumente; er ist ein Tüftler, er arbeitet mit Ärzten zusammen, er hat zahllose Patente und baut aus und vergrößert. Seit er mit Mutter verheiratet ist, sagt er, hat er mehr Zeit für die Fabrik, weil sie ihm so viel abnimmt. Er kann unerwartet Gäste zum Mittagessen mitbringen. Der Haushalt läuft auf Kugellagern. Mutter weiß, welche Betriebsangehörigen Jubiläen haben, wann der Geburtstag der Sekretärin ist und was sie geschenkt bekommt. Sie begleitet ihn auf Geschäftsreisen und gibt zu Hause in München Riesen-Einladungen, bei denen das Essen im Haus gekocht, und nicht fertig geliefert, wird. Bei unserem Vater konnte sie diese Begabung nie auswerten; er ist Beamter, verdient gut und hat viele Sicherheiten – aber er macht kein Geld. Und sechzig Gäste hätten nie in unsere Wohnung gepaßt. Jetzt war sie in ihrem Element. Wolfgang vergötterte sie und mußte es hinnehmen, daß sie teils wegen eines erfüllten Lebens und teils wegen seiner wohlassortierten Brieftasche immer jünger wurde.

«Geht es dir gut, Wolfgang?» fragte ich, als wir auf dem Weg zum Hotel waren.

«Ja, sehr gut. Ich habe dir angesehen, daß du erschrocken bist, und mir überlegt, wie ich reagiert hätte, wenn meine Mutter urplötzlich so vor mir aufgetaucht wäre. Du hast das fabelhaft getarnt. Sie fürchtet sich nämlich vor dir. Daß sie dich als Konkurrenz empfindet, ist meine Schuld oder vielmehr die Schuld meines Alters. Es nützt nichts, wenn ich ihr hundertmal sage, wie glücklich und zufrieden ich bin. Aber sobald du ihr ein Kompliment machst, strahlt sie. Du bist auch weit genug weg. Mit Robert ist es nicht so gut gegangen. Weißt du, daß er graue Haare bekommt? Wir laden ihn gelegentlich mit Putti und anderen Leuten zusammen ein. Wenn er dann bei Tisch sitzt und plötzlich zu dieser gepflegten jugendlichen Dame so laut, daß alle es hören müssen, Mama sagt, zieht er ihr den Boden unter den Füßen weg, und sie verwandelt sich plötzlich in eine ältere Frau, der man erwachsene Kinder zutraut. Verstehst du, Annemarie, es stört mich nicht. Aber sie tut mir dann so entsetzlich leid. Ich liebe sie. Sie ist genau die Frau, die ich brauche. Sie tut so viel für mich und nimmt mir all das ab, was für mich eine Qual war. Ich will sie bewundern. Ich will nicht, daß sie mir leid tut.»

«Das verstehe ich sehr gut. Mit ihr werde ich nicht darüber sprechen können, Wolfgang. Es gibt auch kein Heilmittel, denn wir bleiben ihre Kinder. Sie kann uns nicht verheimlichen. Und ob nun Robert ‹Mama› über den Tisch schreit oder nicht – ihr lebt in München, wo sie vorher mit unserem Vater viele Jahre gewohnt hat. Trotzdem werde ich Robert anrufen. Er ist nicht absichtlich taktlos, aber manchmal ein bißchen unzivilisiert, und die Situation entspricht ganz seinem Sinn für Humor. Es ist ja auch komisch.»

«Das brauchte es nicht zu sein», sagte er störrisch.

Als wir unter Wärmestrahlern auf der Hotelterrasse Sherry tranken, sagte ich zu ihr: «Du hättest Frau Karsten und Frau Schumacher hören sollen. Sie haben vor Staunen über dich den Mund nicht mehr zubekommen. Margarete Karsten sagte: ‹Wenn ich so aussähe wie Ihre Mutter, Annemarie, würde ich mich auf die Straße stellen und überall herumposaunen, daß Sie meine Tochter wären!› »

«Und was hast du gesagt?»

«Es gab nur zwei Möglichkeiten. Ich hätte sagen können, du wärst leider mit vierzehn vergewaltigt worden. Ich wäre die Folge davon. Aber da mir das nicht so recht gefiel, sagte ich, mir wäre alles recht, solange nicht einer käme, mich ansähe, dich ansähe und dann zu mir sagte: ‹Eine so erwachsene Tochter hätte ich Ihnen nie zugetraut, Frau Waldkirch.›» Sie schnurrte den ganzen Abend.

Aber wenn sie auch nicht gern erwachsene Kinder hat, sie hat sie und liebt sie auf ihre Art. «Siehst du Schorsch und Agneta manchmal, Annemarie?»

Ich schüttelte den Kopf.

«Hoffentlich ärgert es dich nicht, aber ich habe Wolfgang von dir und Schorsch erzählt. Er gehört doch nun zur Familie, und manchmal urteilen Männer über so verzwickte und traurige Geschichten viel besser als Frauen.»

Sie sah ihn auffordernd an, aber ich wollte mich nicht über Schorsch auslassen, schon gar nicht an diesem Abend, an dem bereits so viele Klippen umschifft worden waren. «Na, hast du ein Patentrezept, Wolfgang?» fragte ich.

«Viele. Andere Männer, oder noch besser einen Mann, der feinfühlig genug ist, zu merken, daß er geliebt wird und nicht aus allen Wolken fällt, nachdem er einer anderen Frau gerade ein Kind gemacht hat. Du könntest auch abwägen, ob dir eine Freundin und ein Freund auf die Dauer nicht den Liebeskummer wert sind. Du könntest ihn natürlich umbringen. Aber das hättest du gleich machen müssen. Jetzt ist es ein bißchen spät.»

Ich sagte ihm nicht, daß ich andauernd damit beschäftigt war.

Als ich mich von Mutter verabschiedete, sagte ich: «Bis auf bald, liebe Tochter, und mach mir keinen Ärger.»

Sie strahlte.

Wolfgang brachte mich zum Taxi. «Du bist nett, Annemarie, sehr nett.» Er gab mir einen Handkuß und winkte hinter mir her.

Wie nennt man das nun? Ist das eine barmherzige Lüge gewesen? Ich müßte Agneta fragen. In Sachen Katholizismus ist sie firm. Sie haben eine eigene Kapelle im Schloß und geschnitzte Betstühle in der Dorfkirche. Aber wenn ich sie das fragte, käme unter ihrem bohrenden Blick heraus, daß es nicht um Tochterliebe, sondern um mitleidige Freundlichkeit geht. Es kostet mich nichts, macht Mutter glücklich, macht Wolfgang glücklich. Was hat das mit Liebe oder Barmherzigkeit zu tun?

«Gar nichts», sagte mein nächster Besucher, dem ich unser Familientreffen schilderte. Als ich an einem Abend aus dem Geschäft kam, saß ein Herr auf einem der mickrigen Stühlchen im Hauseingang, der in echt Düsseldorfer Übertreibung «Foyer» genannt wird. Ich rechnete nicht mit Besuch und wäre achtlos zum Lift gegangen, wenn er sich nicht umgedreht und «Annemarie» gerufen hätte.

Papa Reichsgraf war wegen Behördenärger aus dem Münsterland gekommen und schnaubte immer noch vor Wut, weil sie ihn von Pontius zu Pilatus geschickt und überall hatten warten lassen. Das überraschte mich, denn der Reichsgraf sieht eindrucksvoll aus, geht am Stock und trägt einen schönen Titel vor sich her.

Er sah so müde aus, daß ich ihn in den einzigen bequemen Sessel meines Zimmers setzte, Tee kochte, Rührei mit Pilzen machte und auf alle verlockenden Angebote, irgendwohin zum Essen zu fahren, nicht einging. Leider hatte ich dabei nicht an Schorschs Bild gedacht, das auf der Kommode steht. Es jetzt noch wegzuräumen kam mir doch zu blöd vor, und ich ließ es. Weil ich ein begabter Ablenker bin, stürzte ich mich in ziemlich bissige Beschreibungen meiner aus einem Jungbrunnen auferstandenen Mutter, aber unversehens geriet mir die Komödie während des Erzählens ins Grundsätzliche. Ich begann zu philosophieren, was denn nun gut wäre, und was richtig und falsch, und wie man sich zu seinen Eltern einstellen solle, die man nie unvoreingenommen nehmen könne? Philosophieren war noch nie mein Gebiet. Fast immer überlasse ich es denen, die es mit Leidenschaft tun. Eine Weile höre ich zu, dann rutschen mir die Gedanken fort, und ich beschäftige mich mit anderem, während sie vom Sein als Solches sprechen. Wenn man wirklich über unsere Zeit nachdenkt, kann man nur Selbstmord begehen. Und das möchte ich nicht. Noch ist der Himmel blau, noch singen Vögel, noch kann man im Wald spazierengehen. Ich weiß, daß Menschen verhungern, und es quält mich, aber da hilft das Sein als Solches auch nicht. Und sie werden nicht satt davon, daß ich mich umbringe.

Papa Reichsgraf hatte mir geduldig und schweigsam zugehört.

«Annemarie, darf ich du sagen?» fragte er plötzlich artig.

In meiner Generation duzen wir uns schnell. Es wirkt steif, wenn man jemand ein paar Stunden kennt und immer noch Sie sagt. Aber er ist über sechzig. Der Name «Papa Reichsgraf», den ich bei einem Fest in München, zu dem Agneta ihre Eltern eingeladen hatte, in Sektlaune erfunden hatte, war schon ein Privileg, das ich nie auf

Agnetas strenge Mutter zu übertragen gewagt hätte. «Gern», sagte ich. «Danke. Darf ich dann auch du sagen? Ich möchte nur gern bei meiner alten Anrede bleiben.»

«Kannst du denn mehrere Väter verkraften?»

«Spielend. Ich habe einen echten, den ich liebe und kritisiere und nicht verstehe, worüber ich mich ärgere. Du bist ein geschenkter Vater, bei dem das alles nicht nötig ist. Ich brauche dich nicht zu verstehen. Ich kann dich nehmen, wie du bist, und da ich dich gern habe, brauche ich dich nicht zu kritisieren.»

«Was du für seltsame Komplimente machst, Annemarie!» Aber dann kam er sehr schnell zur Sache. Als ich die Teller fortgeräumt hatte und wir nur noch Tee tranken, blickte er Schorsch auf dem Foto an, drehte sich zu mir um und machte mit dem Kinn jene Bewegung zur Kommode, die man genau kennt, aber so schlecht beschreiben kann. «Warum kommst du nicht mehr? Ist er der Grund? Hat er dich verletzt? Hat Agneta in deinem Revier gewildert?»

Was für eine hübsche Redewendung aus gehobenen Kreisen! Hatte sie das? Hatte sie in meinem Revier gewildert? Was habe ich denn in meinem Revier – Schorsch als Kapitalhirsch? Dann müßte ich aber auch noch anderes haben, Rehe, Hasen, Füchse. Das habe ich in der Tat, aber erst seit der Hirsch abgewandert ist. Papa Reichsgrafs forschende graue Augen ließen sich nicht mit Fabeln abspeisen.

«Nein. Das war alles ganz anders. Ich war mit Schorsch schon im Kindergarten und in der Schule zusammen. Mein Bruder Robert ist vier Jahre älter als ich.

Schorsch war der zwei Jahre ältere Vertraute eines kleinen Mädchens, das für den großen Bruder ein Spielzeug oder einfach nur ein Kind war. Wir haben uns täglich gesehen; in den Ferien wurden wir abwechselnd zu seinen oder meinen Großeltern verfrachtet. Wir waren aneinander gewöhnt. Er hat in Stuttgart studiert, aber weil er in München zu Hause war, haben wir uns auch in der Studienzeit oft getroffen. Agneta hat ihn durch mich kennengelernt. Schau mal, Papa Reichsgraf . . .» Sobald ein Fremder zu mir «schau mal» oder «schauen Sie» sagt, weiß ich, daß ich vorsichtig sein muß. So fängt man seine Sätze nur an, wenn es einem ganz unwichtig ist, oder wenn man etwas vertuschen will. Nachdem ich mich dabei selber ertappt hatte, fragte ich mich besorgt, ob er es merken und mir von nun an nicht mehr glauben würde. Lügen mußte ich; ich konnte ihm doch nicht sagen, daß ich aus allen Wolken fiel, als *mein* Schorsch mir im zarten Alter von fünfundzwanzig erklärte, unsere «Liebelei» müsse nun zu Ende sein, weil er sich in Agneta verliebt habe, sie liebe, und es ihm mit ihr so ernst sei, daß er nicht länger auch mit mir schlafen wolle. Das *auch* war es, das mir am meisten zugesetzt hat. Bei mir war es immer nur Schorsch. Vom Kindergarten an habe ich keinen anderen Jungen und später keinen anderen Mann gesehen. Ich hatte Schorsch, und das reichte. Ich war so entsetzlich phantasielos auf dem Gebiet, daß ich mir nicht einmal vorstellen konnte, es gäbe auch noch andere Mädchen, für die er sich interessierte. Aber es gab sie. Und er hatte es mir damals vor weniger als einem Jahr in dürren Worten gesagt. «Annamirl, das mit dir ist immer etwas Besonderes gewesen. Wie ein Heimkommen nach langer Abwesenheit. Tuchfühlung und dieselbe Wellenlänge. Dein Körper und mein Körper, unsere Art zu denken und zu reden, unsere Spiele und unsere Geschichten. Es wird mir fehlen, aber ich muß endlich anfangen, mein Leben zu sortieren.» Ja, mein Lieber, mag sein, daß wir dieselbe Art haben, zu reden und zu denken, und deine Geschichten krame ich mir heraus, wenn ich allein bin oder das Leben langweilig ist, aber fühlen und empfinden …

«Annemarie», sagte Papa Reichsgraf, «hast du mit Schorsch mehr gehabt als eine Kinderfreundschaft? Ich will nicht aufdringlich sein, versteh mich bitte. Aber du und Agneta, ihr wart unzertrennlich. Du stehst mit beiden Beinen auf der Erde, wo sie immer eine Handbreit über dem Boden schwebt. Und nun, seit sie Schorsch hat und das Kind bekommt, bist du nicht mehr da. Sie sehnt sich nach dir. Ich weiß, daß sie dir oft schreibt, aber von dir kommt nie ein Brief. Dafür muß es einen Grund geben, und der kann nur Schorsch sein.»

Plötzlich wußte ich die Antwort. «Schau mal, Papa Reichsgraf, wenn man jemand von klein auf kennt wie ich Schorsch, spricht man eine eigene Sprache. Man sagt: weißt du noch? Und in dem Augenblick sind alle anderen ausgeschlossen. Wenn Schorsch und ich zusammenkommen, reden wir über unsere Großeltern und unsere Freunde aus dem Dorf. Es wird ein Esperanto daraus, das Agneta nicht versteht. Glaubst du, das wäre gut für sie? Sie muß ihr Leben mit Schorsch leben; sie ist, wenn ich sie richtig kenne, in ihrer derzeitigen Verfassung labil und empfindsam. Wenn Schorsch sie kränkt, was er ganz sicher tun wird, denn er ist viel weniger feinfühlig als sie, ist es doch besser, die beiden machen das unter sich ab, als daß ich auftauche und Schorsch ins Gewissen rede oder Agneta sage, sie solle sich nicht so anstellen. Ich verspreche es dir, ich komme wieder zu euch, aber ich brauche auch ein bißchen Zeit. Eben hast du gesagt, ich machte seltsame Komplimente. Du auch. Meinst du, es ist ein Kompliment, wenn du sagst, daß ich ein deftiger Bauerntrampel bin, den nichts umwirft, während deine feingliedrige schöne Tochter aus Seide gesponnen ist?»

«Du weißt ganz genau, daß ich das nicht gesagt und nicht gedacht habe, Annemarie.»

«Na gut, dann sind wir quitt. Wenn es dir so wichtig ist, will ich Agneta schreiben. Ich glaube nicht, daß sie es erwartet. Ich will es dir zu Gefallen tun. Ich komme aber nicht – wenigstens nicht, bevor das Kind da ist und ihr alle euch aneinander gewöhnt habt. Wie ist das überhaupt? Nimmt dir Schorsch das Heft aus der Hand? Hältst du es für richtig, daß er die Landwirtschaft selbst übernehmen will? Daß du nicht mehr den Schloßführer spielen mußt, kann dir doch nur recht sein?»

So einfach war es nicht, ihn abzulenken. Er beantwortete meine Fragen, kam dann aber wieder auf das alte Thema zurück. Ich verriet ihm nichts über Schorsch und mich, weil ich nicht weiß, was Schorsch Agneta erzählt oder nicht erzählt hat. Wenn sie wirklich nichts weiß, soll sie ihren Glauben an die Kinderfreundschaft bewahren. Ich kenne sie, wie gesagt, seit sechs Jahren – aber über mich und Schorsch habe ich nie wirklich mit ihr gesprochen, fast so, als hätte ich die spätere Entwicklung geahnt. Er war immer nur mein bester Jugendfreund. Und über Beziehungen zu Männern wurde überhaupt nicht viel bei uns geredet. Mädchen sind viel diskreter als man denkt. Wir wußten zwar meistens, wer mit wem schlief, aber nichts über Details. Und wir stellten keine Fragen. Bei mir dachte sowieso jeder, ich sei ein Spätzünder.

«Über mich ist ein bißchen viel hereingebrochen, Papa Reichsgraf. Das Ende des Studiums, die Scheidung unserer Eltern, die Heirat von Schorsch und Agneta, meine ersten praktischen Berufserfahrungen, dann die neue Ehe meiner Mutter und die vielen Freundschaften unseres Vaters. Ich bin aus Versehen in den Schleudergang der Waschmaschine geraten und wirbele immer noch.»

Um zehn Uhr brachte ich ihn zum Auto. Er wollte noch nach Hause fahren.

Ich schrieb am selben Abend an Agneta, nur ein paar Zeilen, wie ich immer an sie geschrieben hatte. Werdende Mütter, schrieb ich, sollten Schönes betrachten, damit ihr Kind schön würde. Schorsch, so schön er ihr auch in ihrer verblendeten Liebe erscheinen mochte, wäre kein geeignetes Subjekt, sich nach seinem Abbild einen Sohn, geschweige denn eine Tochter zu formen. Auch die Infantin von Velazquez hielte ich nicht für wünschenswert. Zuviel habsburgisches Kinn und Nase. «Nimm die Delphische Sibylle, liebe Agnes. Als ich ein Kind war, haben sie mir immer gesagt, ich sähe ihr ähnlich. Wenn es ein Mädchen wird, werde ich Patentante. Die Sibylle sieht nicht sehr seherisch, aber dafür handfest aus. Aber ich bin vom Thema abgekommen, denn es ging ja um Schönheit. Wie ist es mit Botticelli? Geh in Museen oder blättere in deinen Kunstbüchern. Notfalls kannst Du Dich vor den großen Barockspiegel in der Halle stellen. Mag sein, daß das auch hilft.»

Als ich ins Bett ging, sah mir Schorsch von der Kommode aus zu. Papa Reichsgraf mußte jetzt bald ankommen. Ob Schorsch zu Hause am Kamin auf ihn wartete und sie beide noch ein paar Minuten redeten?

Ich nahm sein Bild, wickelte es in Seidenpapier und legte es in die Schublade. Von jetzt an wird er dort wohnen müssen. Er bringt zuviel Ungemach in mein Leben. Philip Philip, Papa Reichsgraf. Wer könnte ihn noch zu sehen bekommen? Nein, der nicht; der schickt Telegramme ins Geschäft. So was Seltsames: ein Brieftelegramm von Köln nach Düsseldorf. Wir leben im vorigen Jahrhundert. Gute Nacht, Schorsch in der Schublade.

Es ist Mitte Juli geworden. In vierzehn Tagen beginnen die Betriebsferien, und mein Gastspiel in Köln beim Neffen Karsten rückt näher. Seit dem Telegramm habe ich nichts mehr von ihm gehört. Ich werde abwarten. Anrufen kann ich ihn auch kurz vorher. Es ist mir lieber, wenn er sich meldet. Mir ist nicht ganz wohl bei dem Gedanken an den August zwischen Teppichen und in Gesellschaft dieses verdrossenen Mannes, von dem mir als einziges das Lächeln in Erinnerung geblieben ist. Sein graues Alltagsgesicht ist mir abhanden gekommen; ich weiß nicht mehr, wie er ausgesehen hat. Natürlich würde ich ihn wiedererkennen, aber ich kann ihn mir nicht vorstellen.

Ich rief, wie versprochen, Robert an, um mit ihm über unsere gemeinsame Mutter zu sprechen. Daraus entwickelte sich ein Wochenendbesuch meines Bruders bei mir. «Hast du was vor?» fragte er, als ich ihm gerade vorgebetet hatte, daß er bei Wolfgang nicht mehr ganz so laut «Mama» brüllen solle. «Ich muß mit dir reden. Nicht nur über Mama, auch bei Vater ballt sich ein Sturm zusammen – was heißt Sturm, ein Orkan!»

«Du liebe Güte!»

«Jawohl, und wir beide Waisenkinder sollten in Katastrophenzeiten zusammenhalten.»

«Kannst du es nicht am Telefon sagen? Aber nicht, daß du deswegen nicht kommst! Ich freue mich wahnsinnig.»

«Wenn du dich über mich wahnsinnig freust, hast du brüderlichen Zuspruch nötig. Ich kann Freitag fahren. Komm am Samstag zum Frühstück ins Parkhotel. Um zehn Uhr, ja?»

«Hast du im Lotto gewonnen? Soll ich dir ein Zimmer bestellen?»

«Nicht nötig.»

Am Telefon ist er immer barsch und knapp. Er hatte schon aufgelegt, ehe ich wegen Vater nochmal nachhaken konnte.

Am Freitag sagte ich zu Roswitha: «Morgen kommt mein Bruder zu Besuch. Ich muß mir heute mittag ein Kleid kaufen. Wo soll ich hingehen?»

«Ihr Bruder??? Kindchen, vertun Sie sich nicht? Ich habe noch nie gehört, daß man sich wegen eines Bruders ein neues Kleid kauft!»

«Ich brauche es nicht unbedingt wegen Robert, aber er mag keine Hosen, und ich habe zu wenig Sommerkleider. Es muß für viele Gelegenheiten passen, und es darf nicht teuer sein, weil ich –»

«Ich weiß, weil Sie pleite sind. Warum eigentlich? Sie

verdienen doch gar nicht so schlecht.»

Ich betete ihr meine hohe Miete, mein sterbendes Auto und meine Freßsucht in Restaurants vor.

«Dann kommen Sie nächste Woche mal zu mir zum Essen, Kindchen. Das spart zwar nicht viel, aber es ist eine Abwechslung. Und das Kleiderkaufen ist kein Problem, wenn Sie mich mitnehmen. Ganz in der Nähe ist eine Boutique, die wir gut kennen. Die Besitzerin bekommt von uns Leihgaben für ihr Schaufenster. Sie ist sehr entgegenkommend, und ich kann handeln. Wir werden sicher was Hübsches für Sie finden und es billig bekommen.»

Wir fanden was sehr Hübsches. Außerdem bekamen wir Kaffee und Kuchen aus der Konditorei gegenüber. Ich habe nie geahnt, wie fein das Nachbarschaftsnetz von Geschäft zu Geschäft gesponnen ist. Antiquitäten fürs Schaufenster, dafür billige Kleider. In der Boutique Empfehlungen an die Kundinnen, die Wartezeit, bis die Knöpfe nachgenäht sind, im Café zu verbringen, dafür dann Sonderlieferungen von Kaffee und Kuchen für die Mittagspause.

Roswitha, mausgrau wie immer, entwickelte ungeahnte Talente, die ich verdutzt zur Kenntnis nahm. Sie griff in den Schrank, zog zwei Kleider heraus, sah die Kleider an, sah mich an, schob eins zurück und sagte: «Der Schnitt und die Farben müßten für Fräulein Dr. Waldkirch richtig sein. Die Größe könnte auch hinkommen.»

Es war ein seidenes, sportlich geschnittenes Hemdblusenkleid, naturfarben, mit aufgedruckten kleinen grünen Bäumchen. Als ich das Etikett sah, erschrak ich und wollte protestieren. Roswitha sah mich so streng an, daß ich keinen Ton über die Lippen brachte.

«Das geht ja wohl in den Ausverkauf», sagte sie dann zur Boutique-Dame, mit der sie sich duzt.

Die nickte gottergeben. «Du bist ein Geier, Roswitha. Wenn ich um die Hälfte reduziere, bist du immer noch nicht zufrieden. Sagen wir, das Fräulein Doktor bekommt es für dreihundert.»

«Fabelhaft», sagte ich. «Sehr herzlichen Dank.»

Roswitha schob mich mit einer Armbewegung fort. «Jetzt kommt die Gegenleistung. Was willst du dafür von uns haben?»

«Die kleine Schmuckschatulle, die im Schaufenster steht. Wenn ihr mir da was nachlassen könnt...»

«Das kann ich nicht allein entscheiden. Ich muß mit Frau Karsten sprechen, aber ich denke, daß sich da was machen läßt.» Roswitha trat ans Fenster, das zum Laden hin nur einen weißen Tüllvorhang hat. «Sie ist entzückend. Sogar die Schlösser und der Schlüssel sind aus der Zeit. Gut, ich rufe dich an.»

Ich trug meinen Raub ins Geschäft und hängte ihn auf. Immer, wenn ich ins Hinterzimmer kam, strich ich mit den Fingerspitzen über den Stoff, weil er sich so herrlich anfühlte.

«Warum kaufen Sie Ihre Kleider nicht bei Ihrer Freundin, Roswitha?» fragte ich, als sie mich beim Streicheln ertappte und mild lächelte.

«Nicht mein Stil. Bin ich ein Kolibri? Glauben Sie, Kindchen, daß ich teure Antiquitäten verkaufen kann, wenn ich teure Kleider trage? Bei der Chefin mag das angehen, aber es wissen doch alle Kunden, daß ich nur angestellt bin. Wenn sie mich in Samt und Seide sehen, fangen sie sofort an zu rechnen. Nein, ich muß bescheiden und soigniert wirken. Es ist ein übler, aber cleverer Trick einiger unserer Konkurrenten, daß sie Läden in Hinterhöfen mieten, nie Staub wischen und so aussehen wie Sie, Kindchen. Die Käufer glauben dann, daß sie einen Reibach machen – nur weil sie in einem Schmuddelladen bei einem Jeans-Mädchen gekauft haben. Dabei sind die Preise auf dem Hinterhof oft höher als unsere. Gehen Sie mal herum und fragen Sie!»

Daß diese Händler so aussehen wie ich, war eine Rüge, die ich schon gewöhnt bin. Margarete und Roswitha hackten oft auf mir herum, weil ich Hosen und Pullover trug, oder alte Waschkleider, sollte es mal warm sein. Dabei hatte es nicht den geringsten Zweck, sich hübsch anzuziehen, weil ich sowieso in den Hintergrund des Ladens verbannt wurde, sobald Generaldirektors kamen. Und wenn keine Generaldirektors kamen, räumte ich im Lager herum, putzte und wischte Staub oder wälzte im Hinterzimmer Nachschlagewerke. Für wen sollte ich mich also schön anziehen?

«Dann weiß ich nicht, was Sie gegen meine Hosen haben, Roswitha. Ich wirke zwar nicht soigniert, dafür aber ungeheuer bescheiden. Wenn mich doch mal ein feiner Kunde sieht, kann er nur Mitleid mit dem armen Lehrmädchen oder der Aushilfe haben. Wie wäre es überhaupt, wenn ich einen Kittel anzöge? Ich könnte dekorativ ein Staubtuch aus der Tasche hängen lassen und ein Kopftuch umbinden.»

Margarete hatte uns zugehört. «Geht nicht, Annemarie», sagte sie. «Weil ich mich gelegentlich mit Ihnen schmücke. Ich erwähne nebenbei, daß ich jetzt eine junge

Kunsthistorikerin angestellt habe, um sie einzuarbeiten. Ich spreche von Ihnen als von ‹unserem Fräulein Doktor›, und das wirkt gut.»

Wenn ich nur wüßte, ob ich Margarete mag oder nicht. Sehr oft ging sie mir auf die Nerven, weil sie so laut und hart war. Manchmal war sie bissig und ungeheuer komisch. Zum Beispiel wenn sie von den Einladungen bei Kunden erzählte, die ihr zeigen wollen, wie sie wohnen, und denen sie bei der Vorspeise en passant den Neffen und seine Teppiche empfiehlt und beim Hauptgang Bilder von Baumann & Gruber. Meistens fällt ihr spätestens beim Nachtisch ein, daß sie da doch noch diese hinreißenden englischen Teller hat, und daß Frau Sowieso die doch mal ansehen sollte, weil sie günstig wären – das Wort billig meidet sie wie die Pest –, denn sie habe sie aus einem Nachlaß kaufen können. Wenn Frau Sowieso dann kommt und die Teller kauft, hat sie gerade diese entzükkende Barockbrosche mit dem bezaubernden alten Schliff hereinbekommen. Und ob das nicht was für Weihnachten für den Gemahl wäre, der doch sicher nicht wisse, was er ihr schenken solle. Wie wäre es, wenn sie ihn anriefe? Sie brauchte ja nicht zu sagen, daß sie beide schon darüber gesprochen hätten. Sagt die Dame daraufhin, moderne Brillanten blitzten schöner, wegen der kleineren Facetten, hebt sie entsetzt die Hände. (Das macht sie uns mit beachtlichem schauspielerischen Talent vor.) Ganz gewiß, da hat Frau Sowieso natürlich recht, aber ... Wir leben in einer Zeit der Understatements. Es gibt viele reiche Leute, Frau Sowieso. Brillanten sind nichts Ausgefallenes mehr. Sehen Sie sich doch in Ihrem Freundeskreis um. Die Damen haben alle schönen Schmuck. Sie kaufen sich zum Schmuck Kleider. Aber so etwas! – dabei hebt sie die Brosche ins Licht – dazu muß man Geschmack und Stil haben! Nicht nur Geld. Sie können sie auf einem Kostüm oder einem Pullover tragen ... Meistens sind ihre Kundinnen vollbusig und tragen nie Pullover, aber daß Margarete es voraussetzt, tut ihnen gut. Und dieses Biest weiß das haargenau, berechnet es ein und überlegt gleichzeitig, wieviel sie nachlassen muß, um den Damen oder ihren Männern das Gefühl zu geben, gute Kaufleute zu sein. Und was heißt Nachlassen? Sie hat den «Rabatt» ja einfach nur auf den Preis aufgeschlagen, den sie für die Brosche haben will. Wenn sie das so bärbeißig und ein bißchen treuherzig erzählte, mußte ich sie einfach gern haben. Manchmal tat sie auch Unerwartetes. Sie hatte tatsächlich aus einem Nachlaß Schmuck gekauft – schöne Stücke wie die Brosche, ein Granatarmband, Kameen und einige aparte alte Ringe. Dazu noch eine Menge Nadeln, Gürtelschließen, italienische Mosaikbroschen und dergleichen, das für Margaretes Geschäft eigentlich zu schlicht ist. «Leg das zurück, Roswitha. Gib es nicht an Herold weiter. Es ist ganz gut, wenn wir mal was zum Verschenken oder Verschleudern haben.» Jetzt griff sie in einen Holzkasten, zog eine niedliche Anstecknadel mit einem Blümchen aus Perlen und Granaten heraus, hielt sie mir hin und sagte: «Da!»

«Für mich?»

Daß ich fragte, ärgerte sie schon wieder. «Für wen denn sonst? Stecken Sie es an den Kragen von dem Kinderkleid, das da hinten hängt. Dann wirkt es ein bißchen erwachsener. Wem wollen Sie eigentlich den Kopf verdrehen?»

Als ich mich bedanken wollte, wehrte sie unwirsch ab und sagte: «Na, wem denn nun?»

«Ihrem Bruder», erklärte Roswitha und schilderte den Kleiderkauf.

Margarete war nicht zufrieden. «Als ich noch in dem Alter war, in dem ich mich für Männer interessierte, habe ich für meine Freunde Kleider gekauft. Aber nicht für einen Bruder. Ha!»

«Ich hatte nicht vor, es nur einmal anzuziehen», sagte ich in dem Versuch, mich zu rechtfertigen. «Wenn ich mit dem Kleid und der Nadel Erfolg habe, werde ich Ihnen Bericht erstatten, Frau Karsten. Im übrigen nehme ich Ihnen nicht ab, daß Sie sich nicht mehr für Männer interessieren.»

Das gefiel ihr zwar, aber ich hatte mir eine Spur zuviel herausgenommen. Bei uns im Laden ging es autoritär zu. Sofort bekam ich eins auf den Hut.

«Haben Sie mit Roswitha geklärt, daß Sie morgen vormittag nicht kommen?»

Gott sei Dank, das hatte ich, und es war alles klar. Wegen Sommer und Ferienzeit kam samstags immer nur einer in den Laden. Ich hatte am Wochenende fast nie was vor, war brav im Geschäft und hatte darum viele Samstage gut. Roswitha bestätigte es, aber Margarete knurrte und schien mir den Vormittag nicht zu gönnen.

Am nächsten Morgen goß es. Ich ließ das schöne Kleid im Schrank, zog einen Rock und eine hübsche Bluse an, marschierte im Regenmantel und mit einem Schirm zu Roberts Hotel und fand meinen Bruder im Frühstückszimmer vor.

Er war offenbar noch immer so erschüttert, daß er mich vor den Gästen und Kellnern umarmte und nicht einmal vor dem feuchten Mantel zurückschreckte. Dann half er mir – auch das war atypisch – aus dem Mantel und bestellte viel Kaffee.

«Mach es nicht so spannend. Was ist nun mit Vater?»

«Er will heiraten!»

«Ist das so furchtbar?»

«Die Tatsache nicht, aber die Frau.»

«Wer ist sie? Kenne ich sie?»

«Sie heißt Lola!»

«Montez?»

Der Scherz rauschte an ihm vorüber. «Sie sieht auch so aus.»

«Herrgott, Robert! Wie sieht sie aus? Nun rede doch endlich.»

«Wie eine Bardame.»

«Ist sie eine?»

Er trieb mich zum Wahnsinn. Robert kann reizend sein, aber er hat einen Hang zum Dramatischen. Er verzerrt das Gesicht, seufzt, stöhnt, macht flatternde Handbewegungen und ist so in seine Vorführung versunken, daß er ganz vergißt, daß Menschen sich in Worten ausdrücken können.

«Also, sie heißt Lola und sieht wie eine Bardame aus. Wie sehen Bardamen aus? Ich stelle sie mir schwarz und mager vor, mit einer rauchigen Stimme und ungeheuer viel Sex-Appeal. Ist sie so?»

«Nein. Sie hat blonde Locken, ist rundlich . . .»

«In was für Bars gehst du, Robert?»

«Nun unterbrich mich doch nicht immer! Sie hat auch

keine Bar, sondern ein Teehaus.»

«Ein was, bitte?»

Er stöhnte und sagte: «Annemarie!»

«Wenn du nicht endlich sagst, was los ist, sitzen wir übermorgen noch hier.»

«Ein Teehaus ist ein Café, in dem es nur Tee gibt, aber dreißig Sorten.»

«So was heißt hier in Preußen Teestube. Meistens werden sie von urigen Leuten betrieben, die kiffen, vegetarisch leben, Ketten um den Hals haben und an jedem Finger mindestens einen Ring tragen. Sie ziehen Kaftans oder gebatikte Kittel an. Ist es das? Bist du darum so verstört?»

Lola, so stellte sich allmählich heraus, betrieb ihr Teehaus in der Nähe von Dachau. Ihre Spezialität waren selbstgebackene Kuchen und eben die dreißig Sorten Tee. Sie versorgte Ausflügler und hatte eine Klientel von Anthroposophen, die zu ihr kamen, weil sie entchlortes Wasser verwendete und naturgedüngtes Mehl oder vielmehr Korn; sie süßte mit Honig und bezog Eier nur von Mistkratzern. Sie war rundlich und hatte blonde Locken, zwängte sich entgegen allen gesunden Grundsätzen in stramme Korsetts und schätzte tiefe Ausschnitte mit Blick auf Wohlgerundetes. Sie war um die vierzig. Vater hatte sie bei einem Sonntagsausflug mit einem seiner Backfische kennengelernt und war vom Ausflügler zum Stammkunden avanciert.

«Jetzt sag' mir nur, was das mit einer Bardame zu tun hat?» fragte ich endlich völlig verwirrt. «Das klingt doch eher nach Handgewebtem und Eurythmie. Oder meinst du wegen dem tiefen Ausschnitt und dem Korsett?»

Als ich klein war, fand ich Robert langweilig, weil er sich so wenig um mich kümmerte. Später lernten wir uns kennen und mochten uns. Als dann unsere Eltern sich als absolut unzuverlässig herausstellten, ihre eigenen Wege gingen und meinten, genug für uns getan zu haben, brachen wir in geschwisterliche Liebe aus. Er hält mich manchmal für verrückt, ich halte ihn gelegentlich für ziemlich unsolide, aber wir lieben uns. Faszinierend finde ich an ihm seine Überraschungseffekte.

«Eigentlich meine ich gar nichts. Du hast recht, sie sieht auch nicht wie eine echte Bardame aus, aber sie betreibt eine Art Bar. Eine Bar für ausschweifende Grüne. Mirl, du solltest das sehen! Sie schlürfen verzückt ihren Tee und essen mit rollenden Augen Kuchen! Manchmal rollt ihnen ein Auge in den Ausschnitt der Frau Lola – so nennen sie sie, ob du's mir glaubst oder nicht!»

«Und Vater?»

«Findet das blödsinnig komisch.»

«Robert», sagte ich flehend. «Hab Mitleid.»

«Schön, ich nehme die Bardame zurück. Das habe ich nur gesagt, um es spannender zu machen. Sonst stimmt wirklich alles aufs Wort. Sie heißt Lola, sie hat das Teehaus, sie hat die überkandidelten Gäste – leider hat sie auch Vater.»

«Wie ist sie denn? Ist sie nett? Ist er glücklich?»

«Was du immer für Fragen stellst! Mein Fall ist sie nicht, aber sie ist lieb, wie Mollige eben so sind, herzlich, überströmend, lebhaft. Sie kann lesen und schreiben, und das Teehaus ist eine Goldgrube. Aber sie arbeitet auch wie ein Pferd.»

«Und Vater?»

«Ist bis über beide Ohren verliebt. Er gammelt nicht mehr mit den Modepuppen herum, gibt sich ländlich, lebt solide. Er fährt gleich nach dem Büro zu ihr und spielt den Teehausherrn. Er sieht um zehn Jahre jünger aus. Du würdest ihn nicht wiedererkennen.»

«O Gott! Vater auch? Ich habe mich von dem Schrekken über Mutters Anblick noch nicht recht erholt, und jetzt servierst du mir auch noch einen verjüngten Vater. Liegt es an uns, Robert, daß wir so komische Eltern haben?»

«Weiß ich nicht, aber über Mutter habe ich neulich was gelesen. Ich war in unserer Pension in Mettenham und habe mir abends was aus dem Bücherschrank geholt. Ein kleines Bändchen mit Marienlegenden. In einer davon hat Maria einen armen Ritter geheiratet –»

«Robert, Arme Ritter sind was zu essen.»

«Ich erschlage dich gleich. Also, sie hat im Mittelalter einen armen Ritter geheiratet und mit ihm Kinder bekommen und sie großgezogen. Als sie groß waren, hat sie ihrem Mann gesagt, nun habe er Kinder und sei nicht mehr arm und hilfsbedürftig, nun könne sie wieder fortgehen. Das hat sie auch getan. Ich nehme an, daß die Maria aus der Legende sich frommem Walten hingab und sich nicht wie unsere Mutter einen neuen Mann suchte, den sie beglücken konnte. Aber es trifft doch unsere Situation. Wie bei Vögeln und anderen Tieren, weißt du. Sie ziehen ihre Kinder groß, und dann Adieu.»

«Nur daß unsere Eltern uns nicht aufgeben, sondern auch noch von uns gestreichelt und gelobt werden wollen. ‹Haben wir das nicht fein gemacht? Sind wir nicht fortschrittlich? Haben eure Freunde auch so moderne Eltern wie ihr?›»

«Mit dem Lob und dem Streicheln kann ich mich bremsen. Ich sehe zu, finde es drollig und lästig zugleich, weil ich meinen Freunden und Freundinnen einen Einführungsvortrag über meine Familie halten und ihnen für den Fall, daß man sich einmal trifft, eine Gebrauchsanweisung geben muß.»

Danach gingen wir Menschen begucken und Schaufenster ansehen, bummelten Hand in Hand herum und fühlten uns wohl. Es hatte aufgehört zu regnen. Ich fragte nach Putti. Roberts ewige Freundin, die Schorsch für den Velazquez engagieren wollte, restauriert für den bayrischen Staat Bilder, ist ein schönes, apartes Mädchen und lebt seit fünf Jahren mit ihm zusammen. Es geht ihr gut – was ich wußte, denn ich telefoniere gelegentlich mit ihr. Auch sie gehört in die Kategorie der Geldverdiener nicht der Geldmacher, obwohl sie es zu Millionen bringen könnte, wenn sie ihr Talent zum Bilderfälschen ausnützte. Aber sie ist beamtet und grundanständig. Robert schwört, daß sie Expressionisten von Kirchner bis Heckel und Dix bis Nolde so nachahmen kann, daß die Maler selbst es nicht merken würden. Mir hat sie das nie zeigen wollen.

«Habt ihr eigentlich vor, zu heiraten? Ich meine, nach dem leuchtenden Vorbild unserer Eltern könntest du doch nachziehen?»

«Vorläufig nicht. Warum auch?»

Ich wußte auch keinen Grund und starrte interessiert in das Schaufenster eines Herrenschneiders. «Weißt du eigentlich, daß gute englische Schneider ihre Kunden fragen: Auf welcher Seite tragen Sie?»

«Wieso englische Schneider? Das tun die hier auch, so du Maßanzüge trägst.»

Robert mordet Pointen. Als Schorsch mir das vor ein paar Jahren erzählte, fand ich es sehr lustig und tratschte es gleich an Agneta weiter. Für weibliche Wesen ist das immerhin sehr wissenswert. Eine Zeitlang trieben wir empirische Studien und guckten allen Kommilitonen und Professoren auf die Hosen. Wir machten uns einen Sport daraus. «Links», tuschelte Agneta. Und ich flüsterte: «Er wechselt. Ich möchte wetten, daß es gestern rechts war.» Aber wie bei allen Spielen vergaßen wir dann irgendwann, daß es mal neu gewesen war.

Nur daß Robert meine schöne Geschichte derart nüchtern abtat, gefiel mir nicht. «Das habe ich von Schorsch. Woher soll man als Mädchen so was wissen. Es ist bildend.»

«Ja?» fragte er erheitert. «Warum eigentlich? Wenn du an dieser Region eines Mannes interessiert bist, hat er ja wohl selten eine Hose an. Was also soll's?»

Ich zog ihn zum nächsten Schaufenster. Koffer und Handtaschen sind unverfänglich. Aber Robert ist zäh, wenn er auf eine Fährte stößt. «Sag mal, Mirl, siehst du Schorsch noch?»

«Nein, aber Agnetas Vater war neulich hier. Schorsch hat die Pacht gekündigt und will das Gut selber bewirtschaften. Sie haben Geldsorgen, weil sie am Schloß viel renovieren müssen. Das kostet Unsummen.»

«Geht es dir immer noch nach?»

Robert kennt Schorsch ebenso lange wie ich, aber er war zwei Jahre älter und hatte damals schon andere Interessen. Er mochte Schorsch nicht besonders, und das hat mir immer zu schaffen gemacht. Er nannte ihn «Dikker» oder sagte zu mir «dein Dickerchen», was mich zur Weißglut brachte. Schorsch ist stämmig, aber nicht dick. Später, als er merkte, daß ich Schorsch liebte, sagte er es nicht mehr, versuchte aber auf seine Art, mich von Schorsch zu heilen. Zugegeben, es gibt grazilere Männer als Schorsch, vielleicht gibt es auch geistreichere, aber wenn ich nur den Mund aufmachte und sagte: «Schorsch hat mir erzählt, daß –!» unterbrach Robert mich angeödet. «Verschone mich, mein Engel. Du bist geblendet, aber es gibt wirklich amüsantere Geschichten als die von Schorsch.»

«Ich frage, ob du immer noch hinter ihm her trauerst?»

Er mordet Pointen, und er ist zäh, aber er ist mein Bruder, und ich liebe ihn. Wenn ich ihn mal ein paar Monate nicht sehe, bekomme ich Sehnsucht und schreibe ihm lange Briefe.

«Nein, es hätte ja wohl auch keinen Zweck. Agneta bekommt ein Kind, wußtest du das?»

«Ja, und du sollst nicht ablenken. Gibt es einen anderen, hast du wen, mit dem du schläfst?»

«Anfangs gab es eine Menge, aber nichts von Bedeutung. Jetzt ist Flaute.»

«Das liegt daran, daß du im Grunde treu bist. Wie lange hat das mit dir und Schorsch gedauert? Nein, das ist gar keine Frage. Du hast nie einen anderen gesehen, bis er dich vor die Tür gesetzt hat. Wenn dir ein neuer Schorsch begegnet, wirst du ihm auch wieder treu sein.»

«So was hat mir vor gar nicht langer Zeit schon jemand gesagt.» Ich erzählte ihm vom Wochenende in der Eifel und von den Gästen Margaretes, nur von Philip Philip erzählte ich eine zensierte Auswahl.

Wir hatten so lange gefrühstückt, daß wir das Mittagessen ausfallen ließen und zu mir gingen. Robert legte sich aufs Bett und schlief. Als er wach wurde, hatte ich mich umgezogen.

«Donnerwetter!» Er pfiff durch die Zähne. «Hübsch siehst du aus. Gut, daß wir uns nicht ähnlich sehen. Ich werde mit dir angeben.»

Ich war an brüderliche Komplimente nicht gewöhnt und wurde erst ganz verlegen, dann strahlte ich. Wir sehen uns wirklich nicht ähnlich. Robert hat dunkle, jetzt grau gesprenkelte Haare, und er ist sehr groß und breitschultrig. Dazu hat er dunkelblaue Veilchenaugen, um die ihn alle Frauen beneiden. Ich bin immer in der Mitte, nicht groß, nicht klein, nicht blond, nicht braun, nicht dünn, nicht dick, nicht schön, nicht häßlich. Das Kleid mußte schon eine Wucht sein, wenn er sich zu Ausdrükken wie «hübsch» verstieg. Wir gingen zu seinem Hotel, und ich wartete in der Bar, während er sich umzog.

Dann tranken wir jeder einen Whisky und schwatzten, bis es Zeit fürs Kino wurde. Robert hatte mich überredet, mit ihm in einen uralten Schinken von und mit Curt Goetz zu gehen, der in einem kleinen Kino in der Altstadt lief. «Dr. med. Hiob Prätorius» kam mir reichlich abgestanden vor, und die Schauspieler waren zu alt für ihre Rollen. Ich knurrte ein paarmal protestierend, aber Robert ließ sich nicht stören. Als es vorbei war, sagte er: «So, jetzt gehen wir essen, und du bist eingeladen. Ich habe vom Hotel aus einen Tisch bestellt.»

Er hakte mich unter, und wir gingen zurück zur Königsallee. Robert ist Ingenieur; er verdient bei seiner Firma gut, aber reich ist er nicht gerade, und dieser Luxus mit dem Hotel und nun einem der teuersten Restaurants der Stadt verblüffte mich sehr. Noch mehr aber verblüffte er mich, als er fragte: «Bist du knapp bei Kasse, Mirl? Blöde Frage, ganz bestimmt bist du knapp. Anders kenne ich dich nicht. Und du wirst ja wohl weder von Vater noch von Mama Geld bekommen. Ich hab dir was überwiesen – nicht viel, aber genug für außerplanmäßigen Luxus. Ich hab an einer unserer Maschinen herumgebastelt und einen Arbeitsgang eingespart. Dafür haben sie mir eine Sonderprämie gezahlt. Unter der Hand und ohne Finanzamt. Warum sollst du nicht auch was davon haben?»

«Du bist ein Schatz. Mach mich nicht so neugierig, wieviel, Robert?»

«Nur fünfhundert, Mirl. Jetzt schäme ich mich fast, daß es nicht mehr ist. Aber wenn mir wieder was Gutes einfällt, kriegst du einen Nachschlag.»

«Ich wußte gar nicht, daß ich einen so netten Bruder habe», sagte ich und gab ihm auf offener Straße einen Kuß.

Als wir unsere Regenmäntel abgegeben hatten und ins Restaurant kamen, war ich froh über das neue Kleid. Robert trug einen ganz normalen Anzug mit weißem Hemd und Krawatte. Er sieht immer sehr gut aus, und jetzt, mit den grauen Strähnen, geradezu fabelhaft. Bei mir ist das ganz anders. Ich laufe unter «Kleider machen Leute».

Der Empfangschef führte uns zu unserem Tisch; wir

tranken Sherry. Robert sah mich aufmerksam an und grinste dann. «Du warst ein scheußliches Baby, häßlich und ein Schreihals. Ich erinnere mich noch gut. Niedlich warst du nur mit vier.»

«Da warst du acht, fandest mich lästig und wußtest gar nicht, wie ich aussah.»

«Und ob ich das wußte! Damals habe ich oft mit dir gespielt. Aber dann tauchte dein geliebter Schorsch auf, und damit war ich abgemeldet. Bis vor einem Jahr oder wann das genau mit Agneta und Schorsch anfing, hast du mich nicht mehr angesehen. Ich habe Nachholbedarf, liebe Schwester. Daß du ausnehmend hübsch bist, habe ich heute erst entdeckt. Ich wußte es vorher wirklich nicht. Merkwürdig – ist dir klar, daß wir uns seit Jahren immer nur in großen Abständen gesehen haben, dann nur für ein paar Tage und so gut wie nie allein? Mit dreißig trifft man plötzlich ein anziehendes Mädchen, das die eigene Schwester ist.»

«Ich werde noch ganz verlegen, Robert. Was soll ich denn sagen? Du brauchst bloß in den Spiegel zu sehen, um zu wissen, wie gut du aussiehst. Seit ich denken kann, sind die Mädchen hinter dir her, fast ausschließlich sehr hübsche Mädchen. Siehe Putti. Ich war immer nur die kleine, unscheinbare Schwester im Hintergrund, über die sich deine Freunde amüsiert haben. Aber es hat mir nichts ausgemacht, weil –»

Er legte mir die Hand auf den Arm. «Geschenkt. Ich weiß, weil du Schorsch hattest. Mirl, komm, heute abend trinken wir ihn unter den Tisch. Wir feiern unser Kennenlernen und reden nur noch von uns. Wenn du ihn erwähnst, mußt du zur Strafe einen Cognac spendieren.»

Ich war ganz und gar einverstanden. Ich saß mit einem Mann, den niemand für meinen Bruder halten konnte, in einem eleganten Schlemmerlokal. Wir genossen das Essen, aßen langsam, tranken Wein und hatten uns viel zu erzählen. Ich war glücklich und strahlte. Er wurde angesteckt und strahlte zurück.

«Weißt du, daß sich hier jemand den Kopf nach dir verrenkt?» fragte Robert, als wir beim Hauptgang waren. «Es gibt eine Menge Männer hier, die mich um dich beneiden, aber rechts hinter dir, etwas schräg, sitzt einer, der sogar schon mit seiner Begleiterin über dich spricht. Nein, schau dich jetzt nicht um! Ich sage dir, wann du es kannst. Die Frau ist übrigens wunderschön, eine Orientalin. Aber für dich ist er viel zu alt. – Obacht! Jetzt!»

Ich ließ die Serviette von meinem Schoß rutschen, hob sie auf, ehe einer der vielen Ober herbeistürzen konnte, und sah mich dabei um. Es war der Neffe Karsten. Als sich unsere Blicke begegneten, verneigte er sich knapp.

«Den kenne ich», sagte ich, als ich, rot geworden, wieder oben war. «Ich hab dir schon von ihm erzählt. Es ist der Teppichmensch, bei dem ich im August in Köln arbeiten will. Sie wird wohl eine Perserin sein. Meinst du, daß ich ihm Guten Tag sagen muß?»

Robert lachte. «Wenn hier einer Guten Tag sagt, dann er. Du bist doch kein kleines Lehrmädchen, das einen Knicks machen muß, Annemarie! Für Achtzehnjährige ist das sehr possierlich, aber über das Alter bist du hinaus, Frau Doktor! Der Umgang mit den Familien von Schorsch und Agneta hat auf dich abgefärbt. Die betreiben das als Gesellschaftsspiel und halten sich in adelswidrigen Zeiten an ihren feinen Manieren fest.»

«Wie ist das, wenn du Schorsch erwähnst? Bekomme ich dann einen Cognac gestiftet?»

«Ja. Spielstand eins zu eins. Und jetzt darfst du mit mir flirten, denn wenn mich die Erfahrung nicht trügt, hast du das große Bedürfnis, dem strengen Herrn hinter dir zu zeigen, was für eine hinreißende Person du bist.»

Ich wurde schon wieder rot, aber nicht wegen Karsten. Ich wich aus und erzählte Robert von meinem Plan, mein Leben von nun an unter der Devise «leicht, heiter, hingetupft» zu verbringen.

«Möge es dir gelingen! Von unseren Eltern hast du das nicht. Vielleicht spukt eine liederliche Urgroßtante in dir herum. Ich sehe dich nicht so recht als Vamp.» Er sah mich aus den beneidenswert schönen Veilchenaugen an und lachte. «Nein falsch. Ich steige um auf Schmetterling.»

«Jetzt bist du gemein! Ich bin im besten Fall ein Nachtfalter.»

«Seit wann kannst du so gut flirten, Mirl?»

«Immer schon. Du hast es nur nie gemerkt. Aber was tust du denn?»

«Manchmal bist du penetrant einsichtig. Lassen wir es doch dabei, denn dies ist unser Abend. Prost, meine Schwester. Du hast mir das Herz genommen. Du bist ein verschlossener Garten, eine verschlossene Quelle, ein versiegelter Born.»

«Was ist das, Robert? Das kenne ich.»

Er lachte. «Daß du es kennst, ist nicht so wichtig. Aber ein Mann sollte es kennen, um es seiner Geliebten aufsagen zu können. Sehr wirkungsvoll und ungeheuer poetisch, und es hilft sogar in Fällen hartgesottensten

Widerstands. Prost, Schwester, du bist schön.»

«Jetzt weiß ich es. David! Aber er besingt seine Geliebte oder Freundin. Du mogelst.»

«Ich habe die Zeilen für die Schwester ausgewählt. Das kannst du nachlesen.»

Plötzlich streckte er die Hand aus und zog mir die kleine Anstecknadel vom Kragen. «Warum trägst du eigentlich nie Schmuck, Annemarie? Hast du keinen? Das hier ist hübsch und paßt zu dir. Genau wie das niedliche Umweltschutzkleid.»

«Was hat das mit Umweltschutz zu tun?»

«Na, die vielen kleinen Bäumchen. Rettet den deutschen Wald.»

Er steckte mir die Nadel wieder an, und ich spürte durch die dünne Seide seine Hand.

Wir waren beim Nachtisch. Ich aß Eis mit kandierten Früchten und Sahne, ein prunkvolles Gebilde, das ich nur langsam zerstörte. Er hatte sich eine Caramelcreme bestellt. Wie wir das schon als Kinder gemacht hatten, probierte jeder beim anderen. Als ich mit dem Löffel über den Tisch nach seinem Luxuspudding langte, hielt er meine Hand fest und protestierte. Wir lachten, und ich suchte meine Hand zu befreien, die sich unter seinen fest zupackenden Fingern etwas zu wohl fühlte.

«Robert, wir brauchen jetzt beide dringend einen Mokka», sagte ich. «Und vielleicht sollten wir Schorsch doch ein andermal unter den Tisch trinken.»

«Nichts da. Jetzt sind es zwei bei dir und einer bei mir, und die trinken wir auch. Sei kein Spielverderber.»

Beim zweiten Cognac nahm er seine Hand nicht mehr von meinem Arm. Seine verdammten Veilchenaugen glitzerten. Zuviel Alkohol, Ironie, etwas anderes? Ja, etwas anderes lag hinter dem Glitzern – tief, verlockend, gefährlich. Wenn man sich nicht wehrte, konnte man darin versinken.

«Mirl, du hast es selbst heraufbeschworen ...» Die Finger spielten mit der weichen Manschette meines Ärmels.

«Auf welcher Seite trage ich? Weißt du das?»

Nein, hätte ich sagen sollen, keine Ahnung. Ich wußte es wirklich nicht. Das war alles so lange her, und ich hatte nie mehr – bis heute – an dieses dumme Spiel gedacht. Robert, den ich zuletzt vor vielen Jahren nackt gesehen hatte, als er achtzehn war und ich vierzehn – wir hatten bei einer Wanderung in einem Gebirgsbach gebadet –, war schlank und dunkel behaart und schön. Und ich hatte mich geschämt, weil ich noch in der Pubertät war und viel Fohlenspeck um mich herum trug. Daran dachte ich und ertrank in der dunkelblauen Tiefe. Ich wollte mich wehren, brachte es aber nicht mehr fertig.

In diesem Augenblick stolperte ein kleiner Kellner und kippte ein Tablett mit zwei Glas Pilsener Urquell über Robert. Es begann ein ungeheures Theater. Er wurde bedauert, mit Servietten betupft, nach draußen gebeten, um gründlicher gereinigt werden zu können, Entschuldigungsreden wurden gehalten, und der Unglückswurm von Kellner wurde böse angezischt. Endlich saß ich allein vor einem Glas Mineralwasser und wartete auf meinen schnellgereinigten Bruder. Mitleidige, belustigte Blicke trafen mich, und aus dem Augenwinkel sah ich, daß Karsten gerade zahlte. Als er mit seiner schönen Begleiterin an unserem Tisch vorbeiging, nickte er mir zu und hob in komischem Bedauern eine Schulter.

Nach fünf Minuten kam Robert zurück. Er war gereinigt und getrocknet und wieder der Robert, den ich immer gekannt hatte – nicht mehr der schöne, anziehende Mann, der ... Der was? Nein, Schluß, aus!

«Es ist spät, Annemarie», sagte er. «Laß uns gehen.»

Er hatte draußen gezahlt. Auf der Treppe sagte er, er habe den Geschäftsführer gebeten, den kleinen Kellner zu verschonen. «Der ist höchstens sechzehn und gehörte längst ins Bett.»

Er schob mir die Hand unter den Ellbogen. «Ein komischer Schutzengel, Mirl. Sonst muß man immer vor dem Alkohol gerettet werden. Heute hat der Alkohol mich gerettet. Verzeih mir. Es war trotzdem schön.»

«Robert, ich – doch auch», stotterte ich.

«Eben! Und ich bin der Ältere.» Er winkte einem Taxi. «Ich fahr nicht mehr mit. Wir sehen uns morgen.»

Als das Taxi hielt, nahm er mich in die Arme und gab mir einen wenig brüderlichen Kuß.

Am nächsten Tag waren wir wieder normal und erwähnten den Abend mit keinem Wort. Es regnete, und ich kam in langen Hosen. Am Nachmittag brachte ich ihn zum Zug.

Mein Zimmer war sehr leer. Schorsch blieb in der Schublade.

3

Es ist August, und ich bin in Köln. Was ich hier nicht brauche, steht in einem großen Koffer im Lager von Margarete. Das Zimmer habe ich aufgegeben, weil Roswitha nach flüchtiger Besichtigung meinte, es wäre schauderhaft und zu teuer, und wenn ich im September zurückkäme, könnte ich bei ihr wohnen und mir in Ruhe was Besseres und Billigeres suchen. Sie schwimmt jetzt schon an der griechischen Küste im Mittelmeer, und der Mann, den ich ihr zugedacht hatte, sieht völlig anders aus. Kein Pykniker, sondern ein kleiner schmächtiger Gelehrtentyp mit grauen Haaren und großer Hornbrille. Nicht mal Filialdirektor einer Bank ist er, sondern Museumskustos. Auch die Wohnung war falsch. Kein Chrom und nichts Rechteckiges, keine Roswitha, die sich abends in einen Vamp verwandelt und Whisky trinkt. Sie bleibt wie sie ist; sie hat eine urgemütliche Wohnung mit ganz normalen Möbeln, bequemen Sesseln und ein paar ausgefallen schönen Dingen. Ein Bild von Waldmüller, einen herrlichen Braunschweiger Schrank mit Elfenbeinintarsien, schöne Teppiche (vom Neffen), wunderschönes altes Silberbesteck und edles Porzellan. Also hat der Beruf aufs Privatleben abgefärbt. Sie kocht nicht raffiniert, aber gut, und der Mann ist still, freundlich und kann sanfte Ironie um sich verbreiten. Es war ein Abend zum Wohlfühlen. Ich habe nach allem Wirrwarr in mir und um mich herum

Entspannung getankt. Kein Schorsch, keine elterlichen Ehedramen und nicht einmal Robert, den ich mit Energie aus meinen Gedanken beseitige, so daß er mich nachts heimsucht und sich rächt. Ob es ihm auch so geht? Ich habe nur einmal bei ihm angerufen, Putti gesprochen und ihr meine Kölner Adresse und Telefonnummer gegeben. «Willst du ihn sprechen? Er ist hier.» – «Nein, danke, bestell ihm einen schönen Gruß.» – «Er ruft, daß ich dich auch grüßen soll.»

Nichts von all dem bei Roswitha und ihrem Freund, sondern ein langer, behaglicher Abend. Als ich am nächsten Morgen wach wurde, hatte ich tief und traumlos geschlafen. Wie wohltuend.

Mit dem Neffen war alles völlig unkompliziert gelaufen. Er hatte im Geschäft angerufen und gesagt, ich sollte nach Möglichkeit gleich am ersten August nach Köln kommen. Ob ich mit der Bahn oder mit dem Auto käme? Mit dem Auto. Gut, dann sollte ich durch die Einfahrt auf den Hof fahren, wo das Geschäft markierte Parkplätze habe. Alles andere könnten wir besprechen, wenn ich da wäre. Die Putzfrau hätte die kleine Wohnung in Ordnung gebracht. Ich brauchte keine Wäsche mitzubringen, es sei alles da. Dann auf Wiedersehen.

Als ich auf Wiedersehen sagte, hatte er schon aufgelegt.

Die Nacht vom Einunddreißigsten zum Ersten schlief ich auf der alten Couch im Hinterzimmer von Margaretes Geschäft. Es war ihr sogar sehr lieb, denn so konnte ich die Schlüssel an die Studentin übergeben, die sie für den Ferienmonat als Schlafburschen engagiert hatte. Die

Aushilfe kam morgens um zehn. Ich trank mit ihr Kaffee, erklärte, was zu erklären war, und fuhr dann los.

Karsten – er sagt «Fräulein Dr. Waldkirch» und ich «Herr Karsten» – empfing mich allein. Seine Angestellten waren schon in den Ferien. Das kleine Zimmer zum Hof, von dem er in der Eifel gesprochen hatte, erwies sich zwar als Zimmer zum Hof, war aber gar nicht so klein und hatte ein Bad und eine kleine Nische mit Kochplatten, einem Eisschrank und einem Regal mit Töpfen und Geschirr. Das Fenster war vergittert, aber neben ihm wuchs ein alter Rosenstrauch an einem Spalier. Er füllte die Gitterstäbe mit seinen blaßrosa Blüten fast aus und verbreitete mitten in der Stadt Insektengesumm und Blumenduft.

Karsten stand stumm und ernst unter der Tür, als ich besichtigte und sagte, wie schön ich es fände, und daß ich mir ganz andere Vorstellungen gemacht hätte. Er quittierte das mit einem flüchtigen Lächeln.

Er gab mir Schlüssel für das Geschäft und für die Hoftür, die nachts abgesperrt wird. Sicher wollte ich in Ruhe auspacken und die Gegend erkunden und Vorräte einkaufen. Er habe nachmittags und abends etwas vor, und ob es mir recht wäre, wenn wir uns morgen um neun Uhr träfen, um die Arbeit zu besprechen. Selbstverständlich könne ich jederzeit von meinem Zimmer aus ins Geschäft gehen. Im Hinterzimmer – er zeigte es mir – stünde ein Fernsehapparat. Wenn ich erst nachts nach Hause käme, müßte ich durch den Hof, denn das Geschäft habe eine Alarmanlage. Wenn ich mit irgend etwas nicht zurechtkäme, sollte ich ihn, Karsten, per Haustelefon anrufen. Er wohne im Haus in der obersten Etage.

Nur heute wäre ihm leider was dazwischengekommen, und nun könne er mir nicht weiter behilflich sein.

Ich dankte in wohlgesetzten Worten, beteuerte, ich sei bestens untergebracht, würde mich bestimmt mit allem zurechtfinden und wäre morgen um neun Uhr im Geschäft.

Eine komische Situation: als hätte es nie die Eifel gegeben, als hätten wir nie ein privates Wort miteinander geredet, und als hätte er mich nicht vor knapp zwei Wochen mit Robert im Restaurant gesehen. Wir spielten beide Mensch-ärgere-dich-nicht und hatten keine Sechs gewürfelt, um aus dem Häuschen aufs Feld zu kommen. Ich packte aus, wozu ich lange brauchte, obwohl ich so wenig mitgenommen hatte. Schorsch in Seidenpapier zog wieder in einer Schublade ein. Seit Robert hatte ich ihn nicht mehr ausgewickelt. Seit er in Schubladen hauste, war er merkwürdigerweise seines Lebens sicherer. Aber auch das war mir nicht recht. Geht Vergessen denn so schnell? Ein paar Monate ohne Schorsch, wupps, rein in die Schublade. Wie lange würde es noch dauern, bis ich ihn nicht mehr vor mir sehen konnte, wann immer ich wollte? War es schon soweit? Ich stand wie vom Donner gerührt, riß die Schublade auf, wickelte Schorsch aus und sah nach, wie er denn nun aussah. Wie immer – sehr vertraut und sehnsuchterweckend. Plötzlich tropfte eine Träne auf das Glas. Ich packte das Bild ärgerlich wieder ein und stieß die Schublade zu. Blöde Heulerei. Warum ausgerechnet jetzt, nach mehr als einem halben Jahr? Warum habe ich damals nicht geheult? Warum fange ich jetzt damit an, nachdem so viel geschehen ist, daß ich Schorsch hinter mir haben könnte? Liegt es vielleicht daran, daß so viel passiert ist, was ich ihm nicht erzählen kann? Oder weil ich es ihm etwa nicht erzählen möchte? Das mit Robert bestimmt nicht. Warum laufen Bruder und Schwester ganz plötzlich einen Tag lang Hand in Hand herum, wenn sie es nie zuvor getan haben? Warum, um es endlich mal in Worte zu fassen, hätte ich an jenem Abend mit meinem Bruder Robert geschlafen, wenn es nicht zu der albernen Geschichte mit dem verschütteten Bier gekommen wäre? Wir verdankten es einem stolpernden kleinen Kellner, daß wir nicht zusammen im Bett gelandet sind. Und wie sehr würde uns das belasten? Am Wollen hatte es nicht gelegen – nicht bei mir und nicht bei Robert. Vielleicht kommt das überhaupt viel häufiger vor, als man erfährt. Vielleicht ja, vielleicht nein. Für uns aber wäre es zu einer Katastrophe geworden, dessen bin ich sicher. Wir brauchten uns als Geschwister und nicht als Liebespaar. Jetzt, nachdem der Zauber dieses Tages vergangen war, war ich froh, davongekommen zu sein. In ein paar Wochen oder Monaten, wenn wir uns wiedersahen, würden wir es nicht mehr verstehen. Wir würden nur wissen, daß das einmal war. Putti und Robert hatten mir einmal in München ihre Lieblingsplatten vorgespielt. Verrückt, daß mir das jetzt einfällt. Edith Piaf: «Non, je ne regrette rien». Ich auch nicht.

Ich ging zum Einkaufen, und das ist eine sehr beruhigende, vernünftige Beschäftigung, vor allem, wenn man allein in einer neuen Stadt ist und sich sortieren muß. Freundliche rheinisch sprechende Männer und Frauen in kleinen Geschäften. Supermärkte sind nichts zum Fußfassen. Ich kaufte Kaffee, Tee, Butter, Milch, Brot, Wurst und Marmelade und kam an einer Blumenfrau vorbei, die in Eimern bunte Löwenmäulchen und Zinnien feilbot. Ich war schon ein paar Schritte weitergegangen, als sie mir richtig ins Bewußtsein kam. Ich kehrte um und kaufte von all ihren Sommerblumen ein Bündchen. Es wurde ein Riesenstrauß. Zuhause – wie soll ich es sonst nennen? Mein Zuhause ist da, wo ich gerade bin – fand ich keine Vase, die groß genug war. Ich teilte den Strauß in zwei Vasen auf und stellte eine auf den Schreibtisch im Hinterzimmer des Ladens. Er hatte sich meinetwegen Mühe gegeben, dafür gesorgt, daß ich gut untergebracht war und mich empfangen. Vielleicht mochte er Blumen.

Er erwähnte sie mit keinem Wort, als ich am nächsten Morgen um Punkt neun Uhr im Geschäft erschien. Ich hatte lange überlegt, was ich anziehen sollte, wenn die Auswahl auch nicht sehr groß war. Wenn wir Teppiche herumwuchten würden, war ein Sommerkleid wohl kaum richtig. Jeans? Lieber nicht, denn jemand wie er hält sie sicher für eine antikapitalistische Demonstration oder eine Hippie-Uniform oder eine Sympathiekundgebung für die RAF. Auf dem Land mögen sie noch angehen, da tragen sogar Kapitalisten Jeans. Also was? Endlich zog ich eine helle Leinenhose und ein kariertes Männerhemd an. Arbeitskleidung, aber ich bin der Typ, dem das steht. Im Badezimmerspiegel gefiel ich mir ganz gut.

Aber alle Überlegungen über mein Aussehen wurden hinfällig. Ich war zum Arbeiten und Lernen gekommen, und, weiß der Himmel, das tat ich. Es ging um fünf nach neun los, wurde von halb eins bis halb drei unterbrochen und ging wieder durch bis abends um sechs. Teppiche sind hochinteressant, haben aber die üble Eigenschaft, sehr schwer zu sein und keine normalen Maße zu haben. Ich mußte jeden einzelnen nachmessen und die Maße auf Karteikarten eintragen. Die Karteikarten schrieb ich, die Maße nahm ich, und die Muster, die Menge der Knoten und die Herkunft diktierte mir Karsten. Wenn ich Schwierigkeiten hatte, die türkischen und persischen Namen richtig zu schreiben und nachfragte, buchstabierte er in einem unheimlichen Tempo, bei dem ich nicht mitkam. Wenn ich noch mal fragte, wurde er ungeduldig. Man sollte glauben, es gäbe schon eine Kartei, die nur verbessert werden müßte, aber leider nein. Zwar gab es eine, aber er hatte sie, ehe wir mit dieser Sisyphusarbeit anfingen, einfach vernichtet. «Sie war zu schlecht und auf zu kleinen Karten», sagte er. Wenn ich gerade *Fachralo* (Kasak) getippt hatte und die Größe (234 × 140) eingetragen war, kommandierte er: «Woran erkennen Sie ihn? Woraus sind Kette und Schuß und der Flor? Wieviele Knoten hat er auf den Quadratmeter schätzungsweise? Was für Farben?» Vorläufig sagte ich gar nichts, denn das war noch zu schwer. Ich weiß, daß es zwei Arten von Knoten gibt, einen persischen, der Senneh heißt, und einen türkischen Doppelknoten namens Ghiordes; ich weiß, daß man bei guten Teppichen das Muster auf der Rückseite ganz genau sehen muß, daß man sie auf Morschheit prüft, indem man auf der Unterseite eine Falte fest zusammendrückt; wenn die Fäden dabei reißen, taugt er nichts mehr. Solche Teppiche haben «wir» natürlich nicht. Wir haben auch keine neuen. Neue sind die, die etwa ab 1950 geknüpft sind. Wir haben alte und ältere. Wir haben nur Teppiche mit Naturfarben und wollen keine groben Knoten. Ich weiß, daß es bestimmte Motive gibt – Rosetten, Palmetten, Arabesken, Gabelranken, Vasenmotive oder stilisierte Tiere. Es gibt bestimmte Ränder, mit Mäandern, mit Laufenden Hunden – die nichts mit einem laufenden Hund zu tun haben, aber ich kann sie mir wegen des Namens am besten merken und finde das wenigstens immer heraus; dann gibt es Zinnenmuster und reziproke Zinnenmuster oder Wellenranken und zahllose andere Dinge, die ich vermutlich in vielen Jahren noch nicht begreifen werde. Um es schwerer zu machen, verwenden Teppichknüpfer in genau festgelegten Gebieten auf einmal Motive aus anderen Gegenden, so daß man einem Täbris begegnen kann, der ein Kasakmuster hat.

Nach drei Tagen überlegte ich nicht mehr, was ich anziehen sollte, sondern ich stieg in meine ältesten Hosen und T-Shirts, band mir ein Kopftuch um, trottete nach dem Frühstück über den Gang in den Laden, sagte: «Guten Morgen» und griff nach dem Bandmaß. Wenigstens wußte ich schon, mit welchem Stapel wir anfingen. Wenn er ausgemessen war, setzte ich mich an die Schreibmaschine und fragte: «Wie heißt der liebe Kleine?»

Der liebe Kleine kam aus China, aus Kansu, war aus Seide, und natürlich hatte er Naturfarben und tat es nicht unter 450 000 Knoten.

«Sehen Sie denn nicht wenigstens, daß das ein Chinese ist?»

«Ja», sagte ich artig. «Aber nicht, aus welcher Gegend Chinas er kommt.»

Manchmal hielt er mich für dümmer als ich bin. Um chinesische Teppiche von türkischen oder persischen unterscheiden zu können, muß man nicht unbedingt ein

Genie sein. Aber ich hatte mir fest vorgenommen, es zu keinem Streit kommen zu lassen. Ich war zum Arbeiten da und nicht zum Zanken. Artig und gelehrig gab ich mir wirklich viel Mühe. Im übrigen machte es auch Spaß. Dieses angestrengte, konzentrierte Arbeiten, bei dem es kaum Pausen gab, tat mir gut. Ich hatte gar keine Zeit, über mein Privatleben nachzudenken; ich tippte Karteikarten und sortierte sie nachmittags mit Karsten in einen Hängeschrank. Er entwickelte ein neues Karteiensystem, das half, schneller festzustellen, von welchen Teppichen wieviele vorhanden waren, ob sie im Lager oder im Geschäft waren, oder ob sie bei einem Kunden zur Ansicht lagen. Bei der Arbeit kam ich mit Karsten ausgezeichnet zurecht. Nach den Anfangsschwierigkeiten spielten wir uns aufeinander ein. Ich wälzte allabendlich Teppichbücher und lernte eine Menge. Wenn mir eine Verbesserung der Stichworte oder der Kreuz-Referenzen einfiel, ging er darauf ein, nahm an oder verwarf und lobte sogar manchmal. Am Ende der ersten Woche gab er mir einen Umschlag.

«Ich habe noch nicht mit Ihnen über die Bezahlung gesprochen, weil ich mir selber nicht darüber klar war. Sie haben auch nichts gesagt. Ich dachte, ich warte mal ab, wie es läuft. Es läuft gut, so gut, daß ich wirklich das Gefühl habe, daß wir in den vier Wochen fertig werden können. Ich dachte, ich gebe Ihnen dies, und am Ende bekommen Sie nochmal dasselbe.»

Ich hielt den Umschlag in der Hand und wußte nicht, ob ich ihn dankend einstecken oder nachzählen sollte. Er lächelte plötzlich ganz freundlich.

«Sie können nachzählen. Es sind tausend Mark.»

«Ja, aber . . . Ich wohne doch umsonst hier. Dafür können Sie mir was abziehen.»

«Halten Sie mich für einen Sklavenhalter?»

«Nein», sagte ich fröhlich und steckte den Umschlag in meine Hosentasche. «Wissen Sie, daß das Auto immer besser wird?»

«Was für ein Auto?»

«Mein neues Auto. Das alte übersteht keinen Winter mehr. Im Dezember muß ich zum TÜV. Es wird immer noch ein Gebrauchtwagen, aber er wird immer neuer, und mit etwas Glück kann ich mir einen aus erster Hand kaufen.»

«Brauchen Sie denn unbedingt ein Auto?»

«Nicht in der Stadt, aber meine Familie lebt in München, und meine Freunde sind überall verstreut. Hauptsächlich brauche ich es für die Wochenenden und Feiertage oder Ferien.»

«Was machen Sie dieses Wochenende?»

Ich hatte nichts vor und freute mich auf das Faulenzen, wollte das aber nicht einfach zugeben.

«Ich möchte ins Bergische Land fahren, das kenne ich noch nicht.»

«Das könnten Sie ja morgen oder übermorgen tun. Was ist mit heute abend? Wollen Sie mit uns essen? Mein Vater möchte Sie kennenlernen.»

Also gab es einen Vater Karsten, und ich wurde zur Besichtigung kommandiert. Warum redete er nicht wie ein vernünftiger Mensch über seine Familie? Jetzt holte er den Vater wie ein Kaninchen aus dem Hut. Offenbar war auch alles vorbereitet, nur ich wußte nichts davon. Und wenn ich keine Zeit hätte? Oder keine Lust?

«Ihr Vater? Wo lebt er?»

«Hier im Haus. Ich wohne mit ihm zusammen.» Er sah auf die Uhr. «Jetzt ist es sechs; sagen wir in einer halben Stunde? Ich hole Sie ab. Der Lift fährt nur bis zum fünften Stock. Für unsere Wohnung braucht man einen besonderen Schlüssel. Das kann man schlecht erklären. Ich muß es Ihnen zeigen. Wir sind nur zu dritt. Sie können kommen, wie Sie wollen.»

Karstens Gewißheit, daß ich kam, daß ich mich fügte, daß ich eine Art Antrittsbesuch absolvierte, obwohl sein Vater genausogut jeden Tag ins Geschäft hätte herunterkommen können, ärgerte mich. Aber irgendwie war das nicht böse gemeint. Er sah für seine Verhältnisse ausgesprochen freundlich aus. Gut, dachte ich, drehen wir den Spieß um. Wenn der Vater mich besichtigt, kann ich auch besichtigen. Und gleich alles auf einmal: Vater, Sohn und Wohnung.

«Gut, danke. Dann bis gleich.»

Ich duschte, wusch die Teppichwolle aus meinen Haaren, trocknete sie, wählte das Zweitbeste, einen bunten Rock mit einer weißen Bluse, bemalte mich dezent, zog sogar zur Feier des Tages Strümpfe über meine viel zu blassen Beine – wann sollte ich sie auch in die Sonne strecken? – und schlüpfte gerade in die Schuhe, als es schon klopfte.

«Moment», rief ich durch die Tür, tupfte Parfüm und zog ein Taschentuch aus der Schublade. Es war Schorschs Schublade; er knisterte im Seidenpapier. Bloßes Rascheln nützt dir nichts mehr, lieber Schorsch. Wie nennt dich Robert? Annemaries Dickerchen. Verdammt, Schorsch, vielleicht ertränke ich dich doch besser im

Schloßgraben, statt an Robert zu denken. Mittlerweile klopfte der Neffe zum zweitenmal.

Meine Anspielung auf das Kaninchen im Hut war gar nicht so schlecht. Liebe Güte, das fing an wie ein Kinderverwirrspiel. Wir fuhren im Lift bis in den fünften Stock, wo er anhielt. Der Neffe schob eine Klappe im Türrahmen hoch, darunter war ein Schloß; er steckte den Schlüssel hinein, und der Lift fuhr eine Etage höher; die Türen öffneten sich vornehm-leise, und wir traten auf einen breiten Flur. Als erstes fiel mir auf, daß es eine Wohnung ohne Türen war. Nicht mal Schiebetüren gab es, nur breite Öffnungen mit Vorhängen. Wir gingen in ein sehr schönes großes Wohnzimmer. Davor eine langgestreckte Terrasse mit Aussicht auf den Regen und graue Wolken und graues Köln. Übrigens gab es hier wenigstens eine Terrassentür. Dann trat ein Gorilla auf. Ein Mann von zwei Metern Höhe und einem Meter Breite, mit riesigen roten Pranken, einem Kugelkopf mit Bürstenhaaren und einer neckischen Schürze für kochende Männer. Ein Filmungeheuer.

«Felix Müller», stellte Karsten vor. «Frau Dr. Waldkirch.»

Er streckte eine Pranke aus. Ich gab ihm mutig meine Hand. «Guten Tag, Herr Müller.»

«Frau Doktor!» sagte er, als käme er direkt aus dem Fernsehen und wollte sich nun meiner Arzttasche bemächtigen.

Karsten beobachtete mich und sah wie üblich unergründlich aus. «Wann essen wir?» fragte er.

Demnach handelte es sich bei Herrn Müller nicht um einen Freund des Hauses, eher um einen Koch. Aber wozu brauchen zwei Männer einen Koch?

«Wenn's recht ist, in einer halben Stunde?»

«Gut. Wir trinken erst noch was, dann bringen Sie bitte meinen Vater herüber.»

Bringen? Plötzlich platzte die Seifenblase. Keine Türen, der Gorilla, und ein Vater, der gebracht wurde. Ein Rollstuhl.

«Ist – ist Ihr Vater behindert, Herr Karsten?» fragte ich, als der Gorilla sich entfernt hatte.

«Ja. Er hatte einen Schlaganfall. Er ist leicht gelähmt und manchmal ein wenig verwirrt.»

Das war die Untertreibung des Abends. Karstens Vater war ziemlich schwer gelähmt und nur in seltenen Momenten bei klarem Verstand. Während des Essens stand der Gorilla hinter ihm und fütterte ihn, war aber sonst nicht vorhanden. Karsten und ich machten Konversation. «Schlechter Sommer, so verregnet, nicht wahr?» – «Ja, und auch viel zu kalt.» – «Wunderbares, zartes Filet. Kochen Sie, Herr Müller?» Feierliches Kopfnicken des Nichtvorhandenen. «Herr Karsten, ist das Bild von Otto Mueller?» – «Ja. Ich wußte gar nicht, daß Sie sich mit Expressionisten auskennen.»

Dazwischen der Senior. «Herbert ist ein lieber Sohn, Fräulein Doktor. Finden Sie nicht auch, daß er ein schönes Gesicht hat? Wenn man so alt ist wie ich, freut man sich über schöne Menschen.»

Im nachhinein klingt das nicht ganz so verrückt, wie es sich anhörte. Der alte Mann sprach vermutlich wegen der Lähmung sehr leise und lallend, und ich mußte gelegentlich fragen, weil ich ihn nicht verstanden hatte. Er wiederholte sich zäh und blieb bei der Schönheit seines

Sohnes, der sich in Qualen wand, zusehends häßlicher wurde und dennoch kein böses Wort sagte.

Ich versuchte abzulenken. «Wie alt sind Sie denn, Herr Karsten?»

«Herbert, bin ich achtzig?»

«Nein, Vater, du bist achtundsiebzig.»

«Herbert» – diesmal wurde die Stimme quengelnd – «der schreckliche Mann hat wieder den ganzen Tag an meinem Bett gesessen. Du weißt schon – der, den sie mir auch im Krankenhaus ins Zimmer gelegt hatten und der immer am Fußende von meinem Bett schlafen wollte.»

«Da muß Felix öfter nach dir sehen und ihn fortschikken, wenn er dich stört.»

«Ich sage ja nicht, daß er mich stört. Er tut mir nichts, aber muß er denn immer kommen? Weißt du, er ist immer schwarz angezogen und sieht so trübselig und häßlich aus.»

Karsten senior war schwarz angezogen und sah trübselig und häßlich aus. Zum Glück sahen sich Vater und Sohn nicht ähnlich. Nur die schönen braunen Augen hatten sie beide. Die vom Vater ruhten auf mir, während ich kaum einen Bissen herunterbrachte. «Sie sind auch schön», sagte er. «Aber Sie lachen zu wenig. Ist mein Sohn nicht nett zu Ihnen? Hörst du, Herbert, sei nett zu ihr. Sie ist schön.» Die lebendigen braunen Augen ließen das wirre Gerede und die Lähmung vergessen. Sie blickten klar und sandten eine Botschaft, die ich nicht verstand.

Plötzlich tat er mir unendlich leid. Von diesem Augenblick an verlor ich alle Scheu und alles Unbehagen. Warum sollte der arme Mann seinen Sohn nicht schön finden? Der häßliche Besuch, den er in seinem Zimmer sah, war vermutlich sein Spiegelbild, das er nicht wiedererkannte, weil er sich so verändert hatte. Felix, dessen Existenz ich begriff, war gewiß taktvoll und rührend, aber schön war er nicht. Herbert Karsten, der mir wirklich nicht besonders schön erschien, mußte für den alten kranken Mann ein Augentrost sein. Er sah jetzt gequält aus, weil er der Situation nicht gewachsen war, aber es paßte zu ihm, daß er, allein mit dem Vater, reizend und geduldig und liebevoll auf ihn einging. Warum sollte ihn das nicht verschönen? Mich verschönt es, wenn ich mir die Haare wasche oder schneiden lasse. Karstens Werte sind sicher innerer Art.

Ich strahlte den Senior an und sagte: «Vielen Dank, Herr Karsten. Was für ein freundliches Kompliment. Und im übrigen geht es mir wie Ihnen. Ich mag auch keine schwarz angezogenen Leute.» Dann biß ich mir auf die Lippen und wurde rot. Ich hatte nur an sein Phantasiebild gedacht, etwas Zustimmendes sagen wollen und darüber ganz ihn selbst vergessen, der mir in seinem schwarzen Anzug gegenübersaß.

Der Neffe wuchs über sich hinaus. «Recht hat sie, Vater», sagte er. «Wenn du nicht immer schwarze Sachen trägst, zieht sie dein Besucher vielleicht auch nicht mehr an. Felix! Holen Sie doch bitte mal die helle Strickjacke meines Vaters und helfen Sie ihm beim Umziehen. Wir beide gehen schon ins Wohnzimmer. Bringen Sie den Mokka dann rüber.»

Im Wohnzimmer fragte ich: «Ist es sein Spiegelbild?»

Karsten schüttelte verwundert den Kopf. «Daß ich darauf nicht längst gekommen bin! Ich habe es erst begriffen, als Sie das von den schwarz angezogenen Leuten sagten. Er hat einen Spiegel im Zimmer, den er vom Bett aus sehen kann. Früher hat er im Geschäft immer dunkle Anzüge getragen. Felix und ich wollten ihm das Gefühl geben, daß sich nichts verändert hat. Und er trägt auch meistens einen schwarzen Bademantel und hat einen schwarzen Pyjama. Vielleicht weiß Felix, ob der häßliche schwarze Mann auch an den Tagen kommt, an denen er anders angezogen ist.»

Der Vater Karsten sah in einer beigen Strickjacke nicht schöner aus, aber nicht mehr ganz so zum Fürchten. Dafür aber machte ihn die gute Stimmung manisch. Er lachte und lallte immer lebhafter. Ich konnte fast gar nichts mehr verstehen, und das wenige, das er klar hervorbrachte, hätte ich lieber nicht verstanden. Er wurde nicht unangenehm, beschäftigte sich aber sehr eingehend mit mir. Es ist ein Unterschied, ob mir mein betrunkener Bruder das Hohe Lied zitiert, oder mir ein lallender alter Mann mit krausen Gedanken und viel zu eindringlichen braunen Augen Komplimente macht. Ein Mädchen aus meiner Klasse, die Krankenschwester geworden ist, hat mir mal erzählt, daß sogar schwerkranke oder sterbende Männer den hübschen Schwestern noch Komplimente machen und eine engere Beziehung erzwingen wollen. Wenn schon. Mein Verstand sagte: laß ihn. Meine Instinkte sagten: es ist mir peinlich.

Ich trank zuviel Kaffee, zuviel Wein und war so erleichtert, als er endlich von Felix weggefahren wurde, daß ich hörbar aufatmete und mich sofort verabschiedete.

Ich setzte mich im Hinterzimmer in den tiefsten Sessel, schaltete das Fernsehen ein und nahm mir gleichzeitig einen Chandler-Krimi vor, um nicht dauernd den alten lallenden Mann vor mir sehen zu müssen. Irgendwann bin ich dabei eingeschlafen, denn als ich wach wurde, saß der Neffe im anderen Sessel.

«Sie haben gute Reaktionen», sagte er. «Es spricht für Sie, daß Sie einschlafen, wenn ich Ihnen meine Gespenster vorführe.»

«Es spricht gegen Sie, daß Sie aus einem kranken und bedauernswerten alten Mann ein Gespenst machen. Sie haben ein krummes Gemüt. Warum sagten Sie mir nicht, daß Ihr Vater gelähmt und nicht mehr klar im Kopf ist? Meinen Sie, ich wäre in Ohnmacht gefallen? Ich hätte mich viel besser auf ihn einstellen können und wäre netter gewesen, wenn ich es gewußt hätte. Wenn man weiß, wozu Sie sich diesen Gorilla Felix halten, erschrickt man nicht bis ins Mark, wenn man ihn zum erstenmal sieht. Was haben Sie davon, wenn Sie sich in melodramatisches Halbdunkel hüllen? Ist es Ihr Image, den vom Leben geschlagenen Sonderling zu spielen? Macht es Ihnen Vergnügen, einen Abend lang zuzusehen, wie ich von einer peinlichen Situation in die nächste gerate? Lieber Himmel, soll ich Sie bewundern, wie Sie Ihr trauriges Schicksal meistern? Soll ich Ihnen sagen, Sie wären ein guter Sohn und ach so schön?»

«Das wäre schon mal ein Anfang», sagte er und lachte offen und fröhlich. Er sah auf einmal wie ein richtiger Mensch aus.

Ich komme gegen diesen Mann nicht an. Er bringt mich in Rage, ich verliere die Selbstbeherrschung und keife wie ein Marktweib. Dann macht er eine dumme Bemerkung, eine Alltagsbemerkung, die weder besonders geistreich noch witzig ist. Wenn ich sie von einem meiner Freunde hörte, wüßte ich immer, wie reagieren. Bloß nicht bei ihm. Das Gräßliche ist, daß ich weiß, daß ich recht habe, aber ich kann es nicht erklären.

«Ich entschuldige mich.» Das Lachen war fortgewischt, und der graue Neffe saß im anderen Sessel. «Sie haben recht. Ich bin nicht sehr geschickt, wenn es um Erklärungen meines Privatlebens geht. Ich bin auch nicht an empfindsame junge Damen gewöhnt. Sicher haben Sie sich mit Gedichten über diesen mißlungenen Abend getröstet.» Er griff mit einem langen Arm und einer Hand mit langen, mageren Fingern nach dem Buch, das seitlich in den Sessel gerutscht war und zog es heraus.

«Wie rührend! ‹Der tiefe Schlaf›. Mit Humphrey Bogart in der Titelrolle. Da bin ich ja gar nicht so weit vom Schuß. Das ist fast wie Lyrik. Nur ist der nicht ganz Ihr Typ. Der schöne Mann neulich in Düsseldorf war viel weniger nostalgisch.»

«Von Ihrer schönen Dame aus dem Orient ganz zu schweigen. Mein Vater hat für Lauren Bacall geschwärmt und meiner Mutter Vorwürfe gemacht, als sie irgendwann aufhörte, sich auf die gleiche Art zu frisieren. Ich bin mit Humphrey Bogart und Lauren Bacall groß geworden. Die sind für mich nicht Nostalgie, sondern Familiengespenster. Meine Gespenster sind nur viel menschlicher als Ihre.»

«Batsch! Jetzt haben Sie's mir aber gegeben, was?»

Was sollte ich tun? Ich habe gelacht.

Als er fortging, blieb er unter der Tür stehen und sah mich an. «Wer war der Mann in Düsseldorf?»

«Mein Bruder.»

Sofort klappte er das Visier herunter, wurde wieder zum griesgrämigen Karsten aus der Eifel und sagte verdrossen: «Hätte ich es mir doch denken können!»

Ich stellte nichts richtig. Es tat mir ungeheuer wohl, daß er mir nicht glaubte. Wenn schon Krieg sein sollte, dann auf beiden Seiten. Robert war eine vorzügliche Waffe; er wog den Gorilla Felix mitsamt dem alten Mann im Rollstuhl auf.

Die abendlichen Besuche setzten sich fort. An manchen Tagen kam er herunter und sah mit mir die Nachrichten im Fernsehen. Wir stellten ein paar Gemeinsamkeiten fest. Wir genossen die beiden stotternden, gepflegten Damen. Wir stürzten zum Apparat, sobald das Werbefernsehen begann, und schalteten um. Wir mochten die frechen jungen Männer vom Dritten Programm, besonders einen. «Ist das Ihr Typ?» fragte er einmal.

«Nein.»

«Ich weiß, Sie stehen auf einem großen dunkelhaarigen Beau.»

Ich schwieg und hätte mir eher die Zunge abgebissen als festzustellen, daß auch er, Karsten, dunkle Haare hatte und groß war. Nur zum Mister Universum langte es nicht.

Manchmal saß er im tiefen Sessel, wenn ich nach irgendeiner Unternehmung zurückkam. Ich ging gelegentlich ins Kino, Theater oder zum Schwimmen ins Hallenbad. Wenn ich dann in meiner Schrankküche Abendessen machte und Tee kochte, kam er herüber und bat auch um Tee. Als ich einmal nach Arbeitsschluß auf dem Hof das rote Lieschen wusch, mußte er das beobachtet haben, denn nach kurzer Zeit tauchte Felix auf und erbot sich zu helfen. Der Riese war ein technisches Genie mit Kindergemüt. Er wusch und wienerte, klopfte Rost und kroch in Winkel des Autos, von deren Existenz ich nichts gewußt hatte. Mit vielen «Frau Doktors» entrang er mir die Erlaubnis, am nächsten Morgen mit einer Grundkur des Entrostens beginnen zu dürfen. «Den krisch isch wieder hin», sagte er strahlend. «Den müssen Se nisch verkaufen.»

«Was mache ich mit Herrn Müller?» fragte ich Karsten bei der Teppichaktion am nächsten Morgen. «Er will mein Auto durchreparieren und behauptet, er könnte das. Kann er es?»

«Ja. Er ist gelernter Autoschlosser. Sie können ihm keinen größeren Gefallen tun. Zahlen Sie ihm das, was er für Sie auslegt, und schenken Sie ihm am Ende eine schöne Schallplatte. Er mag Männerchöre. Sie können sich immer noch ein anderes Auto kaufen, aber wenigstens bekommen Sie dann für den alten Wagen einen anständigen Preis, und wenn Felix ihn in den Fingern gehabt hat, kommt er auch durch den TÜV.»

Als ich um fünf Uhr müde auf einen Teppichstapel sank und mir den Schweiß von der Stirn wischte, sah er mich abschätzend an. «Ich schlage vor, wir machen morgen einen Betriebsausflug. Oder haben Sie schon Pläne?»

«Nein. Morgen ist ein ganz gewöhnlicher Arbeitstag. Wollen Sie etwa blaumachen und brauchen mich als Alibi?»

Er überging das und sagte: «Gut, also morgen um neun Uhr.»

An diesem Abend kam er nicht, und daher war ich am nächsten Morgen nicht sicher, ob nun Betriebsausflug oder Arbeit auf dem Programm stand. Draußen war es grau und regnerisch. Bei einem Blick in den Hof stellte ich fest, daß mein Auto noch baufälliger als sonst aussah. Die eingebeulte Tür war ausgehängt und stand an der Hausmauer, ein Kotflügel war abmontiert und verschwunden. Wenn also Betriebsausflug, dann bestimmt nicht mit meinem Wagen. Zum dunkelblauen Alfa wählte ich meine gute dunkelblaue Hose, der man nicht ansieht, daß sie gut ist – falls es doch wieder die Teppiche werden sollten! Ich zog die hübsche weiße Leinenbluse mit den blaßblauen Streifen an und fand mich damit für alles gerüstet. Als ich um Viertel vor neun mit dem Frühstück fertig war und das Geschirr forträumte, hörte ich ihn schon in den Laden gehen. Er pfiff. Das allein war schon neu. Ich hatte ihn noch nie pfeifen hören. Aber er pfiff ausgezeichnet und absolut richtig. Es war die Unvollendete. Ich bin nicht besonders musikalisch, aber seit sie mir ein österreichischer Freund mit dem Text «Eduard, du badest schon, ein Jahr ist doch noch nicht vorüber» vorgesungen hat, vergesse ich sie nie mehr. Während er weiter pfiff, nahm ich meine Tasche von der Kommode und zog den blauen Anorak aus dem Schrank. Beim letztenmal hatte Zweimal Philip gepfiffen. Wie lange hatte ich nicht mehr an ihn gedacht. Sein schöner bunter Blumenstrauß und die Karte mit den runden Girlandenbuchstaben. Nein, ich dachte nicht nur daran ... Während Karsten pfeifend im Laden rumorte, stand ich in meinem Zimmer und traute mich plötzlich nicht, die Klinke herunterzudrücken. Wurde dies ein Betriebsausflug alles inbegriffen? Warum eigentlich nicht? Noch vor ein paar Wochen hätte ich es für selbstverständlich gehalten. Was war denn inzwischen passiert, daß ich nun davor zurückschreckte? War er mir unsympathisch? Nein. Ich mochte ihn sogar gern. Er war sonderlich, konnte gräßlich oder ganz reizend sein, aber bei der Arbeit war er nie launisch. Da vertrugen wir uns am besten. An den Abenden, an denen wir im Hinterzimmer Tee tranken, lasen oder vor dem Fernsehapparat saßen, redeten wir wenig. Wir vertrugen uns, aber es funkte nicht. Lag das an mir? Lag es daran, daß ich Schorsch überwunden hatte aber nicht Robert? Siehe da – jetzt, als ich so an Robert dachte, wie ich es nie mehr gewollt hatte, stellte ich zu meinem größten Erstaunen fest, daß ich kein schlechtes Gewissen mehr hatte. Weg, verflogen, vergessen. Dieses Skelett war für ewig in den Schrank verbannt. Und sogar ohne Wehmut, da war nur noch Verwundern und Nichtbegreifen . . .

Meine Hand auf der Klinke; Karstens Finger, die auf der anderen Seite gegen das Holz der Tür klopften. «Annemarie! Haben Sie verschlafen? Es ist neun Uhr und Betriebsausflug!»

Auf Zehenspitzen schlich ich zur Schrankküche, rief: «Ich komme gleich!» klapperte ostentativ mit Tellern, sammelte Tasche und Anorak wieder ein und machte die Tür auf. «Guten Morgen. Sie haben mir nicht mal gesagt, wohin der Betriebsausflug geht.»

«Ins Blaue.» Er musterte mich wieder wie bei unserer ersten Begegnung – bei meinen Schuhen beginnend und zwei Handbreit über dem Scheitel endend.

«Ist er blankgeputzt?» fragte ich.

Die braunen Augen blickten erstaunt. «Wer ist blankgeputzt?»

«Mein Heiligenschein.»

«Sie sprechen in Rätseln.»

Als ich es ihm erklärte, grinste er. «Wenn Sie recht haben, ist das eine dumme Angewohnheit von mir. Aber wie Sie darauf kommen, daß irgendwer bei Ihnen einen Heiligenschein vermuten könnte, müssen Sie mir mal erläutern.»

«Ja, unterwegs.»

«Unterwegs» war als erstes Essen, wo wir romanische Bauwerke besichtigten. Die Abteikirche in Werden, die Münsterkirche und der Schatz der Essener Äbtissinnen. Wir versanken in kunstgeschichtlichen und historischen Details, und ich war verblüfft, mit welcher Sachkenntnis und Einfühlung Karsten über ein Gebiet sprach, das ich als meine Domäne ansah. Ich sagte ihm das, und es befriedigte ihn so sehr, daß er mir auf dem Weg zum Parkplatz den Arm um die Schultern legte. Es kam mir dumm vor, den Arm abzuschütteln oder etwas Abwehrendes zu sagen.

Bei der Fortsetzung der Fahrt ins Blaue, die nach Norden führte, parkten wir auf einem Waldweg und aßen den Picknickkorb leer, den uns Felix mitgegeben hatte.

Als wir kurz vor Münster waren, wurde ich ängstlich, aber wir fuhren an der Abzweigung zu Reichsgrafens vorbei.

«Wasserschlösser?» fragte ich endlich.

Er schüttelte den Kopf. «Wir machen einen Besuch, bei einem adligen westfälischen Fräulein.»

«Wo?»

«In Nienberge.»

Plötzlich begriff ich. «Ist es das Haus der Droste-Hülshoff?» Agneta hatte davon gesprochen. Es wäre besonders schön. Aber wir waren nie hingefahren.

«Ja. Es heißt Rüschhaus. Es war der Witwensitz ihrer Mutter. Sie hat viele Jahre dort gelebt und gedichtet.»

Es war ein wunderschönes, mich an Bayern erinnerndes Barockhaus. Breite Bohlenbretter auf den Fußböden, Biedermeiermöbel, Glaskästen mit Manuskripten in einer klaren, altmodischen deutschen Schrift, die ich nur mühsam entziffern konnte. Der Blick durch die Fenster auf den Garten; in einem der Zimmer eine bemalte Tapete; Karsten stand neben mir am Fenster.

Als jüngst die Nacht dem sonnenmüden Land
Der Dämmrung leise Boten hat gesandt,
Da lag ich einsam noch in Waldes Moose.
Die dunklen Zweige nickten so vertraut,
An meiner Wange flüsterte das Kraut,
Unsichtbar duftete die Heiderose.

«Das hat sie hier gedichtet», sagte er. «Solange sie es noch konnte, ist sie zum Botanisieren gegangen, und sie hat Gesteinsproben gesammelt.»

«Woher wissen Sie das alles? Ich habe kaum was von ihr gelesen und weiß nur, daß sie oft in Meersburg am Bodensee war. Ist sie krank gewesen? Sie hat auf den Porträts Basedowaugen.»

«Sie war schwindsüchtig und ist nur einundfünfzig Jahre alt geworden.»

«Woher wissen Sie das alles?» fragte ich wieder.

«So? Deutschlands größte Dichterin ist dem Fräulein Doktor also ganz entgangen?» Er machte sein komisch-spöttisches Gesicht, aber dann sagte er nur: «Wenn man so lange krank war wie ich, hat man viel Zeit zum Lesen, und dann kommt einmal der Augenblick, wo man mit Politik und Romanen und allem Zeitgenössischen fertig ist und freiwillig Klassiker liest.»

Als wir wieder ins Auto stiegen, war es halb vier. Es regnete immer noch. Karsten hatte die Heizung angestellt; es wurde warm und gemütlich.

«Was kommt jetzt?»

«Nichts mehr. Ich dachte, wir könnten auf der Heimfahrt noch irgendwo Kaffee trinken. Oder sind Sie noch sehr unternehmungslustig?»

Ich gähnte. «Nein. Das Besichtigen hat mich müde gemacht. Hoffentlich schnarche ich Ihnen nicht gleich was vor.»

Ich starrte aus dem Fenster auf die nasse Landstraße. Karsten fuhr nicht schnell. Er war in Gedanken versunken und schwieg. Ich merkte kaum, wie mir die Augen zufielen.

«Aufwachen, Annemarie.» Karstens Stimme drang in meinen Halbschlaf. «Wir können hier Kaffee trinken. Ich kenne das Schloß noch nicht. Es ist erst seit ein paar Jahren zur Besichtigung freigegeben.»

Ich machte die Augen auf, sah Alleebäume und vor uns eine Brücke – Agnetas Schloßbrücke.

Ich fuhr im Sitz hoch und war hellwach. «Bitte, bitte, Herbert, drehen Sie sofort um! Ich besichtige mit Ihnen jedes Wasserschloß, nur nicht dieses. Drehen Sie um!

Ich erkläre es Ihnen hinterher.»

Er sah meine Panik, starrte mich begriffsstutzig an und wollte wenden, aber wir waren nun schon auf der Brücke, und er mußte auf den Hof fahren, weil er auf der Brücke nicht umkehren konnte.

Auf dem Hof standen Papa Reichsgraf und Schorsch. Sie blickten neugierig zu uns herüber. Der Alfa ist eindrucksvoll. Dann erkannten sie mich, und alles war gelaufen.

«Annamirl!» schrie Schorsch, riß auf meiner Seite die Tür auf, zog mich aus dem Wagen und nahm mich in die Arme. Er roch wie immer, er fühlte sich an wie immer, und er war überhaupt nicht dick, nur stämmig und breit, mein geliebter westfälischer Kleiderschrank. Ich befreite mich aus der Umarmung und sagte: «Servus, Schorsch.»

Dann kam Papa Reichsgraf. «Annemarie, das ist ja großartig. Ich freue mich!»

Karsten stand ein paar Schritte von uns entfernt und sah ausschließlich mich an. Neugierig, bedauernd, verwundert, fast wie damals, als Robert mit Bier begossen worden war.

«Komm, Annamirl, mach uns bekannt», sagte Schorsch, ging auf Karsten zu und schüttelte ihm die Hand. Ich murmelte Namen, und es begann ein allgemeines freundliches Gerede. Papa Reichsgraf und Schorsch nahmen natürlich an, wir seien eigens hergefahren, um sie alle zu besuchen. Karsten ging darauf ein und verlor kein Wort über unsere Fahrt ins Blaue und die Eins-A-Überraschung, die ihm gelungen war, und die ich hätte verhindern können, wäre ich nicht eingeschlafen.

«Komm, wir suchen Agneta», sagte Schorsch und nahm mich an die Hand. Aber wir brauchten nicht zu suchen, denn sie stand plötzlich unter dem großen Portal, sah schon etwas rundlich und strahlend und glücklich aus, kam auf mich zugerannt, fiel mir um den Hals und wirbelte mich herum.

«Mirl! Das ist ja herrlich.» Wir lachten und umarmten uns und lachten wieder und waren so in das Wiedersehen versunken, daß Schorsch uns am Ende auseinanderschob, sich zu Karsten umdrehte und sagte: «Agneta, das ist Herr Karsten. Meine Frau, Herr Karsten.»

Agneta, meine geliebte, nichtsahnende Freundin, setzte allem die Krone auf. Sie strahlte Karsten an, nahm seine beiden Hände und sagte: «Wenn Sie Mirls Freund sind, kann ich unmöglich Herr Karsten sagen. Wie heißen Sie mit Vornamen?»

«Herbert, Baronin.»

«Quatsch. Sagen Sie Agneta, und ich sage Herbert, ja? Dafür, daß Sie mir Annemarie endlich hergeschleppt haben, verdienen Sie einen Kuß, und den bekommen Sie spätestens beim Tee oder wollen Sie ihn gleich?»

Karsten lüpfte eine Braue, setzte ein liebenswürdiges Lächeln auf – es war das charmante Lächeln eines Filou –, neigte den Kopf und ließ sich küssen.

Als wir alle zusammen in die große Halle gingen, packte er mein Handgelenk, zog mich nahe an sich heran und flüsterte: «Ich sage hier wohl besser du zu dir?»

Schorsch drehte sich zu uns um. «Ja, Herbert», sagte ich liebenswürdig.

«Annamirl wird Ihnen erzählt haben, daß wir alle uralte Freunde sind», sagte Schorsch ganz unbekümmert.

«Ich kenne sie schon aus dem Kindergarten, und meine Frau und sie haben zusammen studiert.»

«So lange kenne ich sie auch schon», ergänzte Papa Reichsgraf. «Leider kommt sie viel zu selten. Das ist das erstemal, daß sie seit der Heirat der Kinder hier ist.»

«Wo ist deine Mutter, Agneta?» fragte ich, als wir zusammen in die Küche gingen, um Tee zu kochen. Wir hatten die Männer im kleinen Wohnzimmer, das benützt wird, seit die Prunkräume zur Besichtigung freigegeben worden sind, allein gelassen.

«In Sachen Mildtätigkeit auf Reisen. Gott sei Dank! Du kannst dir nicht vorstellen, was sie für ein Getue macht, weil ich das Kind bekomme. Aber sag mal, ist dieser Herbert was Ernstes? Der sieht interessant aus. Wo hast du den gefunden? Ist er nett? Liebst du ihn?»

Ich stellte fest, daß ich es nicht fertigbrachte, Agneta anzulügen.

«Es ist nichts Ernstes. Nein, ich liebe ihn nicht. Er ist nett, meistens wenigstens. Er gehört zu der Antiquitäten-Clique, mit der ich jetzt umgehe. Meine Frau Karsten in Düsseldorf ist seine Tante. Er lebt in Köln, und ich arbeite noch bis Ende des Monats bei ihm. Er handelt mit Teppichen.»

Zum Glück für mich hatte Agneta selber genug zu erzählen. Sie sprach vom Kinderkriegen, von Schorsch, vom Schloß, von ihren Plänen, was sie tun wollte, wenn das Kind da war . . . und und und. Wir trugen das Teetablett ins Wohnzimmer, wo Papa Reichsgraf und Schorsch in ihr Lieblingsthema vertieft waren. Sie schilderten die Schwierigkeiten, den großen Kasten zu unterhalten.

Ich verkroch mich in meinen Stammsessel und hörte zu, was die Männer redeten und was Agneta mit ihrer leisen, intensiven Stimme sagte. Sie will ein Buch über Velazquez schreiben und damit die Vorarbeiten für ihre Doktorarbeit auswerten. Sie hat schon mit einem Kunstverlag gesprochen, der interessiert ist. Nur, sagte sie, kann sie jetzt nicht viel daran arbeiten. Sie ist zu dumm. Ob ich eine Ahnung hätte, wie dumm Kinderkriegen machte? Nein, da fehle mir die Erfahrung. Es sei ganz schrecklich, es fiele ihr schwer, sich zu merken, was sie einkaufen wolle; sie könne nicht mal die einfachsten Rechnungen im Kopf addieren und müsse sich alles aufschreiben. Schorsch lache sie schon manchmal aus. Hoffentlich würde sie hinterher wieder normal. Was sollten denn das Baby und Schorsch mit einer schwachsinnigen Mutter oder Frau anfangen?

Schorsch grinste sie über den Tisch weg an. Er hatte alles mitbekommen. «Dem Baby wird es wurscht sein, Agneta. Und ich kann eine Menge mit dir anfangen, wobei du nicht zu addieren brauchst.»

Agneta wurde rot. Schorsch zwinkerte mir zu. Ich sah ihn mit einem gewaltigen Plumps in den Schloßgraben fallen und untergehen. Ein paar Blasen gluckerten, dann trieb er zwischen welken Herbstblättern im Wasser. Es sah scheußlich aus. Mir schauderte.

«Ist dir kalt, Annemarie?» fragte Papa Reichsgraf besorgt. «Bei dem nassen Wetter wird es hier nie richtig warm. Nachher machen wir den Kamin an. Aber Herr Karsten hat gerade gesagt, er würde sich gern unten umsehen. Sollen wir zusammen runtergehen, oder möchtest du lieber bei Agneta bleiben?»

«Nein», sagte ich. «Ich komme gern mit. Übrigens, ich kann die Schloßführertour noch auswendig. Wir haben euch so plötzlich überfallen, und ihr hattet sicher ganz was anderes vor. Soll ich nicht mit Herbert allein gehen? Spendiert uns nachher noch einen Sherry, dann wird es für uns nicht so spät. Wir müssen noch nach Köln zurück.»

Kurz darauf stand ich mit Karsten in der großen Halle vor dem Renaissancekamin und legte los.

«Wir bitten die Herrschaften, sich die Pantoffeln über die Schuhe zu streifen, damit das alte Eichenparkett geschont wird. Außerhalb der Besichtigungszeiten lebt die gräfliche Familie in allen Räumen des Schlosses. Darum bitten wir Sie auch, nicht über die Markierungslinien zu treten. Sie sehen die Räume in dem Zustand . . .»

«Annemarie!» Er zerrte mich am Arm ins Speisezimmer, das nie benutzt wurde, weil drei oder vier Menschen nicht an einem Tisch sitzen können, der dauernd wegen der Besichtigungen für vierundzwanzig Personen gedeckt ist. «Warum wolltest du – warum wollten Sie nicht hierher? Was ist denn? Ich begreife das alles nicht. Warum haben Sie mir nicht gesagt, daß das Ihre Freunde sind?»

«Rechts, an der Stirnwand, sehen Sie ein Kleinod, das in Deutschland einmalig ist; die Infantin des berühmten spanischen Malers Velazquez. Das Meisterwerk ist seit zweihundert Jahren in Familienbesitz.»

«Herrgottnochmal!» Plötzlich nahm er mich in die Arme und begann mich zu küssen, bis ich mich atemlos befreite und prompt in Tränen ausbrach.

«Jetzt fangen Sie keine hysterischen Szenen an! Ich weiß ja nicht, was hier gespielt wird, aber wenn Sie weiter diesen jungen Mann namens Schorsch wie ein liebeskrankes Kalb anstarren, werfe ich Sie zur Abkühlung in den Schloßgraben.»

Ich bekam einen Lachkrampf. Ich lachte, bis ich japsend auf einen gotischen Stuhl sank, auf den man sich nicht setzen durfte und der auch so irrsinnig unbequem war, daß sich noch nie einer von Reichsgrafens freiwillig darauf gesetzt hätte. Ich lachte, kramte mein Taschentuch aus der Hosentasche, wischte mir die Augen ab, lachte hemmungslos weiter und sah Karsten nur durch Tränenschleier. Bei seinem Anblick verging mir das Lachen allerdings. Ich hatte den Eindruck, daß er gerade ausholte, um mir eine Ohrfeige zu geben, und sich nur im letzten Augenblick bremsen konnte.

«Danke», flüsterte ich. «Die Backpfeife können Sie sich sparen. Ich bin wieder mein heiteres, ausgeglichenes Selbst. Es war nur ein bißchen viel auf einmal.»

«Den Eindruck habe ich auch.» Er zündete eine Zigarette an und gab sie mir. Ich rauche fast nie, aber jetzt war es etwas zum Festhalten. Ich puffte Rauch ins Speisezimmer.

«Helfen Sie mir aufstehen», sagte ich endlich. «Ich bin im Stuhl steckengeblieben. Die gotischen Damen müssen kleinere Podexe gehabt haben.»

Er zog mich an einer Hand hoch, während ich mit der anderen die Lehne nach unten drückte. «Autsch! Vielen Dank für die Befreiungsaktion. Und vielen Dank, daß Sie klaglos diesen Irrsinn mitmachen. Ich muß es Ihnen erklären, aber ich weiß nicht, wo anfangen.»

«Heben wir uns das für unterwegs auf; es dürfte bis Köln reichen. Die Erklärung für den Heiligenschein fehlt auch noch. Aber jetzt gehen wir Sherry trinken, sonst vermuten Ihre Freunde, daß wir uns in den Prunkbetten wälzen, statt andächtig vor dem Velazquez zu stehen.»

«Die Prunkbetten sind im rechten Seitenflügel, zu dem Sie mir nun bitte folgen wollen.»

«Ich denke nicht daran», sagte er. «Ihnen folgen viel zu viele Männer in Betten. Das ist ja der Ärger.»

«Der Ärger für mich oder für die Männer?» fragte ich unschuldsvoll.

Er hatte urplötzlich wieder das alte Karstengesicht, das mir immer etwas unheimlich ist. «Nein, der Ärger für mich, Annemarie!»

Wir gingen stumm durch die anderen Zimmer, kamen wieder in die große Halle und standen vor der Treppe. Als ich den Fuß auf die erste Stufe setzte, sagte er: «Jetzt sind wir wieder gute Freunde und per du, und wenn du den Dicken auch nur eine Sekunde lang mit diesem Kälberblick anstarrst, drehe ich dir auf der Heimfahrt den Hals um. Ist das klar?»

«Sonnenklar.»

«Annemarie», sagte Schorsch vor dem Kamin beim Sherry, «ich hab wieder eine Geschichte für dich. Wußtest du, daß in der englischen Armee Sonnenbrand als Selbstverstümmelung galt und bestraft wurde?»

Ich sah die armen schwitzenden Soldaten in Khakishorts und Gamaschen in einer indischen Festung. Rote heiße Gesichter unter Tropenhelmen in Tropenglut.

«Schön, Schorsch. Woher hast du das?»

«Aus einem englischen Krimi. Weißt du, Annamirl, wenn ich das Agneta in ihrem derzeitigen Zustand erzähle, ist sie glatt in der Lage zu fragen: ‹Kann es denn in England so heiß werden?› »

Agneta und Papa Reichsgraf lachten. Ich warf einen vorsichtigen Seitenblick auf Karsten, der freundlich schmunzelte.

«Agneta, schreib mir Schorschs Geschichten, wenn er neue hat», sagte ich. «Ich habe immer Erfolg damit, aber ich erzähle sie nur mit Copyright von Schorsch weiter.» Robert fiel mir ein. Er findet sie nicht komisch. Nein, ich habe nicht mit allen Geschichten Erfolg. Manchmal führen sie zu Katastrophen.

Danach Zapfenstreich bei Reichsgrafens. Geleit bis auf den Hof; Beschwörungen, wiederzukommen; Beteuerungen, es zu tun; Freudenkundgebungen, Karsten kennengelernt zu haben. Schorsch: «Mirl, du fehlst mir.» Karsten dicht neben mir mit seinem Eifelgesicht. Mein armer Hals! Agneta: «Annemarie, warum kommst du nicht mehr? Ich brauche dich zum Ratschen. Mit meiner Mutter kann ich das nicht, und Schorsch und Papa sind eben nur Männer.» – «Ich habe nichts, Agnes, nur zuviel Privatleben, Unruhe und frühes Leid. Sieh zu, daß es eine Tochter wird. Aber nicht die Infantin anschauen, ja?» Ich gab ihr einen Kuß. Papa Reichsgraf, ein bißchen hölzern mit einer rauhen Stoppelwange: «Annemarie, ich betrachte dich als meine Leihtochter. Alte Väter haben oft Sehnsucht nach ihren Töchtern. Komm wieder.» – «Ja, Papa Reichsgraf, und wenn du wieder in Düsseldorf bist, frage im Geschäft nach mir. Ich ziehe im September um.»

Karsten gab Agneta einen Handkuß. Die beiden hatten sich gefunden. Agneta ist so ohne jedes Getue und so warm und herzlich, daß sie Steine schmilzt. Karsten zerfloß. Armer Karsten, mit mir hatte er sich mehr eingehandelt, als er verkraften kann.

Auf der Heimfahrt waren wir beide schweigsam. Keiner fand den Anfang. Es gab entweder zuviel oder zuwenig, worüber wir hätten reden können.

Ich hatte das Gefühl, im Zugzwang zu sein. Die Fahrt ins Blaue, der Betriebsausflug, alles so hübsch ausgedacht. Woher sollte er wissen, daß ich Schorsch nicht sehen wollte? Quatsch, woher sollte er wissen, daß ausgerechnet in diesem Wasserschloß Leute wohnten, die zu sehen für mich unerträglich war? War es denn nun unerträglich gewesen? Nein, aber nur, weil er dabeigewesen war und eingegriffen hatte.

«Habe ich wirklich wie ein liebeskrankes Kalb ausgesehen?»

«Hm.»

«Hm ja oder hm nein?»

«O Gott! Ich habe Ihnen schon mal gesagt, daß ich für lyrische Beschreibungen ungeeignet bin.»

«Ist ‹liebeskrankes Kalb› denn lyrisch?»

«Für mich schon.»

Und er hat mir heute nachmittag erst ein Gedicht der Droste-Hülshoff aufgesagt und verraten, daß er viel mehr gelesen hat und viel mehr kennt als ich. Jetzt tut er so, als wäre das nie gewesen. Das hat er nun schon zweimal gemacht: In der Eifel und jetzt hier. Dazwischen lag die Suche nach den Namen für die Jahreszeiten. Wenn ich doch nur wüßte, wie ich mit ihm reden soll. Ich kann keine Gedichte auswendig, und wenn ich welche lese, muß ich das für mich allein tun. Meistens kann ich sagen, welche Dichter ich liebe, aber nicht warum; und erklären kann ich sie auch nicht. Ich schätze Celan und Sarah Kirsch, aber ich kenne niemand außer ihm, der die Gesammelten Werke der Annette von Droste-Hülshoff gelesen hat, etwas von ihr auswendig weiß und dann behauptet, keinen Sinn für Lyrik zu haben.

Ich sank tiefer in den Sitz und starrte auf die Regentropfen, die an meinem Seitenfenster bergauf liefen.

«Hat uns Felix was in den Kaffee getan?» fragte ich, als ich zum drittenmal gähnen mußte und spürte, daß mir die Augen zufielen. «Sind Sie auch so entsetzlich müde?»

«Nein und nein. Nichts im Kaffee, und ich bin nicht müde. Bei dir, liebe Annemarie, und in Zukunft werde ich immer du sagen, weil ich das Hin und Her blödsinnig finde, sind es die Nachwirkungen von einem Schock. Als wir auf dem Hof ankamen, dachte ich, du würdest in Ohnmacht fallen. Nein, kein Kalb, sondern ein rührendes Mädchen, das nicht mehr ein und aus weiß. Ich werde dir sagen, was ich davon halte. Du liebst diesen Mann, warum, wissen die Götter, und er hat deine beste Freundin geheiratet. Schmerzlich, gut, das gebe ich zu. Aber nicht ganz neu. Es soll schon mal vorgekommen sein. Bisher scheinst du dich auch recht gut getröstet zu haben. Ich kenne dich erst seit zwei Monaten, aber ich bin nicht blind. Du wirst jetzt gleich sagen, daß mich das nichts angeht. Aber es geht mich was an, denn ich bin interessiert. Du hast in der Eifel mit Philip geschlafen. Das hat mich geärgert. Aber dann habe ich mir gesagt, daß Philip romantisch ist. Seine unglückliche Liebe zu Lena Rosbach, sein Teddybär, sein Charme. Frauen sind neugierig; die Philips profitieren davon. Daß er dich kein

Herzblut gekostet hat, war dir deutlich anzusehen. Ich habe mich auf die Zeit mit dir gefreut, sehr sogar. Aber dann hab ich dich in Düsseldorf mit diesem Mann gesehen. Naja, das hat alles verändert. Trotzdem waren die zwei letzten Wochen gut. Mit dir läßt es sich gut arbeiten und gut reden. Du schlägst dich tapfer und greifst nicht zu miesen Tricks. Aber wenn ich schon aus dem Rennen bin, dann doch nicht wegen eines Mannes, der nicht mal das Gespür hat, zu merken, wie es um dich steht. Wahrscheinlich hat er dir brühwarm jede Phase seiner Liebesgeschichte mit deiner Freundin erzählt und dich um Rat gefragt. Der hat bis heute nicht gemerkt, was er dir angetan hat. Er liebt seine Frau, ihr Schloß aber wahrscheinlich noch mehr. Daraus wird er etwas machen, da gehe ich jede Wette mit dir ein. Der alte Graf durchschaut das alles, und du tust ihm entsetzlich leid. Er liebt dich. Deine Freundin hat es bisher noch nicht erkannt. Sie ist in ihren Mann verliebt, und sie bekommt ein Kind; beides macht egozentrisch. Aber sie ist viel klüger als er. Eines Tages wird sie ihn durchschauen und . . .»

«Was heißt durchschauen? Meinen – meinst du damit, daß er sie aus Berechnung geheiratet hat?»

«Nein, das meine ich nicht. Du brauchst nicht so empört auszusehen. Ich mag ihn nämlich leiden, obwohl ich jeden Grund hätte, ihn nicht ausstehen zu können. Er ist nett, aber er ist ein normaler Durchschnittsmensch, und deine hingerissene Bewunderung ist ganz unnötig. Das meine ich mit Durchschauen. Deine schöne Freundin Agneta wird erkennen, daß sie einen soliden Mann hat, der den heruntergekommenen Besitz hochwirtschaftet, der zuverlässig ist, der ihr gutgeratene Kinder macht und sie lieben und ehren wird, bis daß der Tod sie scheidet. Aber wenn du sie als Freundin behalten willst, dann mußt du es fertigbringen, diesen Schorsch so zu sehen, wie er ist. Ich renne vielleicht offene Türen ein, denn offenbar bist du auf dem besten Wege dazu und dies war nur ein Rückfall. So, damit wäre ich fertig. Nur das liebeskranke Kalb muß ich noch zurücknehmen.»

Er streckte mir die Hand hin. «Sind wir wieder Freunde?»

«Ja.»

Dies ist meine letzte Woche in Köln. Fast freue ich mich wieder auf Düsseldorf, auf das gemütliche Hinterzimmer und das Teetrinken mit Roswitha. Es ist einfacher. Herbert, fest etabliert mit dem Du und diesem zahmen Vornamen für einen so ungezähmten Mann, ist mir zu schwierig und problematisch. Er läßt dauernd meine Kartenhauswelt zusammenfallen, und wenn ich sie wieder aufbauen will, tippt er schon gegen die ersten vier aufgerichteten Karten. Ich will mein einfaches, heiteres, hingetupftes Leben. Ich will nichts mehr, was weh tut. Ich will einen Beruf, der mir Spaß macht, ich will freundliche Menschen rund um mich herum, und in meinem Bett will ich heitere Liebhaber wie Philip.

Am Morgen nach der Fahrt ins Blaue fleißige Arbeit, wie üblich. Streng sachlich. Keine Anspielung auf unseren Ausflug. Es kam zu keinerlei Vertraulichkeit, weder auf meiner, noch auf seiner Seite. Mittags verschwand er und kam erst am Nachmittag zurück, als ich fast den ganzen Stapel vorbereiteter Karteikarten verarbeitet hatte. Er warf mir ein kleines Päckchen auf die Schreibmaschine.

Ich wickelte es aus. Eine englische Ausgabe des Rubaiyat von Omar Khayyam. Mein Englisch ist gerade gut genug, daß ich es verstehen kann. Die Verse verzaubern: Spaziergänge in persischen Gärten, schluchzende Lieder der Nachtigall, Weinseligkeit und die Vergänglichkeit von Zeit und Liebe. Ein Buch für Liebende, das er mir mit strengem Gesicht auf die Maschine knallte.

Nein, ich bin ihm nicht um den Hals gefallen, falls er das erwartet haben sollte. Ich habe mich bedankt, sehr freundlich bedankt – und die Karteikarten bis sechs Uhr zu Ende getippt. Zu diesem Spiel gehören zwei.

Am Freitagmorgen rief Wolfgang aus München an. Er hätte in Köln zu tun, käme mit dem Flugzeug und führe mit dem Nachtzug wieder zurück. Ob ich Zeit hätte, mit ihm zu Abend zu essen. Er würde mich zwischen sechs und sieben abholen, weil er nicht wisse, wann er mit seiner Besprechung fertig wäre.

«Fein», sagte ich, «gern.» Ich beschrieb ihm den Eingang durch den Hof.

In der Mittagspause machte ich Vater Karsten einen Besuch. Das tue ich manchmal, wenn die Luft rein ist. Felix kocht mir eine Tasse Kaffee, ich setze mich zu dem alten Mann und erzähle ihm, was ich Neues über Teppiche gelernt habe. Ich weiß nicht, wieviel er davon versteht, aber ich denke mir, daß es ihn freut, wenn einer kommt und mit ihm spricht. Felix hört im Hintergrund zu. Karsten – ich mag ihn bei mir einfach nicht Herbert nennen – ißt oft in der Stadt zu Mittag und erledigt geheimnisvolle Geschäfte. Felix, der an meinem Auto Wunder gewirkt hat, spielt den listigen Boten Hermes. «Wir sind heute allein, Frau Doktor», sagt er, wenn er mich irgendwo erwischen kann, wo Karsten uns nicht hört. «Kommen Sie?»

Bei seinen Einladungen habe ich immer das Gefühl, ich müßte einen kleinen schwarzen Koffer mitbringen und ein Stethoskop um den Hals hängen.

«Ich habe mich in den Gartenteppich verliebt», erzählte ich dem alten Mann. «Den mit der Baumallee, den Rosen und den Wasserbecken. Erinnern Sie sich an ihn? Ihr Sohn sagt, Sie hätten ihn schon lange und hätten es nicht übers Herz bringen können, ihn zu verkaufen. Ihm geht es auch so. Ich stelle mir vor, daß ich in diesem schönen, verwunschenen Garten spazierengehe. Es ist heiß und ganz still. Die Rosen duften so stark, daß man nichts anderes mehr riecht. Nach einer Weile gehe ich aus dem Schatten der Bäume in die Mitte des Gartens und setze mich an den Rand des großen Beckens. Ich tauche meine Hände ins Wasser.»

Karstens Vater lag auf dem Sofa. Sein Kopf ruhte auf dem Seitenpolster. Er sah in dieser Haltung ganz normal aus, nur wenn er sprach, merkte man die Krankheit. «Was ist dann?» fragte er wie ein Kind, dem man ein Märchen erzählt.

«Dann kommt auf einmal ein kleiner junger Fuchs, der Durst hat, aber nicht trinken kann, weil der Rand des Beckens zu hoch ist. Ich schöpfe mit hohlen Händen Wasser, halte es ihm hin. Er trinkt aus meinen Händen. Ich kann spüren, wie er mit der runden Zunge das Wasser in seinen Mund schlabbert. Es kitzelt. Als er alles getrunken hat, läuft er nicht fort. Er bleibt stehen, bis ich ihm noch einmal zu trinken gebe. Danach leckt er sich die schwarzen Lippen ab, schüttelt sich ein bißchen und läuft durch das Gras zum Rosenbusch mit den dunkelroten Rosen, die in der Sonne fast schwarz aussehen. Er dreht sich noch einmal um, ich sehe den dreieckigen Kopf und die gespitzten Ohren, dann ist er verschwunden.»

«Wer kommt danach?»

«Keiner mehr. Es ist stiller Mittag. Nur oben, auf dem letzten Alleebaum, ganz dicht bei der Kante des Teppichs, sitzt ein kleiner unscheinbarer Vogel mit blanken schwarzen Augen. Er putzt sich, dreht den Kopf hin und her und beginnt plötzlich zu singen.»

«Was singt er?»

«Ein Lied von Omar Khayyam. Von der Zeit, die vergeht, die man nutzen soll. Er macht noch einen kleinen Triller und fliegt in den blauen Himmel.»

Der alte Mann war eingeschlafen. Ich trug meine Tasse in die Küche und sah im Eßzimmer Felix auf einem der steilen Stühle sitzen. «Isch könnte Ihnen stundenlang zuhören, Frau Doktor», sagte er. Ich antwortete mit meiner Arztstimme: «Das würde sicher langweilig. In einem Zaubergarten passiert nicht so viel.»

«Aber ein Fuchs, der einem aus der Hand trinkt . . .» Er bekam ein sehnsüchtiges Kindergesicht.

«Heute abend möchte ich pünktlich um sechs Schluß machen», sagte ich zu Karsten, als er im Geschäft erschien. «Mein Vater kommt.»

Nie nenne ich Wolfgang so. Es ist geradezu komisch, an ihn wie an einen Vater zu denken. Er ist ein ewiger Sohn. Aber warum sollte ich Karsten in die Interna meiner komplizierten Familie einweihen? Wolfgang ist der Mann meiner Mutter. Basta. Hoffentlich ist er neugierig, dachte ich. Wenn er sich auf die Lauer legt und Wolfgang sieht, bekommt er Zustände. Er hat mir meinen Bruder Robert nicht geglaubt, was wird nun erst passieren?

«Gut, machen wir um halb sechs Schluß. Mir ist das auch sehr recht. Für heute abend hat sich ein arabischer Prinz angesagt. Seit sie so reich geworden sind, reisen sie überall in der Welt herum und kaufen Teppiche, weil es in den Teppichländern nicht mehr genügend alte, wertvolle Stücke gibt. Eigentlich schade; das hätte dir sicher Spaß gemacht.»

«Was sprichst du denn mit ihm?»

«Das weiß ich noch nicht. Englisch, nehme ich an. Mein Arabisch ist nicht gut, und Persisch wird er wahrscheinlich nicht können.»

«Wirst du ihm was verkaufen?»

Er zog eine Schulter hoch. «Abwarten. Ich weiß ja nicht, woran er interessiert ist.»

«Und wenn er nun den Gartenteppich kaufen will? Wenn er dir dafür ein Vermögen bietet?»

«Ich glaube nicht. Meinst du, daß der Prinz durch die Allee spaziert, sich ans Wasserbecken setzt, den kleinen Fuchs tränkt und dann dem Vogel zuhört?»

«Woher weißt du das? Das ist gemein! Das war eine Geschichte für zwei rührende Kinder und nicht für dich! Du hast gelauscht!»

«Ja, und ich bin sehr froh darüber. Als ich hörte, daß sie dich erwarteten, wollte ich mit dir Kaffee trinken. Aber Vater und Felix machten enttäuschte Gesichter. Als ich fragte, warum, erfuhr ich, daß du ihnen Geschichten erzählst. Ich habe so getan, als ginge ich fort, und mich dann in mein Zimmer gesetzt. In einer Wohnung ohne

Türen kann man viel hören. Du erzählst bezaubernde Geschichten, Annemarie. Warum nie mir?»

«Du bist erwachsen. Schade, daß du mir das gesagt hast. Ich werde immer vermuten, daß du irgendwo lauschst, und dann wird mir nichts mehr einfallen.»

«Habe ich das verdient?»

«Darum geht es nicht. Bei Felix und deinem Vater bin ich ein anderer Mensch als hier unten. Bei dir habe ich Hemmungen. Ich lasse mich nicht gern auslachen. Dein Vater glaubt mir, wenn ich ihm sage, daß der Rand vom großen Sarouk Mir eine Festung aus vielen Forts und Gräben, Zäunen und Hecken ist, und daß das kluge Mädchen, das den Geliebten sucht, einen Seidenfaden hinter sich her zieht, um den Rückweg wiederzufinden. Soll ich das dir beim Ausmessen erzählen? Soll ich mir sagen lassen, daß die Geschichte von Ariadne besser war? Meine Geschichten sind simpel und für Kinder.»

«Und darum machst du die beiden da oben glücklich. Wirst du ihnen weiterhin erzählen, wenn ich dir verspreche, daß ich nie wieder heimlich zuhören werde? Ich würde es zwar gern, aber nicht, wenn du es nicht willst.»

«Verstehst du denn nicht, daß das nichts mit Wollen oder Können zu tun hat? Es sind einfach zwei Welten.»

«In denen du beliebig umsteigen kannst», sagte er zornig. «Nur du allein. Du hast das Umsteigen gepachtet. Du kannst hier arbeiten und oben Märchen erzählen. Aber folgen darf dir keiner. Oh, nein, wie vermessen! Es ist Annemaries Welt, es sind ihre Geschichten und Träume. Zutritt verboten!»

«Ja», sagte ich, stand auf und ging in mein Zimmer. Es war genau halb sechs.

4

Ich war wütend und wurde die Wut nicht los, obwohl ich duschte und das Kleid mit den Bäumchen anzog, Margaretes hübsche Nadel ansteckte und mich im Spiegel ganz passabel fand. Es war mir egal, ob er Wolfgang sah oder nicht. Das wäre ein Spaß gewesen! Ich hätte es hinterher aufklären können, und wir hätten darüber geredet und gelacht. Aber nein, er mußte sich einmischen, mir Vorhaltungen machen, mich ändern wollen. Das Ändern war es, was mich ärgerte und was ich nicht vertragen konnte. Wenn mich einer nicht will, wie ich bin, soll er gehen und nicht an mir herumschnitzen, bis er mich zu einem mißglückten Abbild seiner selbst gemacht hat. Ich bin ich. Ich will nicht sein, wie ein anderer mich haben will. Seit ich ihn kenne, geht das so. In der Eifel Vorhaltungen über mein Liebesleben. Nicht einmal mit Käfern und Heuschrecken darf ich spielen, wenn er fordert, daß ich ihm zuhöre. Am gräßlichsten ist, daß er es auch noch gut meint. Der Sermon über Schorsch war gut gemeint, und er hat ja auch recht. Aber wenn ich Schorsch im tiefen Schloßgraben ersäufe und ihn wie die Pest meide, ist das meine eigene Dummheit; sie gehört mir. Daß es eine ist, weiß ich selber. Was habe ich denn in den vergangenen Monaten anderes getan, als versucht, darüber hinwegzukommen? Mich hat mal einer mit Haut und Haaren gehabt, dann hat er mich ausgespuckt wie der Walfisch

Jonas. Jonas-Annemarie sitzt in einem winzigen Boot, das schaukelt. Sie will an ein heiteres Gestade und nicht an ein unwirtliches Ufer, an dem eine andere Metamorphose des Walfischs auf sie wartet.

Ich war wütend, tief in Gedanken versunken – und überhörte die Klingel. Karsten kam mit Wolfgang durch den Flur. Sie unterhielten sich freundlich; ich hörte ihre Stimmen, hörte leises Lachen. Dann kamen sie näher, und einer klopfte an die Tür. Wolfgang natürlich. Als ich öffnete, gab er mir den üblichen Handkuß, schob mich zurück und sagte: «Wie hübsch du aussiehst, Annemarie! Ich habe Herrn Karsten schon erklärt, wer ich bin. Er sah so entgeistert aus, als er mir aufmachte, daß ich es für nötig hielt. Ich habe ihn schon gefragt, aber er kann leider nicht mit uns essen.»

Typisch Wolfgang! Er ist für dieses Leben wahrhaftig zu gut, zu anständig und zu arglos. Ein Glück, daß er Mutter hat, die auf ihn aufpassen kann.

Karsten machte sein bedauerndes Gesicht und zog eine Braue hoch. «Ja, das tut mir wirklich leid. Du hast eine ansehnliche Schar von Vätern, Annemarie.» Zu Wolfgang: «Ich habe neulich ihren Papa Reichsgraf kennengelernt.»

«Na, mit dem ist schwer konkurrieren», sagte Wolfgang, der mich wegen des Du neugierig betrachtete. «Ihr richtiger Vater ist auch sehr nett. Kennen Sie ihn?»

Karsten schüttelte den Kopf.

«Ich schätze ihn sehr», sagte Wolfgang. Das stimmte. Vater und Wolfgang wären die dicksten Freunde, wenn Mutter nicht bremste. Wolfgang fand alle Menschen reizend und zeigte es so rückhaltlos, daß sich jeder andere wie ein Schuft vorkam, wenn er Wolfgangs Gefühle nicht erwiderte. Es ist eine merkwürdige Eigenschaft, in anderen immer das Gute hervorzukehren. Ich war nicht sicher, ob Wolfgang hinter aller äußeren Arglosigkeit nicht ganz raffiniert war und auf diese Tour reiste. Den Floh hatte mir Robert ins Ohr gesetzt. «Mirl, stell dir vor: Er hat eines Tages entdeckt, wie wenig Spaß es macht, zu klauen, wenn man als Dieb in ein Haus kommt, wo alle Türen, Schränke und Schubladen einladend offenstehen. Daraus hat er sich eine Lebensphilosophie gezimmert. Er betrügt niemanden, und niemand betrügt ihn.» Das Gespräch fand in München statt, in Roberts und Puttis Wohnung. Putti kennt Wolfgang natürlich auch. «Na, wenn schon», sagte sie, «ob aus Absicht oder der Einfalt seines reinen Herzens, das Ergebnis ist gleich. Wenn wir es alle so machten, ginge es auf der Welt ein bißchen angenehmer zu.»

«Haben Sie noch so viel Zeit, daß ich mich im Geschäft umsehen darf?» fragte Wolfgang.

Karsten war die Liebenswürdigkeit in Person. Er zeigte und erklärte, er lobte mich über den grünen Klee und führte Wolfgang die neue Kartei vor.

«Was für ungeahnte Talente bei dir ans Licht kommen, Annemarie. Für klug hab ich dich immer schon gehalten, aber daß du auch organisieren kannst . . .»

«Oh, sie organisiert nicht nur die Kartei, sondern auch mich, meinen alten kranken Vater und unser Faktotum. Bloß bei ihrem Privatleben bin ich nicht so sicher.»

Diesmal hatte er sich vergriffen. Wolfgang ist loyal bis auf die Knochen. Bei ihm nützt Auf-den-Busch-klopfen überhaupt nichts. Er hat uns als Familie annektiert, und damit sind wir tabu. Über uns wird vor Fremden nicht gesprochen – und für Wolfgang war Karsten ein Fremder. «Meinen Sie denn, in Annemaries Alter müßte man ein organisiertes Privatleben haben?» fragte er ganz harmlos und schlug sofort hart zu. «In meinem und vermutlich auch in Ihrem Alter, Herr Karsten, sollte man Ordnung in sein Leben bringen, aber für mich gibt es nichts Schrecklicheres, als zu gut organisierte junge Leute, die immer wissen, was sie wollen und wie das zu erreichen ist.» Daraufhin zündete er sich eine Zigarette an, stellte sich vor den Jagdteppich an der einen Wand, machte kehrt, betrachtete den Gartenteppich an der anderen und wiederholte dies mehrmals. «Soweit ich was davon verstehe, sind das Ihre Prunkstücke?»

«Ja, sowohl was die Größe und dekorative Wirkung anbelangt, als auch den Preis. Ich habe noch eine Anzahl ebenso edler Teppiche, die fallen aber nicht so sehr ins Auge. Ich kann sie nicht alle auslegen oder aufhängen.»

Ich stand in meinem seidenen Kleid mit den kleinen Bäumchen, dem Umweltschutzkleid laut Robert, zwischen dem reichen Mann meiner Mutter und meinem Chef und hörte interessiert zu, wie sich da ein Gespräch zwischen Käufer und Verkäufer anbahnte. Wolfgang sprach davon, daß er oft im Rheinland zu tun hätte und wiederkommen würde, wenn er mehr Zeit hätte. Karsten bat um seinen Anruf, damit er auch selber im Geschäft wäre. Ich schlenderte davon und strich vorsichtig mit der Hand über den Rand des Gartenteppichs, dort, wo die Allee war.

Karsten stand plötzlich hinter mir. «Du brauchst nicht Abschied zu nehmen. Er ist hier, wenn du heute abend nach Hause kommst. Ich verspreche es dir.»

«Du kannst ja Gedanken lesen.»

«Ich habe eine Menge Talente, die du noch nicht kennst. Vielleicht nicht so viele wie du, aber immerhin.»

Beim Abendessen mit Wolfgang packte ich aus. Ich erzählte ihm vom Wiedersehen mit Schorsch, von meinen Schloßgrabenträumen, von meinem ungeordneten Liebesleben und meiner seltsamen Beziehung zu Karsten. Er hörte zu und ließ mich ausreden. Als ich ganz am Ende war, sah er mich einen Augenblick abwartend an. «Das war noch nicht alles, Annemarie.»

«Alles, worüber ich mit dir sprechen wollte.»

«Dann verzeih mir, wenn ich aus der Schule plaudere. Robert war neulich bei mir. Er hat mich nicht um Verschwiegenheit gebeten, weil er gar nicht auf den Gedanken kommt, daß ich es weitererzählen würde. Aber schließlich warst du dabei, und wenn du den Versuch machst, mit dir ins Reine zu kommen, gehört die Robert-Episode doch wohl auch dazu.»

«Gut. Du bist ein Armer. Wir holen dir unsere Leichen vom Dachboden, und du sollst sie für uns verscharren. Trotzdem bin ich beruhigt, daß es Robert wie mir geht – nein, wie es mir gegangen ist. Ich glaube, es war keine Freudsche Fehlleistung, daß ich Robert eben vergessen habe. Ich habe wirklich nicht daran gedacht. Erst, als du sagtest, es wäre nicht alles, ist es mir wieder eingefallen.»

«Wie ähnlich ihr euch seid. Robert wollte auch über etwas anderes mit mir sprechen, dann kam am Ende noch eure Geschichte heraus. Er sagte, daß es für ihn erledigt sei, daß er aber deinetwegen besorgt ist. Er machte sich Vorwürfe, weil er sich die Schuld gibt, und weil er gemerkt hat, daß du unglücklich bist.»

«Ich bin gar nicht unglücklich, Wolfgang. Das mit Robert war für mich wie ein weißer Fleck auf der Landkarte. Ich wußte nicht, daß es das gibt, vielmehr, daß ich zu so etwas fähig bin. Man glaubt immer, man kennt sich mit sich aus. So jung bin ich auch nicht mehr. Dann befindet man sich ganz plötzlich in einer Ausnahmesituation und schreitet über Grenzen in – ja, in den weißen Fleck auf der Landkarte. Hat er dir erzählt, daß uns ein Kellner mit Pilsener Urquell vor dem Inzest gerettet hat?»

Wolfgang nickte. «Ja, das hat er, und er hat mir gesagt, daß dein Karsten im Restaurant war.»

«Er hat mich schon zweimal nach Robert gefragt. Ich habe beide Male gesagt, er wäre mein Bruder. Er glaubt es mir nicht.»

«Wie soll er das? Er sieht dich mit einem schönen Mann flirten, sieht den Mann mit dir flirten. Er ist eifersüchtig. Das ist doch ganz normal. Dann sagst du, er ist dein Bruder. Mit Brüdern flirtet man nicht, wenigstens nicht so, wie Robert mir das geschildert hat. Wie soll der arme Mann denn wissen, daß dies der eine Abend in eurem Leben war, wo eine Sicherung durchbrennt?»

«Ja, das war es: Die Sicherung ist durchgebrannt. Das paßt. Kannst du dich in so was hineindenken? Ich frage, weil ich es nicht kann. Schon jetzt, wo ich hier mit dir sitze, kommt es mir grotesk vor.»

«Ich habe keine schöne Schwester, Annemarie. Ich bin ein verhätscheltes Einzelkind mit einem Ödipuskomplex. Jetzt siehst du mitleidig aus. Laß nur. Ich und Herr Ödipus kommen glänzend miteinander aus. Meine Mutter ist so früh gestorben, daß ich mir die lebensnotwendige Freiheit selber suchen mußte. Ehe ich deine Mutter kennenlernte, habe ich eine Menge trister Affären gehabt. Jetzt habe ich die richtige Frau. Ich bin glücklich, und – was vielleicht viel wichtiger ist – ich bin zufrieden, und mein Leben stimmt.»

«Wie nett, daß du auch einmal von dir erzählst, Wolfgang. Robert und ich rennen zu dir, weil du zwischen den Generationen stehst. Gleichaltrige sind nicht gut, weil sie dieselben Probleme haben; die Elterngeneration oder präziser, unsere Eltern, kommen überhaupt nicht in Frage, weil sie nie mit uns über derartige Dinge gesprochen haben und sich das nun rächt, indem sie viel chaotischer leben als wir.»

«Das hört sich so an, als machtest du mir einen Vorwurf, weil ich ein Teil dieses Chaos bin.»

«Nein, nicht die Spur. Mir rutschen nur manchmal die Gedanken weg. Ich wollte dir eine große Freundschaftserklärung machen, die aber kaum nötig ist, denn du siehst ja, wie wir dich schätzen. Würden wir uns sonst beide wie Blutegel an dich hängen? Wenn du uns loswerden willst, Wolfgang, mußt du uns mit Salz bestreuen.»

«Wieso das?»

«Damit wird man Blutegel los – Humphrey Bogart in ‹The African Queen›. Und nun sag nicht, Mutter hätte dir nicht von Humphrey Bogart vorgeschwärmt?»

«Nein.»

«Dann liebt sie dich wirklich, Wolfgang.»

Er lachte sehr und bestellte dann eine halbe Flasche Sekt. Als wir uns zuprosteten, fragte er: «Ist mit

Schorsch alles klar, hast du ihn hinter dir?»

«Ich glaube. Warum hast du das vorausgesetzt?»

Er grinste. «Weil ich diesen Herrn Karsten gesehen habe, und was wichtiger ist, ich habe dich mit ihm gesehen. Außerdem weiß ich durch Robert von seiner Existenz. Robert fand ihn immerhin erwähnenswert, obwohl er an jenem Abend abgelenkt war . . .»

«Ihr tratscht.»

«Natürlich. Apropos Tratsch. Ich breche heute schon das zweite nicht gegebene Versprechen. Willst du brühwarm eine Neuigkeit hören? Eine, die außer mir nicht einmal der Hauptbeteiligte kennt?»

«Nun spann mich nicht auf die Folter. Mach schon!»

«Putti bekommt ein Kind.»

«Was? Und wieso hauptbeteiligt? Wenn du es weißt, muß sie es doch auch wissen.»

«So wörtlich hatte ich es nicht gemeint. Selbstverständlich weiß sie es. Sie hat es mir gesagt. Aber Robert weiß noch nichts davon.»

«Mein armer Engel, du bist voll integriert! Putti kommt nun auch schon zu dir gerannt. Noch ein Blutegel. Was wollte sie von dir? Warum hat sie es Robert nicht gesagt?»

«Bringst du es noch fertig, den Mund zu halten, wenn ich dir das alles beantworte? Deine Mutter weiß nichts davon. Sie soll es vorläufig nicht erfahren.»

«Wenn Putti ein Kind bekommt, wird sie es nicht lange geheimhalten können. Man sieht das, weißt du.»

«Da wäre ich nicht drauf gekommen! Nein, Spaß beiseite, sie sagt, um sie wörtlich zu zitieren, sie hätte Robert ‹reingelegt›. Sie hätte unbedingt ein Kind haben wollen. Sie wäre neunundzwanzig, und es würde langsam Zeit. Sie will auf gar keinen Fall abtreiben, aber sie meint, es wäre Robert gegenüber nicht fair, ihm ein Kind anzuhängen, weil er dann meinte, er müsse sie nun auch heiraten. Sie will mit ihm Schluß machen und in eine andere Stadt gehen . . .»

«Ja, hat sie denn den Verstand verloren? Die beiden leben seit Jahren zusammen und führen eine Ehe. Wenn sie jetzt ein Kind bekommt, können sie doch weiter zusammenbleiben. Wenn Robert nicht gleich heiraten will, ist das doch egal. Er wird der erste sein, der darauf dringt, sobald das Kind in die Schule kommt. Von meinen Studienfreunden haben es viele so gemacht. Das ist nicht neu und nicht ausgefallen.»

«Annemarie, was verstehe ich denn von schwangeren Frauen? Sie hat geweint. Kannst du dir Putti weinend vorstellen? Ich habe gefragt, ob ich es Robert sagen soll. Nein! Sie wolle fortziehen und ihm dann schreiben oder auch nicht schreiben, sondern einfach verschwunden sein.»

«Hält sie Robert für herzlos und blind? Wenn sie spurlos verschwindet, wird er nach ihr suchen, und ich garantiere dir, daß er sie sehr schnell findet. Im übrigen lebt er seit Jahren mit ihr zusammen. Wenn sie plötzlich ihre Periode nicht mehr bekommt, dafür aber einen runden Ammenbusen, und ihr morgens auch noch schlecht wird . . . Ich meine, Männer sind vielleicht nicht besonders findig, aber *das* wird er schon merken. Hat sie dir gesagt, in welchem Monat sie ist?»

«Nein. Hätte ich das fragen sollen? Sie sagte nur, sie wäre beim Arzt gewesen, und es wäre sicher.»

«Wie seid ihr denn verblieben? Hast du ihr was geraten?»

«Nur, daß sie es Robert sagen soll.»

«Wollte sie das?»

Wolfgang hob hilflos die Hände. «Ach, Annemarie, sie kam schluchzend und ging weinend.»

Ich sah auf die Uhr. «Komm, du mußt zum Bahnhof. Ich gehe mit.» Als wir auf der Straße waren, fiel mir etwas ein. «Wann war das? Wann war sie bei dir?»

Er dachte einen Augenblick nach. «Heute ist Freitag, dann war es Dienstag.»

«Hast du seither was von ihr gehört?»

«Nein. Ich habe zweimal angerufen, aber es war keiner da.»

«Weißt du was? Ruf mich am Montagabend an. Vielleicht weiß einer von uns bis dahin was. Ich telefoniere fast immer am Wochenende mit ihnen. Und wenn sie bei dir anrufen, sag mir Bescheid.»

Er fuhr mit einem Nachtschnellzug, der nur zwei Minuten Aufenthalt hatte. Als er unter der Schlafwagentür stand, sagte ich: «Jetzt haben wir gar nicht über Karsten gesprochen, Wolfgang. Vor lauter Putti und Robert.»

«Darüber brauchen wir nicht zu sprechen. Das wirst du schon allein regeln.» Er lachte, ließ meine Hand los und zog die Tür zu. Ehe sie ganz geschlossen war, rief er: «Grüß ihn von mir. Und wechsle nicht zu oft die Stellung. Es wird für mich teuer, wenn ich in jedem deiner Läden kaufen muß.»

Als ich nach Hause kam, brannte im Hinterzimmer Licht. Ich steckte den Kopf durch die Tür. Karsten war allein.

Auf dem Tisch standen die kleinen türkischen Tassen mit Kaffeesatz.

«Kein Scheich? Oder kein Scheich mehr?»

«Keiner mehr. Willst du Kaffee?»

«Furchtbar gern. Darf ich mal nach München telefonieren?»

«Natürlich. Soll ich rausgehen, oder soll ich frischen Kaffee kochen?»

«Du kannst ruhig dableiben. Nur mein Bruder. Ich trinke auch gern kalten Kaffee. Wegen der Schönheit, weißt du.»

Es war Viertel nach elf. Um diese Zeit ist Robert immer noch auf. Ich wählte und hörte gleich darauf seine Stimme.

«Annemarie», sagte ich. «Hör mal, ich muß dir ganz schnell was sagen, aber setz dich vorher. Ist Putti in der Nähe?»

«Die ist schon im Bett. Wo brennt's denn? Hast du was angestellt?»

«Ich nicht. Aber du. Sieh dir Putti bitte mal ganz genau an.»

«Mirl, wovon redest du?»

«Von Putti im Rohzustand. Ich breche ein ganz großes Ehrenwort, Robert. Aber ich denke mir, es ist besser, du entdeckst, was mit ihr los ist, äußerst Freudenschreie und packst sie von nun an in Watte.»

«Mirl! Hast du das gerade wirklich gesagt und bedeutet es das, was ich gehört habe?»

«In der Tat, mein Lieber.»

«Woher weißt du?»

«Von Wolfgang, dem hat sie ihr Herz ausgeschüttet.

Sie will dich verlassen, weil sie nicht möchte, daß du dich verpflichtet fühlst, sie zu heiraten. Du hast eine sehr anständige Freundin, Robert, aber momentan ist sie geistig umnachtet. Wolfgang war tuttelig wie eine alte Tante und wußte nicht, was tun. Ich denke mir, du öffnest bei der nächsten passenden Gelegenheit deine Veilchenaugen in seligem Erstaunen und treibst anatomische Studien. Man merkt es an der oberen Hälfte der Damen – nicht da, wo du denkst.»

«Woher weißt du?»

«Du wiederholst dich. Aus klugen Büchern und von Freundinnen, denen das schon widerfahren ist. Trink einen Schnaps darauf. Gute Nacht, ich liebe euch alle drei.»

«Ich habe gebannt zugehört», sagte Karsten. Er ging zum Schreibtisch, holte die Flasche mit dem Birnenschnaps heraus und schenkte zwei Gläser ein. «Du hast ein turbulentes Familienleben.» Er sah mich an und schüttelte den Kopf, dann begann er ausgesprochen dümmlich zu grinsen. «Dann war der schöne Mann tatsächlich dein Bruder? Und jetzt bekommt er ein Kind?»

«Er ist mein Bruder. Er bekommt das Kind nicht, sondern seine Freundin.»

Karsten benahm sich wunderlich. Er lachte, wie ich ihn noch nie hatte lachen hören. Er lachte buchstäblich Tränen. Er wieherte vor Lachen.

«Herbert! Fassung. Was hast du? Bist du plötzlich übergeschnappt?» Es war so ansteckend, daß ich auch lachen mußte. Er nahm mich bei den Schultern, drehte mich im Kreis herum und schnappte nach Luft. «Dein Bruder! Das kann doch nicht sein!»

«Ich habe dir zweimal gesagt, daß er mein Bruder ist. Er lebt seit Jahren mit Putti zusammen. Sie ist sehr nett. Warum sollen sie kein Kind bekommen? Was ist daran so komisch?»

Karsten sank in den Sessel, trank den Schnaps in einem Zug herunter und wurde mit einem Schlag ganz ernst.

«Weißt du, daß mich das Vergnügen, deinen Bruder mit Pilsener Urquell zu begießen, hundert Mark gekostet hat?»

Ich sank in den anderen Sessel, sah ihn an und begriff gar nichts. «Wovon redest du? »

«Von meiner idiotischen Eifersucht. Ich konnte den Anblick von dir mit diesem Mann nicht mehr ertragen. Ich habe dem kleinen Kellner das Geld gegeben und ihm gesagt, es ginge um eine Wette.»

«Dann ist er absichtlich gestolpert?»

«Ja.»

Mir verschlug es die Sprache. Kein Schutzengel, sondern ein eifersüchtiger Mann. Ausgerechnet er. Ich sah uns wieder im Restaurant sitzen und spürte Roberts warme Hand auf meinem Arm. Und dann die Dusche und die Rettung – und Putti war damals schon schwanger. Ja, das war anzunehmen.

«So komisch das klingen mag», sagte ich endlich. «Danke.»

«Es klingt nicht komisch, Annemarie. Komm, trink den Schnaps und dann den Kaffee und laß mich endlich von meinem Prinzen erzählen. Deswegen habe ich auf dich gewartet.»

Der Schnaps lief mir heiß durch die Kehle und wärmte

mich von innen und wirkte wie Medizin, denn mir war plötzlich ganz kalt. «Hast du ihm was verkauft?» Meine Stimme klang in meinen Ohren ganz anders als sonst.

«So weit sind wir noch nicht. Er war nur eine knappe Stunde hier. Die Hälfte davon haben wir viele Höflichkeiten ausgetauscht. Wir haben viele kleine Tassen Mokka getrunken und blumenreich geredet.»

«In welcher Sprache?»

«Persisch. Er hat Dichter zitiert und mit Luchsaugen Inventur gemacht. Er will den Jagdteppich haben. Nicht, daß darüber ein Wort gefallen wäre. Er hat nach jedem Teppich gefragt, den er gesehen hat. Nur ihn hat er absichtlich übersehen. Ich bin manchmal fortgegangen, um Kaffee zu holen oder etwas in unserer neuen Kartei nachzusehen. Dann habe ich ihn ertappt. Sobald er sich allein glaubte, stand er davor.»

«Hat er nach Preisen gefragt?»

«Wo denkst du hin. So macht man das nicht. Er wird wiederkommen. Er wird mir erzählen, daß er in London oder Paris einen ganz ähnlichen Teppich gesehen hat, der ihm zu einem sehr günstigen Preis angeboten worden ist. Diesen Preis wird er natürlich nicht nennen. Er wird warten, bis ich eine Zahl sage. Dann wird er entnervt auf einen Teppichstapel sinken. Er wird sagen, sein Land wäre klein, er hätte nur eine einzige, versiegende Ölquelle und ob ich es, bei Allah, mit ansehen könne, wie er und seine Frauen und Kinder an den Bettelstab gebracht würden.»

«Was für einen Preis nennst du denn?»

«Das Vierfache von dem, was ich haben will.»

«Und dann läßt du dich herunterhandeln?»

«Um ein Viertel, höchstens die Hälfte.»

«Das heißt, daß du doppelt so viel bekommst wie das, was du haben willst. Ist das nicht unmoralisch?»

«Wem gegenüber? Der Prinz kann sich in Geld wälzen. Er bekommt einen meiner schönsten Teppiche. Er kennt das Spiel. Er weiß, daß er viel bezahlen muß. Ich verdiene viel, zugegeben, aber mir greift das Finanzamt in die Tasche, und das nicht zu knapp.»

«Geht das durch die Bücher?»

«Ja. Das Finanzamt kennt die Werte ganz genau. Selbst wenn der Prinz mir das Geld hier auf den Tisch blättert, kann ich so gut wie nichts abzweigen. Und dann darfst du nicht vergessen, daß dies ein Museumsstück ist, das ich nicht ersetzen kann. Solche Teppiche sind nicht mehr erhältlich. Meine Bestände verringern sich. Irgendwann muß ich den Laden zumachen oder neues, billiges Zeug verhökern, bei dem mir die Warenhäuser die Preise unterbieten.»

Endlich fand ich den Mut, das zu fragen, was mir am meisten am Herzen lag. «Der Gartenteppich?»

«Den will er auch. Aber er bekommt ihn nicht. Ich habe ihm gesagt, daß er unverkäuflich ist. Er wird es nicht aufgeben, wenn ich ihn richtig einschätze. Vielleicht bietet er astronomische Summen. Ich kann ihn nicht verkaufen, selbst wenn ich es wollte. Er gehört meinem Vater. Solange er lebt, ist dein Gartenteppich in Sicherheit, Annemarie.»

«Wenn ich wieder in Düsseldorf bin, darf ich ihn dann mal besuchen?»

«Wen? Meinen Vater oder den Teppich?»

«Beide.»

«Mich nicht?»

«Oh, immer schön der Reihe nach. Deinen Vater, den Gartenteppich und dich.»

«Danke.»

Ich war todmüde. Ich saß im Sessel und wußte nicht, wie ich auf die Beine kommen sollte. Trotzdem mußte ich etwas sagen, etwas Freundliches. Der dumme Zank vom Nachmittag lag noch in der Luft. Nein, nicht in der Luft, in mir. Ich hatte mich falsch benommen. «Wenn mir wieder eine Teppichgeschichte einfällt, werde ich sie dir auch erzählen.» Als ich sein Gesicht sah, bekam ich plötzlich Angst. «Wie sah der Prinz aus?» fragte ich hastig.

«Wie Harun al Raschid», sagte er belustigt, und ich fühlte mich ertappt.

«Hatte er ein kariertes Küchentuch auf dem Kopf und einen weißen – wie heißt das – Burnus?»

«Der Unterricht in Scheichs wird fortgesetzt.» Er war ganz nah, zog mich aus dem Sessel und nahm mich in die Arme. Nach sehr langer Zeit sagte er: «Zieh das Kleid aus.»

«Was? Jetzt?»

«Es ist für mich keine gute Erinnerung. Ich kaufe dir morgen ein anderes.»

«Ich kann mir meine Kleider selber kaufen.»

«Annemarie, kannst du denn nie nachgeben?»

Ich gab nach. Ich konnte gar nicht mehr anders. Ich zog es aus. Ich wollte nichts, als in diesen Armen bleiben und geküßt werden, bis ich die Besinnung verlor. Aber so kam es dann doch nicht, denn bei ihm ist immer alles anders.

«Jetzt müßte ich dich in dein Zimmer tragen», sagte er plötzlich und lachte ein bißchen bitter, «aber das geht nicht. Seit der Kinderlähmung kann ich nicht mehr schwer tragen.»

«Und die vielen Teppiche, die wir gewuchtet haben?»

«Da hast du mitgeholfen, und sie sind nicht so schwer wie ein ausgewachsenes Mädchen.»

Irgendwie half mir mein guter Stern. Ich wollte sagen, ich könne sehr gut allein in mein Zimmer gehen, und dann nach seiner Hand greifen, um ihn mitzuziehen. Statt dessen sah ich ihn an. Er hatte das hagere, verschlossene Gesicht, das ich fürchtete und lange nicht mehr gesehen hatte. Er hat Angst, dachte ich, schreckliche Angst. Er fürchtet, daß die Welt einstürzt – seine Welt, nicht mein Kartenhaus. Seine Welt sollte nicht einstürzen, wenn ich es verhindern konnte. Aber wie das verhindern? Was hatte ich denn an Erfahrungen? Schorsch, immer nur Schorsch. Erst haben wir Doktor gespielt, dann war lange Zeit nichts, dann haben wir geknutscht und uns endlich geliebt. Schorsch funktionierte und brauchte bei mir nie Angst zu haben, daß er nicht funktionieren könnte. Meine Abenteuer nach Schorsch zählten auch nicht. Das waren Zufallsbegegnungen, von mir heraufbeschworen, um mir selber zu beweisen, daß es auch mit anderen Männern Spaß machte. Weil ich es partout wollte, machte es mir Spaß, und damit war es vermutlich für die Männer nicht weiter schwierig. Philip in der Eifel: Da hatte er angefangen, nicht ich. Es war heiter, fröhlich und für mich unkompliziert; er hatte offenbar Übung in Seitensprüngen, und es belastete ihn nicht. Ich war sechsundzwanzig und hatte mit fünf, nein, mit sechs Männern geschlafen, mit fünf davon ein einziges Mal. Keine großen Erfahrungen, um verhindern zu können, daß für einen Menschen eine Welt einstürzte.

«Hör zu, Herbert», sagte ich, «und bitte, halte mich ganz fest.»

Ich erzählte ihm das, was ich eben nur gedacht hatte, von Schorsch, von den anderen Männern und von meiner Angst, jetzt etwas falsch zu machen. Das einzige, was ich nicht sagte, war, daß es dabei nicht um mich ging, sondern um ihn.

Wir gingen dann doch in mein Zimmer, aber nicht zum Lieben, sondern zum Schlafen. Die Liebe kam erst am nächsten Morgen. Da hatte ich mich an den langen, hageren Körper neben mir gewöhnt, und als ich wach wurde, weil ich seine Hände auf mir spürte, war alles, als müßte es so sein. Ich habe früher immer geglaubt, man könnte Männer vergleichen und ihnen sozusagen Noten geben. Aber da jeder Mann anders ist und die Gefühle für ihn anders sind, gibt es nichts zu vergleichen. Doch, etwas gibt es.

«Annemarie, war es schön für dich?»

Das ist es. In anderen Worten fragt das jeder, auch die Zufallsmänner. Sicher ist das wichtig, denn wer kann schon ohne Selbstbestätigung leben? Aber es geht darüber hinaus; die Frage ist ein Geschenk.

Ich drehte mich auf den Bauch. «Hattest du den Eindruck, daß ich gelangweilt war?»

«Nicht ganz.»

Irgendwann standen wir auf und kochten Kaffee. Irgendwann sagte er, er müsse nach oben gehen und nach dem Rechten sehen. Er käme gleich wieder.

Sobald er gegangen war, zog ich mich an und ging auf

die Straße. Ich mußte nachdenken. Nachdenken kann ich besser an der frischen Luft und beim Gehen. Ich ging am Rhein spazieren und dann über die Brücke ans andere Ufer. Der Wind wehte mir den Kopf ein bißchen freier, trotzdem blieb das Gefühl, daß dies anders gelaufen war, anders lief, als es sollte. Wie konnte ich vor diesem Mann mein heiteres, unbeschwertes Leben retten, wenn er doch nichts anderes im Sinn hatte, als mich zu verschlingen, in seine Welt zu ziehen und aus mir sein Geschöpf zu machen? Konnte ich ihn denn nicht lieben, solange es dauerte, und ihm eines Tages, wenn ich nicht mehr wollte, Adieu sagen? Immer suche ich mir die falschen Männer aus. Hier will mich einer, aber er paßt nicht zu mir. Er ist einfach eine Nummer zu groß für mich; zu verletzlich, zu schwierig. Wenn ich nicht aufpasse, werde ich ihm weh tun, andauernd und immer wieder, ich mag so vorsichtig sein, wie ich kann. Meine Liebe und mein Körper sind kein heiliger Gral. Ich will nicht, daß man mich in Besitz nimmt, indem man mich heiratet und in einen Schrank sperrt. Vielleicht möchte ich eines Tages nichts anderes, aber jetzt noch nicht. Ich will meine Freiheit, meinen Beruf, meine Selbständigkeit, auch wenn ich dafür leere Tage, Unzufriedenheit und unerfüllte Sehnsüchte in Kauf nehmen muß. Immer habe ich getan, was ich sollte. Ich war auf der Schule und habe studiert. Ich habe in meiner Familie gelebt und bin nicht ausgebrochen. Jetzt bin ich sechsundzwanzig. Mehr als ein Drittel meines Lebens war ich unselbständig und abhängig. Jetzt verdiene ich Geld, tue das, was mir Freude macht, lerne jeden Tag etwas Neues, begegne Menschen, kann mal hier, mal dort leben. Soll ich das aufgeben, weil der Mann, der mich anzieht und fasziniert und den ich vielleicht liebe, älter als ich ist, seinen Beruf hat, nie mein Vagabundenleben teilen wird, sondern eine neue Seßhaftigkeit und Gebundenheit über mich stülpt? Aber nehme ich denn nicht zuviel vorweg? Wer sagt denn, daß er das will? Das sind ja auch nur Vermutungen von mir ...

Ich stand am anderen Rheinufer und kam mir mit einem Mal sehr dumm und töricht vor. Typisch ich! Nach einer Nacht mit einem Mann, in den ich mich verliebt habe, weil ich romantische Flausen im Kopf habe, zu denen er maßgeschneidert paßt! Sein Leben, seine herbe, schwierige Art, seine Märchenteppiche, sein Omar Khayyam, sein Vater, den er so geduldig liebt – sein harter, fordernder Körper hinter seinen seelischen Schwierigkeiten, die ich überwinden kann. Was für eine kitschige Schnulze! Nein – verdammt nein! Warum will ich mir selber kaputt machen, was ich eben noch als Geschenk empfunden habe?

Ich sah ihn vor mir und bekam solche Sehnsucht nach ihm – und Angst, daß er es sich anders überlegt haben und mich nun zurückweisen könnte, weil er meine Gedanken mit seiner Zauberantenne über die Rheinbrücke bis ins Hinterzimmer aufgefangen und für unreif befunden hatte. Ich kehrte um und rannte beinahe das letzte Stück.

Er war, wo ich ihn vor mir gesehen hatte, im Hinterzimmer und saß am Schreibtisch. Als ich zur Tür hereinkam, stand er auf, und ich rannte in diese harten Arme, in denen ich mich so wohl fühlte und die zu einer Gewohnheit werden konnten.

Er schob mich ein Stück zurück. «Na, hat es geholfen?»

Doch eine Zauberantenne. «Nicht viel.»

«Du hast aber nicht beschlossen, in dein rotes Auto zu steigen und für immer davonzufahren?»

«Nein. Ich war kurz davor, aber dann hatte ich zu viel Sehnsucht nach dir.»

«Danke», sagte er, zog mich enger an sich, küßte mich – und wir fanden uns am hellen Samstagnachmittag auf dem Gartenteppich wieder, der plötzlich auf dem Fußboden war, statt an der Wand zu hängen. Wir kannten uns nun schon sehr viel besser, und alles war runder und voller als zuvor. Dann machte ich die Augen zu und sah erst nur die lilafarbenen Blitze und roten Feuerräder, die ich immer sehe, wenn ich die Augen ganz fest zukneife. Später lag ich im Gras bei den Wasserbecken und den schwarzroten Rosen, und der kleine Vogel sang sich die Kehle aus dem Leib.

Ich machte die Augen auf, sah sein Gesicht über mir, sah ihn lächeln und sagte: «Danke.»

Er grinste. «Gern geschehen. Was passiert nun?»

«Hunger!»

«Eine vortreffliche Idee. Wo essen wir? Gehen wir aus? Soll Felix uns was kochen? Was möchtest du?»

«Keinen Felix mit treuem Hundeblick.»

Wir aßen in der Altstadt, saßen draußen und tranken Wein, bis es dunkel wurde; dann schlenderten wir durch die Straßen und redeten. Wir redeten über Alltagsdinge: meine letzte Woche in Köln, die letzten Arbeiten an der Kartei, seine Kunden und den Geschäftsbetrieb, den ich gar nicht kannte, weil ich nie einen Teppichkäufer zu Gesicht bekommen hatte. Mir fiel ein, daß in der Eifel die Rede davon gewesen war, daß er nicht nur Teppiche verkaufte. Im Laden hatte ich nichts anderes als Teppiche gesehen. Er habe einige Miniaturen und alte Vasen. Er würde sie mir zeigen. Sie wären im Schrank im Büro. Dann fragte ich endlich nach der schönen Frau aus dem Düsseldorfer Restaurant.

«Wie erfreulich, daß du neugierig bist. Sie ist meine Jugendfreundin. Ich war drei Jahre im Geschäft ihres Vaters in Teheran, dann kam die Kinderlähmung, und ich mußte zurück. Sie hat einen Züricher Kunsthändler geheiratet und hat zwei Kinder. Wir sind immer noch befreundet, und ihr Mann gehört mit dazu. Wir besuchen uns oder treffen uns auf Kunstmessen. Ich könnte mir denken, daß sie dir beide gefallen. Du mußt sie kennenlernen; oder kommst du dir an die Kette gelegt vor, wenn ich dir meine Freunde vorführe?»

Was sollte ich dazu sagen? Ist es nicht selbstverständlich, daß man einem Menschen, mit dem man eng verbunden ist, auch seine Freunde zeigen will? Ich finde es ja auch gut, daß er Wolfgang kennt und offenbar leiden mag.

«Sie ist schön und sieht interessant aus», begann ich. Er grinste und vollendete meinen Satz: «Aber sie kann bleiben, wo der Pfeffer wächst.»

«Das hast du gesagt.»

«Hm. Allmählich lerne ich deine Diktion, und ich lerne, wie du auf alles reagierst, was dich binden oder fesseln könnte. Irgendwann – nein, nicht jetzt – mußt du mir erklären, warum es schöner ist, für meine wenig geschätzte Tante Margarete und Roswitha das Lehrmädchen zu spielen, wenn du hier bei mir bleiben und arbeiten könntest.»

«Davon war bisher nicht die Rede.»

«Natürlich nicht, denn ich brauche dich ja nur anzusehen, um zu wissen, was du sagen wirst.»

«Was?»

«Daß du nicht daran denkst, dein Privatleben mit der Arbeit zu verbinden. Dann wirst du Ausdrücke wie ‹Betthase› oder ähnliches verwenden oder mir auseinandersetzen, daß ich dich aushalten wollte, und wir so nicht gewettet hätten.»

Ich wollte mich ärgern, mußte aber lachen. «Woher kennst du mich so genau? Es stimmt nämlich wirklich. Wenn du arm oder nicht ganz so reich wärst, ginge alles viel leichter. Aber jetzt, nachdem ich endlich angefangen habe, Geld zu verdienen, möchte ich das Gefühl auskosten, mein eigener Herr zu sein. Wie stellst du dir das vor, bei dir arbeiten und mit dir leben? Du würdest mir doch nur ein Gehalt zahlen, das entweder normal wäre – dann hättest du ein schlechtes Gewissen –, oder du würdest mir zu viel zahlen, und das könnte ich nicht ertragen. Der Ausgleich wären dann Geschenke, Kleider oder Schmuck oder sonst etwas, was ich nicht brauche. Ich käme mir ausgehalten vor ... Siehst du?»

«Nein, ich sehe es nicht. Wenn wir zusammenleben, in welcher Form auch immer, unverheiratet oder verheiratet, wären wir eine Einheit. Wenn man eine Einheit ist, gibt es nichts zu teilen. Ja, ich weiß, ich gebe auf. Wie soll ich in deinen widerborstigen Schädel Vernunft bekommen?»

Plötzlich ging mir die Komik unserer Situation auf. Wir wanderten durch die nächtlichen Straßen von Köln und redeten wie ein Liebespaar, das sich seit Jahren kennt und die Zukunft sortieren will.

Ich griff nach seiner Hand. «Ist dir eigentlich klar, daß unsere große Romanze noch keine zwölf Stunden alt ist, Herbert? Hör auf, über die Zukunft zu reden. Wir leben jetzt. Wenn wir jetzt nicht glücklich sind, werden wir es später auch nicht sein. Wenn du mir unbedingt was schenken willst, dann bitte eine Sternschnuppe. Weißt du, daß jetzt Sternschnuppenzeit ist?»

Er sagte nichts, griff in den Himmel, schloß die Finger, als hätte er einen Käfer gefangen, legte mir seine kühle Hand auf die Stirn. «Eine Sternschnuppe für Annemarie.»

«Danke. Ich will sie aufheben und hüten, und wenn du einmal dringend eine Sternschnuppe brauchst, darfst du sie dir wiederholen.»

«Wozu sollte ich sie brauchen?»

«Was hast du eigentlich als Kind gelernt? Hat dir niemand erzählt, daß Sternschnuppen Glück bringen und man sich etwas wünschen darf, wenn man sie fallen sieht? Du bist doch nicht als ernster erwachsener Mann auf die Welt gekommen.»

«Am Himmel sind Wolken – man sieht sie nicht immer, Annemarie. Und meine Mutter ist gestorben, als ich zehn Jahre alt war.»

«Man muß sie nicht sehen; es genügt, wenn man weiß, daß sie da sind. Und was dir deine Mutter nicht mehr hat sagen können, wirst du von mir lernen. Ich weiß, was Glück bringt, und was man nicht tun darf. Ich kann dir hübsche Geschichten erzählen, die du dir herauskramen kannst, wenn du allein bist und dich langweilst. Es sind meine Putz- und Spülgeschichten. Ich erzähle sie mir, wenn ich Erheiterung brauche.»

«Was für Geschichten sind das? Märchen wie die von den Teppichen?»

«Nein, Anekdoten oder groteske Erlebnisse, die ich von anderen gehört habe. Ich sammle sie für Notzeiten. Willst du eine hören, die ich von Schorschs Großmutter habe? Es ist eine Geschichte von der Flucht aus Ostpreußen.»

«Und die soll komisch sein? Erzähle.»

«Schorschs Familie lebte in Riga; als die Russen kamen, sind sie erst nach Ostpreußen zu Verwandten geflohen und dann weiter im Treck bis in den Westen. Sie wurden von den Russen überrollt. Die Großmutter und ihr Mann sind heil davongekommen, wurden aber ausgeplündert. Schorschs Großvater hatte einen dicken Lodenanzug an, der einem Russen so gut gefallen hat, daß er ihn zwang, sich bei Eiseskälte auszuziehen. Der russische Soldat zog den Anzug an und warf dem Großvater seine zerfetzte Drillichmontur vor die Füße. Dem alten Mann blieb nichts anderes übrig, als sie anzuziehen. Weißt du, was er in den Taschen fand? Sechsundfünfzig goldene Uhren!»

«Ja», sagte Herbert, «du hast recht, das ist eine brauchbare Geschichte. Eine moderne Lesebuchgeschichte mit einer hübschen Moral. Dankeschön. Erzähle mir noch andere, wenn du so viele weißt. Ich putze und spüle nicht sehr oft, aber ich könnte sie für entschlußlose Kunden gebrauchen, die mir die Nerven langziehen. Ich muß anwesend sein, freundlich lächeln, darf aber nicht mehr empfehlen, weil sie sich dann genötigt fühlen und am Ende fortgehen, ohne einen Teppich zu kaufen.»

«Auf Kommando geht das nicht. Ich werde sie dir von Fall zu Fall erzählen, wann sie mir gerade einfallen.»

Die nächste fiel mir wenig später ein, als wir zusammen im Bett lagen. Ich lachte plötzlich an der falschen Stelle, und er sah mich verblüfft an und fragte: «Was ist komisch?»

«Daß das, was wir gerade machen, von den Südseeinsulanern ‹Missionarsposition› genannt wird.»

Er grinste. «Das reduziert meine hohe Meinung von den Missionaren, aber was, bitte, machen die Südseeinsulaner normalerweise?»

«Ich weiß es nicht. Ich bin jung und unerfahren und wenig gereist. Ich dachte, du wüßtest so was.»

«Ich habe noch nie mit einer Südseeinsulanerin geschlafen. Wenn du es unbedingt wissen willst, könnte ich es erforschen.»

«Empirisch?»

«Natürlich. – Au!» sagte er. «Nicht kneifen! Das tut weh, laß das sofort. Gut, ich gebe nach. Ich glaube, wir haben oben in einem alten Schrank noch eine Sittengeschichte. Ich habe mich daran erbaut, als ich vierzehn war. Vielleicht läßt sich unser Wissensdrang damit befriedigen.»

Am Sonntag gingen wir morgens spazieren, aßen mittags beim Vater Karsten, das heißt, wir aßen im Eßzimmer, weil er sich nicht wohlfühlte und im Bett bleiben wollte. Danach tranken wir bei ihm Kaffee. Herbert erzählte ihm vom arabischen Prinzen, der den Jagdteppich kaufen wollte. Er wiederholte das Gespräch fast wörtlich. So genau hatte er mir nicht davon erzählt. Es machte

Spaß; er konnte den Prinzen wunderbar nachahmen, wie er in gewählten und gewundenen Worten seine Urteile über Teppiche abgab, die ihn ganz sicher nicht interessierten, und dann vorsichtig auf den Jagd- und «meinen» Gartenteppich kam, die er haben wollte, aber nicht beachtete oder wenigstens so tat.

«Der Jagdteppich gehört dir», sagte Vater Karsten plötzlich ganz klar mit halblauter Stimme. «Aber der Gartenteppich bleibt. Den darfst du nicht verkaufen.»

«Gut, Vater. Das wird Annemarie freuen. Sie hat schon um ihn gebangt. Ich habe ihr gesagt, daß er dir gehört und nicht verkauft werden darf, aber sie traut mir offenbar nicht.» Er sah mich dabei an und kniff ein Auge zu.

«Wenn man liebt, ist man leicht argwöhnisch», sagte der alte Mann.

Ich starrte verlegen auf meine Schuhspitzen, und Herbert räusperte sich.

«Annemarie hat sich in den Gartenteppich verliebt, sonst hätte sie keine so schöne Geschichte von ihm erzählt.»

Wir atmeten beide wieder aus.

«Ich möchte jetzt schlafen. Es war schön, daß ihr gekommen seid.»

Wir verabschiedeten uns und berieten flüsternd auf dem Flur, was wir am Nachmittag tun wollten. Ich sagte, ich würde Kuchen kaufen, und er sollte um halb fünf zum Tee kommen. Danach lief ich die fünf Stockwerke treppab, ging in mein Zimmer und war zum erstenmal seit Freitagabend wieder allein. Ich trat an die Schublade und wickelte Schorsch aus dem raschelnden Seidenpapier. Er sah mich ein wenig fremd und vorwurfsvoll aus blauen Augen an.

«Du bist vorerst abgemeldet, mein Lieber», sagte ich zu ihm. «Sag Agneta einen schönen Gruß, und sie soll sich an dir und dem Kind freuen . . .» Dann fiel mir ein, daß demnächst zwei Kinder zur Welt kamen. Agnetas und das von Robert und Putti. Das eine im November, und das andere . . . Ich zählte an den Fingern ab. Robert hatte bisher nichts gemerkt, also konnte es nicht sehr lange her sein. Vielleicht Mai? Dann wäre jetzt der vierte Monat. Ein Baby im November und eins im Februar. Tantenpflichten legten sich schwer auf mich. Putti kann Bilder restaurieren, aber keinen Knopf annähen, geschweige denn Hosen für ein Baby stricken. Solange ich noch in München war, habe ich an Besuchsabenden Roberts Jackenfutter genäht und Puttis hängende Rocksäume repariert. Sie haben mir ewige Dankbarkeit geschworen und meinen Aufbruch nach Düsseldorf gefürchtet. Mutter hatte von mir den Auftrag, bei jedem Besuch Nähzeug mitzunehmen. Mutter und ich sind die praktisch Begabten aus unserer Familie. Vater bringt sich bei jedem Versuch mit Handwerkszeug schwere Verletzungen bei, und Robert kann mit Maschinen umgehen, aber nicht mit Nähzeug, und wenn er kocht, schmeckt hinterher alles nach Knoblauch. Arme Nichte, armer Neffe. Das Kind wird in einer gemütlichen, schlampigen Wohnung aufwachsen, in der es ewig und immer nach Knoblauch riecht. Morgen, überlegte ich, muß ich Baumwolle für die Hosen kaufen. Aber das war morgen; heute ging es um Kuchen für meinen Geliebten und mich.

«Wen erwartest du außer mir?» fragte er.

«Wieso?»

«Sollen wir beide das essen?»

«Ich habe einen fürchterlichen Hunger. Wenn du nicht gekommen wärst, hätte ich heimlich ein Stück vorweg gegessen.»

«Aber das Mittagessen ist doch noch gar nicht so lange her.»

«Das ist kein Argument gegen Hunger. Seit drei Wochen arbeite ich körperlich schwer. Ich habe viele Tonnen Teppiche hin und her geschleppt. Seit zwei Tagen mache ich Akrobatik.»

«Du bist ein drastischer Mensch, Annemarie.»

«Ja, und hungrig.»

Wir lachten und aßen jeder zwei Stücke Sahnetorte.

«Wo läßt du das?» fragte er und faßte mich um die Taille. «Da ist es nicht.»

«Es ist rundherum gut verteilt. Ich bin nicht als Elfe gedacht. Zur Erhaltung meines heiteren, ausgeglichenen Wesens brauche ich Torte und Schnitzel. An mir zehren meine Familie und deine Tante und meine Freundin, die ein Kind bekommt, jetzt auch noch mein Bruder, dann mein auf Freiersfüßen wandelnder Vater, mein Stiefvater, der schon fünfmal in ‹Harold und Maude› war, einen Ödipuskomplex hat und meine Mutter für Jokaste hält; an mir zehren . . .»

Er lachte. Ich begann dieses hagere Gesicht zu lieben, wenn sich in den Augenwinkeln ein kleiner Strahlenkranz bildete und der Schwung der schönen Lippen sich verwandelte und sie auf einmal viel voller wirkten.

«Was siehst du mich so an, Annemarie? Stimmt was nicht?»

«Alles stimmt hervorragend. Ich fand dich gerade hübsch.»

«Danke. Weißt du, ich habe gerade darüber nachgedacht, was noch an dir zehrte, hätte ich nicht den Kellner bestochen . . .»

«Darüber habe ich auch schon oft nachgedacht. Würde es wirklich zehren? Jetzt kommt es mir abstrus vor – aber damals hätte es passieren können. Ich meine: daß Geschwister sich plötzlich lieben, kommt oft genug vor – in der Geschichte, in Romanen, im Alltagsleben. Ich habe eine Freundin in München, die Sozialhelferin ist. Die wundert nichts mehr – nicht, daß Väter ihre zehnjährigen Töchter mißbrauchen, noch daß Geschwister miteinander schlafen. Ich weiß nicht, was Freud darüber schreibt . . .»

«Aber ich. Ich habe es nachgeschlagen. Er schreibt, daß sich Bruder oder Schwester nach schweren Enttäuschungen in der Liebe einander zuwenden könnten, weil sie sich so gut kennen und sich vertraut sind.»

«Eigentlich fabelhaft, nicht? Wenn man lange genug sucht, findet man für jede Fehlreaktion seines Lebens eine Entschuldigung oder einen Sündenbock – meist in Gestalt der Eltern. Wen wundert es da, daß keiner mehr den Mut hat, Kinder in die Welt zu setzen. Sie kommen und sagen: Wie war das? Hast du mich zu früh auf den Topf gesetzt? Darum bin ich jetzt so aggressiv und ermorde nachts im Park kleine Mädchen und alte Männer! Oder Agnetas Kind: Agneta hat geheiratet, als es schon unterwegs war. Der Sprößling wird einmal das Hochzeitsdatum seiner Eltern nachsehen, Unrat wittern und flugs ein Sonderling werden. Bei meinem Neffen oder meiner Nichte, auch zu früh auf Kiel gelegt, kommt erschwerend hinzu, daß das arme Kind nie etwas anziehen darf, das geknöpft wird, weil die Mutter nicht näht. Zudem wird es von frühester Kindheit an in Knoblauchdunst leben. Was wird daraus?»

«Ein Mensch, der mit vier Jahren nähen lernt und rote Quaddeln bekommt, sobald er Knoblauch riecht. Deine Familie wird sich neue Gewürze suchen müssen.»

«Du bist viel zu nüchtern, Herbert. Das mit dem Nähen könnte stimmen. Aus lauter Wut auf seine Mutter wird es eine neue Coco Chanel oder ein Balenciaga. Aber wie bringen wir jetzt den Knoblauch unter – denn der gehört dazu.»

«Es ißt ihn leidenschaftlich gern, wird 150 Jahre alt und steht später als Werbeplakat in den Schaufenstern aller Apotheken.»

«Ich wußte nicht, daß du ein so strahlender Optimist bist. Ich suche nach Düsterem, nach Familientragödien, ausgelöst durch keine Knöpfe und zuviel Knoblauch.»

«Es wird ein Exhibitionist aus Gewohnheit. Von Kindheit an sind ihm die Hosen gerutscht. Während er sich entblößt, ißt er Knoblauch. Tragisch genug?»

«Wunderschön tragisch.» Ich steckte ihn an, und wir lachten beide hemmungslos.

Als er wieder Luft bekam, sagte er: «Ich liebe dich, Annemarie. Ich kann mir nicht mehr vorstellen, daß du nicht da bist. Seit ich dich kenne, von der ersten Minute unserer ersten Begegnung an, hast du Wirbel und Unruhe, Heiterkeit und ein fürchterliches Durcheinander in mein Leben gebracht. Nichts ist mehr so, wie es einmal war. Du hast nicht nur mir, sondern auch Vater und Felix den Kopf verdreht. Du kommst hier ins Geschäft und ins Hinterzimmer, lädst mir die unglaublichste Familie auf den Schreibtisch, von der ich je gehört habe, aber du liebst sie alle so sehr, daß man gar nicht anders kann, als sie auch gern zu haben. Dein Stiefvater ist von einer so raffiniert arglosen Herzlichkeit, daß man insgeheim froh ist, daß er eine Frau hat, die auf ihn aufpaßt. Deinen schönen Bruder habe ich einmal aus dem Felde geschlagen und mich dabei wie Othello persönlich benommen; jetzt möchte ich ihn und seine nicht nähende, aber ein Kind produzierende Freundin gerne kennenlernen. Ich habe deine sanfte Freundin Agneta kennengelernt, mit ihrem Bilderbuchgrafen als Vater und deiner großen Kinderliebe als Mann. Der ist überhaupt nicht mein Fall, aber ich bringe es nicht fertig, ihn nicht zu mögen; das ist etwas ganz Neues für mich. Wie soll das weitergehen? Werde ich demnächst noch meine geizige Tante Margarete lieben müssen, bloß weil sie dir eine billige Anstecknadel geschenkt hat?»

Darüber lachten wir.

Am Abend rief Robert an.

«Na, hast du dich gefaßt?» fragte ich.

«Mirl, ein Glück, daß du am Freitag angerufen hast. Sie hatte ihren Aufbruch für heute geplant. Ich bin ganz heiser, weil ich sechsunddreißig Stunden lang versucht habe, ihr klarzumachen, daß es nicht der Abgrund allen Unglücks ist, mich zu heiraten. Ich glaube, sie war in den Gedanken verliebt, als ledige, möblierte Mutter unter finanziellen Unbilden unseren Sohn oder unsere Tochter großzuziehen und sie mir eines Tages in etwa sechs bis acht Jahren zu präsentieren. Warum seid ihr Frauen so entsetzlich kitschig, Annamirl? – Nein, jetzt bin ich noch dran. Putti hat gesagt, wenn ich dann verheiratet gewesen wäre – kinderlos, wie sie hoffte –, hätten der niedliche Sohn, oder die entzückende Tochter, mein Alter verschönt. Hast du das gehört, *Alter?* In sechs bis acht Jahren bin ich knapp über Mitte Dreißig!»

Am Telefon war ein Ringkampf zu hören, dann kam Puttis lachende, atemlose Stimme.

«Annamirl, er erzählt Phantasiegeschichten. So war es nicht. Ehrenwort! Ich wollte bloß mal ein paar Tage fort und Abstand gewinnen und in Ruhe überlegen, was richtig ist. Meinst du, ich – wir sollten wirklich heiraten? Also wegen Psyche oder Amor wäre es ja vielleicht gut . . .»

«Sind das die Namen, die ihr euch ausgedacht habt? Ihr müßt beide ausgeflippt sein.»

Robert hatte den Hörer wieder: «Das glaubst du doch wohl nicht im Ernst? Mein Freund, der Bücher schreibt, verwendet sogenannte Arbeitstitel. Amor und Psyche sind unsere Arbeitstitel. Wenn es ein Mädchen wird, heißt es Annemarie.»

«Das überlegt euch lieber noch mal. Es ist sowieso ein komisches Gefühl, Tante zu werden. Übrigens, wenn ihr heiratet, könnt ihr dann bis Ende Oktober warten? Da bin ich wahrscheinlich in München, weil Messe ist. Aber ich komme auf jeden Fall.»

«Wenn ich schon zur Schlachtbank muß, dann mit Aplomb. Wir laden alle ein. Dich, Mutter, Wolfgang, Vater, seine Teehausdame und Puttis Mischpoke. Bringst du jemand mit? Gibt es da nicht den großen Düsteren von den Teppichen? Ich habe nämlich mit Wolfgang telefoniert, und der kann bekanntlich den Mund nicht halten.»

Während Robert weiterredete, sah ich den großen Düsteren von den Teppichen an, der gar nicht düster war, sondern mit belustigtem Gesicht im tiefen Sessel saß.

«... ist Beamtin auf Lebenszeit», sagte Robert gerade. «Sie kann später halbtags in die Werkstatt und sich Arbeit mit nach Hause nehmen. Ihre größte Sorge war, daß sie den Beruf aufgeben müßte, aber Mutter hat sich aus der schillernden jugendlichen Naiven in die Großmutter in spe verwandelt. Sie sagt, sie liebt kleine Kinder, und Zeit hätte sie wie Heu, und wenn wir ihr das Bams ...»

«Robert, nun mal langsam. In welchem Monat ist Putti? Ihr tut, als käme das Kind morgen auf die Welt.»

«Anfang des dritten, sagt sie. Aber sie ist nun mal schusselig, mit Daten und mit den Pillen ...»

«Annamirl», sagte Putti dicht an meinem Ohr. «Ich hab ihm den Hörer abgenommen, weil er alles falsch erzählt. Ich wollte das Kind haben, darum ist alles so schwierig. Aber ich freue mich schrecklich!»

«Ich mich auch, Putti. Gib mir noch mal Robert, bitte.» Als er wieder dran war, fragte ich leise: «Robert, du freust dich doch jetzt auch, oder?»

«Kein oder, Mirl. Sehr. Und beim nächsten Mal, wenn ich wieder nach Düsseldorf komme, geben wir dem kleinen Kellner ein dickes Trinkgeld. Wenn ...»

«Vergiß es! Er hat es übrigens schon.»

«Wer hat was?»

«Ich verstehe dich nicht. Die Verbindung ist plötzlich so schlecht. Auf Wiedersehen. Ich rufe bald wieder an.»

Danach blieben wir lange zusammen im Hinterzimmer sitzen, aber wir redeten nicht mehr über die Familie. Das war zuviel geworden. Er erzählte mir von seiner Zeit in Persien, von seinen Reisen und von der Krankheit, die er mit so viel Energie überwunden hatte. Ich versuchte ihn mir vorzustellen: einen dreiundzwanzigjährigen Herbert, der nur mühsam am Stock gehen konnte, bis ihm der Vater den Stock fortnahm und zusammen mit Felix – seither war er bei ihnen – ein zermürbendes Trainingsprogramm begann, das sich über Monate, ja fast zwei Jahre hinzog, bis er wieder normal gehen konnte, und die Muskeln und Nerven von allein das taten, was sie ihnen in dieser langen Zeit erst wieder hatten beibringen müssen. «Wochen und Monate habe ich mich jeden Tag vor dem Aufstehen gefürchtet», sagte er. «Manchmal habe ich geheult, weil die Quälerei so sinnlos erschien und sich doch nichts besserte. Aber dann kam Felix ins Zimmer, packte mich wie einen Sack, legte mich auf den Bauch auf den Teppich und befahl: ‹Beine anziehen!› Der Arzt im Krankenhaus hat die Muskelreaktionen gemessen. Er ließ uns experimentieren. Die erste Veränderung kam nach über einem Jahr. Dann konnte ich ohne Stock durch die Wohnung gehen, aber das genügte ihnen nicht. Sie haben mich getrieben und getrieben. Felix baute ein Holzpodest mit einer Stufe. Ich mußte hinaufgehen; daran habe ich viele Wochen geübt. Wenn ich oben war, nahm er mich in seine Fleischerarme, hob mich herunter, stellte mich wieder vor die Stufe und sagte: ‹Los!› Mein Vater, der damals zwar noch gesund aber nicht mehr jung war, fand andere verwundbare Stellen. ‹Wie willst du denn mit einer Frau schlafen, wenn du dich nicht mal auf die Knie oder die Ellbogen stützen kannst? Glaubst du, die sind alle so aktiv, daß du bequem auf dem Rücken abwarten kannst, was passiert? Die meisten Frauen wollen einen aktiven Mann – und wenn sie noch so selbständig tun. Los, geh die Stufe rauf! Wenn du es hundertmal gemacht hast, wirst du dich nicht mehr fürchten. Wenn du dich davor nicht mehr fürchtest, wirst du sie hinuntergehen. So lange, bis dir auch das keine Angst mehr macht. Ich verspreche dir, Herbert: Wenn du zum erstenmal durchs Treppenhaus ins Geschäft und wieder zurückgegangen bist, ohne dich am Geländer festzuhalten, dann ist die Schinderei zu Ende!›»

«Ich bekomme eine Gänsehaut, wenn du es nur erzählst. Wann hast du das geschafft?»

«Nach drei Jahren. An meinem sechsundzwanzigsten Geburtstag. Ich bin vor der Wohnungstür zusammengebrochen. Felix stand auf dem Treppenabsatz und hat geschluchzt, aber keinen Finger krumm gemacht, um mir wieder auf die Beine zu helfen. Ich habe mich am Türpfosten hochgezogen. Mein Vater bekam einen Nervenzusammenbruch. Er war damals siebzig. Seither ist er kränklich gewesen. Der erste Schlaganfall kam vor drei Jahren.» Er starrte vor sich hin. «Eine schwere Hypothek, die ich stocklos mit mir herumtrage.»

Er stand auf und ging durch die offene Tür in den großen Verkaufsraum. Der Gartenteppich lag immer noch auf dem Fußboden. Er setzte sich mit überkreuzten Beinen auf die Wiese neben dem mittleren Wasserbecken, drehte sich zu mir um und stand gleich darauf auf dem Kopf. Als sei dies ganz normal, setzte er das Gespräch fort. «Wenn ich morgens nicht bei dir bin, wenn du wach wirst, weißt du, was ich dann tue?»

«Nein.» Ich ahnte es, aber dies war seine Geschichte.

«Ich bin oben in meinem Schlafzimmer und mache

eine Stunde lang meine Übungen. Meistens von sechs bis sieben.»

Er nahm wieder eine normale Stellung ein, stand auf und setzte sich auf die Sessellehne neben mich. «Ich war im Laufe der Jahre so verbohrt geworden, daß mir ein Tag ohne Übungen verloren schien. Ich glaubte es meinem Vater schuldig zu sein. Er hatte Jahre seines Lebens für mich geopfert; warum sollte ich nicht jeden Tag eine Stunde opfern? Vor lauter Anstrengung, beweglich zu sein, bin ich hier drin», er tippte sich auf die Brust, «ganz starr und unbeweglich geworden. Weißt du noch in der Eifel? Du kamst übernächtigt und frierend von Philip Philip auf den Hof. Ich hätte dich am liebsten gepackt und geschüttelt. Zum erstenmal – deinetwegen – hatte ich nicht mein schmerzhaftes Training absolviert, sondern gedacht, ein Spaziergang wäre sicher auch sehr gut, vor allem, weil ich mit dir allein sein wollte. Ich wollte wieder sehen, wie du mit Käfern spielst, und ich wollte hören, was du mit deinen schönen bayrischen Rrr's über die Jahreszeiten sagtest. Übrigens: zu dem blöden Frühling fällt mir immer noch nichts ein. Das bin ich dir noch schuldig – aber du hast ja auch nie auf mein Telegramm geantwortet.»

«Mir fällt auch nichts ein. Wir begraben den Frühling mit allem Pomp. Soll er für sich selber sorgen. Du wolltest mich schütteln?»

«Jetzt haben wir's! Frühlingsbegräbnis! Großartig!» Er umarmte mich lachend und begann mich zu küssen.

Mir fiel mein Lieblingsbild von Schorsch im Schloßgraben ein. Böcklin und die «Frühlingsleiche». Nun waren wir beim Frühlingsbegräbnis. Wie sich die Bilder gleichen!

Herbert merkte, daß ich nicht bei der Sache war. Er richtete sich auf und sah mich an.

«Also gut, du willst geschüttelt werden. Daß du mit Philip geschlafen hattest, wußte ich, weil ich ihn auf der Treppe hörte, als er runterkam. Dann pfiff er auch noch! Ich habe lange überlegt, ob ich überhaupt aufstehen und auf den Hof gehen sollte, weil ich nicht mit dir rechnete. Ich wollte auch nichts mehr mit dir zu tun haben. Aber dann stand ich doch auf dem Hof und wartete, und du kamst übernächtigt, aber durchaus guter Laune aus der Haustür. Vorher war ich nur eifersüchtig, weil ich gern mit dir geschlafen hätte; aber dann wurde ich verliebt, weil du trotz Philip deine Verabredung mit mir eingehalten hattest, weil du dich durch meine schlechte Laune nicht einschüchtern ließest, und weil du mir bei meiner großen Szene über den Mund gefahren bist. Komische Gründe, sich zu verlieben, aber so war es eben.»

«Was war dann?» fragte ich.

«Was soll gewesen sein? Wir waren bei Margarete nicht mehr allein. Auf der Rückfahrt, als ich an der Straße auf dich wartete, hatte ich allen Mut verloren. Ich wollte mich mit dir verabreden, aber du warst so jung und fröhlich, hattest sicher tausend Freunde und gar kein Interesse an einem Mann wie mir. Ich habe mich dumm benommen, mich wütend geärgert und nicht mehr geglaubt, daß ich dich wiedersehen würde. Wie gesagt, ich wußte nicht, daß du Verabredungen einhältst.»

Danach kamen unsere letzten Tage in Köln. Am Mittwoch wurden wir mit der Kartei fertig und feierten das Ereignis am Freitag mit einer Fahrt ins Bergische Land. Abends saßen wir unten im Hinterzimmer zusammen.

Irgendwie wurden die Tage kostbar, als ginge damit ein Teil unseres gemeinsamen Lebens zu Ende, obwohl wir doch so nahe beieinander wohnten, daß wir uns täglich sehen konnten. Zum letzten Mal spielten wir Chef und Ferienarbeiterin. Er fragte nach meinem Konto und meiner Lohnsteuerkarte. Ich gab ihm beides, und er murmelte etwas von pro forma, und daß alles seine Richtigkeit haben müsse. Ich war verlegen und sagte nichts dazu. In den letzten Tagen hatte ich mir den Kopf zerbrochen, was ich ihm schenken könnte. In der Mittagspause und manchmal abends war ich durch die Stadt gegangen und hatte in Schaufenster gesehen. Was schenkt man einem reichen Mann, der schon zuviele Bücher hat und dem sonst nichts fehlt? Ich war ein paarmal in einem Antiquitätengeschäft gewesen und hatte dort herumgestöbert, ohne zu erkennen zu geben, daß ich vom Fach war und – dank Margarete – eine Kollegin. Der Besitzer, ein zierlicher älterer Herr, der seine alten Dinge liebte, ließ mich in alle Ecken kriechen. Ich hatte eine Meißener Zwiebelmuster-Kakaokanne bei ihm gekauft; seither waren wir Freunde. Ich klagte ihm mein Leid.

«Ich brauche ein Geschenk; es soll ausgefallen oder lustig sein, aber es darf nicht zu viel kosten. Das heißt, es soll kein üppiges Geschenk werden.»

Er legte die Stirn in Falten und schlug dann Lackkästchen vor, Stobwasser-Dosen. Aber die waren viel zu teuer. Herbert wußte zu genau Bescheid, und wenn ich ihm was gab, was mehr als einen halben Monatsverdienst kostete, würde es ihm wenig Freude machen.

«Ich kaufe manchmal von Zigeunern», sagte der Besitzer. «Sie treiben oft auf dem Land Dinge auf, die für mich interessant sind. Mein Freund war gestern gerade da. Ich denke an etwas Bestimmtes, aber es macht nicht viel her. Normalerweise würde ich es in die Werkstatt geben und aufarbeiten lassen. Aber wenn Sie den kleinen Kasten so nehmen, wie er ist, wird er nicht teuer.»

Ich ging neugierig mit ihm zu einem Schrank, in dem sich viel Krimskrams in schlechtem Zustand befand. Er nahm einen dunklen Holzkasten heraus. Mit seinen abgesplitterten Rändern sah er sehr unscheinbar aus, wie ein Miniaturschreibpult.

«Was ist das?»

Mein neuer Freund war so klein und zierlich, daß ich mich über seine Schulter beugen konnte. Er öffnete lächelnd den Kasten. Ein leises Klicken, dann setzte sich die Walze in Bewegung und zirpte und klimperte «Üb immer Treu und Redlichkeit.»

Ich tat etwas, was Margarete und Roswitha mir nie verziehen hätten. Ich strahlte und war begeistert und ließ es mir anmerken. «Ist das schön! Wollen Sie sie mir wirklich so verkaufen wie sie ist?»

«Ein bißchen Möbelpolitur würde nichts schaden», sagte er. «Das Holz ist wahrscheinlich verschmutzt. Wir werden die Spieldose mal abwischen und dann blank polieren. Ich denke, daß sie dann gleich viel hübscher aussieht. Kommen Sie mit.»

Wohin sollte ich mitkommen, wenn nicht wieder in eines jener Hinterzimmer, ohne die ein echter Antiquitätenladen undenkbar ist. Wir pinselten Staub und wischten, und er hatte, wie jeder Antiquar, der auf sich hält, eine ganz speziell zusammengemischte Politur, die alle anderen übertraf. Das Kästchen wurde immer schöner.

Unter dem Schmutz langer Jahre auf einem Dachboden kam warmes, rotes Mahagoniholz hervor.

«Hören Sie auf», sagte ich schließlich. «Gleich ist sie so schön, daß ich sie nicht mehr bezahlen kann.»

«Nein, nein, das ist nur noch Dienst am Kunden. Der Preis bleibt.» Er hatte einen sehr mäßigen und für mich durchaus erschwinglichen Betrag genannt. «Sie sollen doch wiederkommen. Trinken Sie eine Tasse Tee mit mir?»

Ich bezahlte, dann tranken wir Tee, und dann verriet ich ihm, daß ich zur Zeit bei Margarete Karsten arbeitete. Wenn er das gewußt hätte, sagte er. Wir wären Kollegen, und da bekäme ich selbstverständlich Rabatt. Das lehnte ich ab. Ob ich denn wisse, daß ein Neffe von Frau Karsten hier ein bedeutendes Geschäft für alte Orientteppiche habe? Ja, sagte ich, dort hätte ich in den letzten Wochen gearbeitet und gelernt. Ich saß wie auf Kohlen, weil ich meinen Fund nach Hause tragen wollte, aber so einfach ging das nicht. Es wurde acht Uhr, aber selbst dann standen wir noch ein paar Minuten unter der Tür. Ich versprach, ihn zu besuchen; er versprach, bei der nächsten Reise nach Düsseldorf zu uns ins Geschäft zu kommen, und ich sollte herzliche Grüße bestellen. Und wenn er wieder an Zwiebelmuster käme, ja, an ausgefallene Dinge, wie die zur Kanne passenden Kakaotassen, würde er sie für mich zurückstellen und anrufen. Das sei doch ganz selbstverständlich. Und eine Empfehlung an Herrn Karsten.

«Wo warst du?» fragte Herr Karsten, dem ich die Empfehlung nicht ausrichten konnte – oder noch nicht –, weil er dann gewußt hätte, daß ich etwas eingekauft hatte. Am liebsten hätte ich den Kasten sofort auf den Tisch gestellt und ihm «Üb immer Treu und Redlichkeit» vorgespielt, aber ich wollte sie ihm erst an unserem letzten Abend geben.

Der kam viel zu schnell. Wir aßen wieder in der Altstadt in «unserem» Lokal zu Abend und bummelten dann zurück. Wir tranken im Hinterzimmer den dicken Kaffee aus den winzigen Tassen, den ich eigentlich nicht mochte, der aber nun ein Bestandteil der Kölner Zeit geworden war und dazugehörte.

«Ich hab was für dich», sagte ich. «Hoffentlich gefällt es dir.»

«Ein Abschiedsgeschenk? Soll dies denn ein Abschied werden, Annemarie?»

«Natürlich nicht. Im Mittelalter mußten die Eltern einem Meister Geld geben, wenn er ihren Sohn in die Lehre nahm. Dies ist mein Dankesgeschenk dafür, daß du mir so viel über Teppiche beigebracht hast.»

Der Kasten war in einen Riesenbogen mit lauter Marienkäfern eingewickelt. Ich hatte ihn in einem feinen Schreibpapierladen gefunden. Er wickelte ihn aus, betrachtete ihn prüfend und hob dann zielsicher den Deckel. Bei «Üb immer Treu und Redlichkeit» begann er zu lächeln, dann wurden die schönen braunen Augen ganz unmännlich feucht, und ich lief ihm in die Arme, um nicht auch noch zu weinen.

«Wo hast du die gefunden?» fragte er endlich. Ich erzählte ihm von meinem neuen Freund und bestellte die Grüße. Er sah mich kopfschüttelnd an. «Weißt du, daß er überall als besonders knauserig und unzugänglich gilt? Hast du tatsächlich schon zweimal billig bei ihm gekauft? Wie machst du das nur, Annemarie?»

«Keine Ahnung. Vielleicht liegt es daran, daß ich ein jüngeres weibliches Wesen bin, nicht nach viel Geld aussehe und den Leuten erzähle, was ich sammle, wofür ich mich interessiere, oder daß ich ein Geschenk brauche, das ausgefallen und hübsch ist, aber nicht großspurig sein darf. In München hatte ich auch schon ein paar Trödlerfreunde, die mich kannten und mir was zurückstellten, wenn sie meinten, es könnte mir gefallen.»

«Wenn er hören könnte, daß du ihn mit Trödlerfreunden vergleichst, würde er dir nie wieder etwas verkaufen», sagte Herbert lachend.

«Hm. Das glaube ich nicht. Die Betonung liegt doch auf dem Freund. Wenn ich in seinem Laden herumkrieche und ihm erzähle, wie schön ich das alte Wedgwoodkännchen finde, oder daß ich auf der Messe in Hannover einen Teller aus der Serie gesehen habe, die er auch hat, und daß er dort für fünfhundert Mark mehr angeboten wurde, ist das für ihn eine Bestätigung und vielleicht sogar eine Information.»

Er schüttelte immer noch den Kopf. «Ich habe gerade überlegt, ob ich auch Kunden habe, die so sind wie du. Zu mir kommen Sammler, die sehen wollen, was da ist und ob es für sie geeignet ist. Aber es war noch nie einer da, der herumgekrochen ist und mir gesagt hat: Den Teppich oder keinen.»

«Das liegt an den Preisen. Deine Teppiche kann man nicht für wenig Geld kaufen.»

«Trotzdem – ich wollte, ich hätte Kunden wie dich.»

In der nächsten Stunde spielte er so oft «Üb immer Treu und Redlichkeit», daß ich um die Walze zu fürchten begann, aber sie hielt durch, ebenso wie seine strahlende Miene. Wir saßen zum letztenmal in den beiden Sesseln und tranken Wein. Uns war ein bißchen feierlich zumute, obwohl es doch kein Abschied fürs Leben war und wir für den September schon sehr viel Gemeinsames überlegt und geplant hatten.

«Von morgen an habe ich nur noch Roswitha», sagte ich, «mit der ich herumalbern kann. Du wirst mir fehlen. Und ich kann dich ja nicht jedesmal, wenn mir was einfällt, was ich dir erzählen möchte, hier im Geschäft anrufen.»

«Warum nicht?»

«Weil es stört, wenn der saudi-arabische Prinz kommt und du plötzlich am Telefon wieherst. Außerdem sind meine dummen Geschichten nicht telefonreif. Sagen kann man das, aber deswegen telefonieren macht sie kaputt.»

«Weißt du eigentlich, wie wichtig Roswitha für mein Leben gewesen ist? Sie war vor vielen Jahren die Freundin meines Vaters und hat meine ganze Krankheitsgeschichte miterlebt. Sehr oft, wenn ich nicht mehr wollte, kam sie einfach in mein Zimmer – damals hatten wir noch Türen –, setzte sich neben mich auf die Couch und redete mir zu wie einem lahmen Gaul. Komisch, das stimmt haargenau, ich war ein lahmer Gaul. Ein paarmal, wenn es mir besonders mies ging, hat sie mir so lange zugesetzt, bis ich mich anständig anzog, und dann fuhren wir zusammen zum Abendessen. Nur wir beide. Meinen Vater nahmen wir nicht mit. Das hat mir unendlich gut getan.»

«Ihr sicher auch. Sie ist eine großartige Person. Wann ist das mit ihr und deinem Vater zu Ende gegangen?»

Er zog die Schultern hoch. «Es muß kurz nach Vaters erster Krankheit gewesen sein. Vielleicht hat er mit ihr gebrochen, weil er sie nicht an einen alten kranken Mann binden wollte. Es wäre ihm zuzutrauen. Ich habe sie lange nicht mehr gesehen. Wie lebt sie jetzt, weißt du das?»

«In einer sehr schönen, sehr gemütlich eingerichteten Wohnung mit schönen Teppichen, Bildern und Möbeln. Sie hat einen Freund. Er ist Kustos am Landesmuseum. Er ist sanft und leise und sehr gebildet und kann sehr komisch sein, und ich möchte einmal so entspannt in einem Sessel sitzen können wie er.»

«Wie machst du das, Annemarie? Du sagst ein paar Sätze, und schon kann ich mir Roswithas Wohnung und den Mann vorstellen.»

«Ich mache das sicher nicht, sondern du, weil du dir ein Bild zu den paar Worten malst.»

«Bild!» sagte er. «Richtig, das Bild.» Er ging zum großen Schrank, den ich in den ganzen vier Wochen noch nicht einmal geöffnet gesehen hatte. «Jetzt ist es schon so spät geworden, aber ich wollte dir doch immer meine persischen Vasen und Teller zeigen. Über allem anderen habe ich es ganz vergessen. Das holen wir demnächst nach – aber jetzt bekommst du endlich mein Dankesgeschenk.»

«Wofür?»

Er schüttelte abwehrend den Kopf. «Das weißt du schon. Übrigens nicht für deinen Alabasterleib, falls du das meinen solltest. Für den möchte ich nicht Geschenke abliefern. So merkantil bin ich nicht. Nein, ich danke dir für das Teilnehmendürfen an deinem Leben, für gute und schlechte Laune, für Zank und sehr viel Liebe, für Heiterkeit und für die totale Korrumpierung eines notorisch Schlechtgelaunten. Du bist selber schuld, wenn du nun nicht fröhlich nach Düsseldorf fahren und das Thema Teppiche in deinem Ausbildungslehrgang für abgeschlossen halten kannst. Dein Lehrer und die Teppiche werden dich nicht allein lassen. Der Lehrer nicht, weil er dich liebt, und die Teppiche, weil noch nie so schöne Geschichten über sie erzählt wurden. Sie werden hier liegen und rufen: ‹Annemarie, komm wieder. Wir sind auch sehr schön, wir möchten auch eine Geschichte haben!›»

Er nahm ein Bild aus dem Schrank und legte es mir auf den Schoß. Es war eine Miniatur. Meine Augen gingen darauf spazieren und sahen so viel, daß ich es nicht auf einmal erfassen konnte. Ich hatte einen dicken Kloß im Hals und erschrak, als plötzlich eine Träne auf das Glas tropfte und eine kleine Pfütze vor den Hufen des Pferdes eines Reiters bildete, der einen Falken auf der Faust trug.

«Du weinst ja», sagte Herbert und legte den Arm um meine Schulter. «Ich dachte, du würdest dich freuen.»

«Ich freue mich ja auch. Ganz wahnsinnig! Aber das ist viel zu kostbar für mich. Das könnte ich in sechs Jahren nicht abarbeiten, und du schenkst es mir nach vier Wochen.»

«Ohne an ‹Abarbeiten› oder an Zeitspannen zu denken. Ich habe dich schon einmal gefragt, ob du denn nie nachgeben kannst? Meinst du, Geschenke würden dich binden oder an die Leine legen?»

«Nein», sagte ich, aber das stimmte nicht ganz. Symbolisch begann ich mit dem Abarbeiten. Nur daß bei mir in der Praxis alles ganz anders ausfällt. Wenn er mich in der Nacht, ehe ich endlich einschlief, gefragt hätte – ich wäre bei ihm geblieben. Ich hätte jede Bedingung angenommen und nie etwas anderes gewollt, als in seiner Reichweite zu sein. Aber er fragte nicht, und als ich am nächsten Morgen nach Düsseldorf zurückfuhr, lag die in eine Decke gewickelte Miniatur auf dem Rücksitz.

5

Roswitha sah wunderschön aus. Ich mag diese Mischung aus mausgrau und braungebrannt. Salzwasser und Blumenduft hafteten ihr noch an, viel südliche Sonne und eine fremdartige Heiterkeit. Sie war eigentlich immer heiter und ausgeglichen, aber diese Ferienheiterkeit, den Menschen aus dem griechischen Dorf abgeschaut, wohin sie mit dem Kustos seit vielen Jahren fuhr, hat etwas Besonderes, geradezu Archaisches. Wenn ich Roswitha ansah, sah ich hinter ihr alte Steinmauern, von Bougainvilleas überrankt, Tempelruinen oder zerborstene Säulen zwischen blühenden Agaven. Dies war eine dauerhaftere Leichtigkeit als die, hinter der ich herrenne, ohne sie je zu erreichen. Ich versuchte, Roswitha danach zu fragen, aber sie verstand mich nicht, und das ist nicht ihre Schuld, denn wie soll sie aus mir schlau werden, wenn ich selbst es nicht kann und auch nicht in der Lage bin, Gefühle zu formulieren? Als ich ihr sagte, ich sähe sie nicht im Geschäft vor dem großen Barockschrank, sondern an griechischen Gestaden, lachte sie fröhlich.

Ich hatte mit der Studentin verabredet, schon morgens um acht zu kommen. Sie wollte wegfahren und geizte mit jeder Stunde. Wir hatten das telefonisch abgesprochen. Ich war um sieben in Köln gestartet. Um neun Uhr hatte ich Blumen gekauft, aufgestellt und den Kaffee aufgesetzt.

«Kindchen», sagte Roswitha, «was für ein Trost, Sie zu sehen. Der erste Tag nach den Ferien ist immer so furchtbar. Aber Sie zu sehen, den frischen Kaffee zu riechen und Ihre schönen Herbstastern zu bewundern, hilft.»

Sie trat dicht vor mich, musterte mich durch die Brille, legte den Kopf schief und fragte: «Na?»

«Was antwortet man auf ‹Na?› Roswitha?»

«Man beginnt eine muntere Erzählung über die vier Wochen bei Herbert Karsten.» Die durch die Gläser vergrößerten grauen Augen sahen offenbar ein bißchen zu viel. «Sie haben sich mit ihm vertragen», stellte sie fest. «Wenn Sie sich vertragen haben, sollten Sie viel gelernt haben.»

«Sehr viel», bestätigte ich.

«Wie ging es denn? War er nett? Hat er sich Mühe gegeben?»

«Gut. Sehr nett. Große Mühe.»

Ich hätte schwören können, daß sie unter der Bräune errötete. «Aha. Ich glaube, ich bin alt und arglos. Damit war wohl zu rechnen. Hat er Ihnen gesagt, daß ich an allem schuld bin, weil ich dafür gesorgt habe, daß Sie in die Eifel eingeladen wurden?»

«Ja, das hat er. Und Sie sind eine intrigante Person. Oder halten Sie sich für eine pausbackige Putte mit Flitzebogen, auf deren Sockel ‹Amor› steht?»

«Nicht, wenn es sich vermeiden läßt.» Sie lächelte. «Ich bin ja so froh, daß Sie lachen und mir nicht die Augen auskratzen. Ich habe Ihnen schon vor langer Zeit gesagt, daß Sie viel mehr von Männern verstehen als ich, Annemarie. Darum habe ich das Ganze ja nur gewagt. Ich dachte, wenn Sie ihn nicht mögen, können Sie immer noch beruflich viel bei ihm lernen. Wenn Sie ihn mögen – ach, ich bin einfach sentimental. Ich habe Herbert sehr gern, und er tut mir leid. Er wird Ihnen erzählt haben, daß ich mit seinem Vater befreundet bin und damals die Marterzeit nach Herberts Krankheit miterlebt habe. Wie gesagt: Er tut mir leid, und ich habe ihn gern. Sie, Annemarie, habe ich auch sehr gern, aber Sie tun mir nicht leid, weil Sie mit dem Leben fertig werden. Ich dachte, wenn davon nur ein wenig auf ihn abfärbte ... Hat es das, Kindchen?»

«Lassen Sie uns endlich Kaffee trinken, Roswitha. Sie sind nicht besonders gut im Kuppeln. Ich bin nicht besonders gut im Mit-dem-Leben-fertig-werden. Wir haben uns beide nicht mit Ruhm bekleckert. Statt meiner alten Probleme, an die ich mich gewöhnt hatte, so daß ich einigermaßen bequem damit leben konnte, haben Sie mir ein neues geliefert, das sich als zäh und anhänglich erweist. Es ist hundertneunzig Zentimeter groß, und im Vergleich dazu sind alle meine anderen Probleme zusammengenommen eine Truppe von Liliputanern.»

Beim Kaffee brach Margarete über uns herein. Sie fegte drei Stunden durch den Laden und das Lager, sagte ununterbrochen Böses und Unzufriedenes und ruhte nicht eher, bis es bei uns wie an der Küste von Florida nach einem Taifun aussah. Dann stürmte sie davon und ließ uns betäubt in plötzlicher Windstille zurück.

«Großer Gott! Was hat die denn gebissen, Roswitha?»

Roswitha schüttelte sich wie ein nasser Hund und zauberte die Ferienheiterkeit wieder hervor.

«Wir werden es erfahren. Wahrscheinlich hat sie irgendwo auf einem Flughafen festgesessen, oder in ihrem

Hotel haben die Angestellten gestreikt. Bei wirklichen Katastrophen benimmt sie sich ganz anders.»

Wir beseitigten die Sturmschäden. Wir dekorierten um, rückten die Prunkstücke in besseres Licht, staubten ab, putzten Silber, wuschen die Vitrinen aus und stellten dann fest, daß es wieder sehr hübsch bei uns war. Wir überlegten, ob wir uns nicht als Putzfrauen mit Stundenlohn bei allen uns bekannten Antiquitätenläden verdingen sollten, um endlich an das große Geld zu kommen.

Abends fuhr ich mit Roswitha nach Hause und zog in ihr Gästezimmer ein. Ich war todmüde, zog mich früh zurück und konnte dann doch nicht schlafen.

Was für ein Tag! Um halb sieben hatte ich mit Herbert Karsten zum letztenmal gefrühstückt und war dann mit einem Auto nach Düsseldorf gefahren, das von außen rostlos glänzte und von innen leise und melodisch schnurrte, statt zu knirschen und zu ächzen. Am Samstag hatte ich für Felix statt eines Männerchors die Carmina Burana gekauft und ein Lederetui mit Werkzeug für den täglichen Kleinkram. Mir war aufgefallen, daß er immer mit einem schweren Metallkasten herumzog, wenn er nur einen kleinen Schraubenzieher gebraucht hätte.

Sein alt gewordenes Kindergesicht strahlte. Er strich mit den dicken Fingern über das glatte Leder, dann roch er daran. «Aber, Frau Doktor, dat is viel zu schön für misch!»

Am Sonntag stellte ich zum letztenmal in der türenlosen Wohnung mein imaginäres Arztköfferchen ab und ging zum Vater Karsten ins Schlafzimmer, um ihm auf Wiedersehen zu sagen. Ich hatte den Eindruck, daß es ihm stetig schlechter ging, aber Herbert sagte, es hätte schon öfter Hochs und Tiefs gegeben und maß dem nicht viel bei. Trotzdem: Er stand nur noch selten auf, wurde immer zarter und hinfälliger, aber merkwürdigerweise auch sehr viel klarer.

Herbert war mitgekommen. Wir setzten uns an sein Bett.

«Morgen fahre ich wieder nach Düsseldorf zu Ihrer Schwägerin ins Geschäft, Herr Karsten. Ich muß mich verabschieden. Aber wenn ich darf, komme ich Sie besuchen.»

Wie schnell man es lernt, eine Krankensprache zu sprechen, auf einfache Wörter konzentriert, die Sätze knapp und schlicht, so daß auch ein matter Geist sie auffassen kann. Gegen meine Teppichgeschichten waren die Brüder Grimm Wortkünstler. Doch gerade das wollte er. Je müder er wurde, desto klarer konnte er selber formulieren.

«Erzählen Sie noch eine Geschichte», bat er. «Zum Erinnern. Für mich und Felix.»

«Und für mich», sagte Herbert.

Mein Vorrat war erschöpft. So viele Muster gibt es nicht, über die sich Geschichten erfinden lassen. Beim Jagd- und Gartenteppich war es noch ganz einfach, da war der Inhalt vorgegeben. Als letztes hatte ich zu einem wunderschönen türkischen Gebetsteppich die Geschichte von einem heiligen Mann und den Frauen eines Dorfs erfunden, die ihm den Teppich knüpften, weil er ihnen und ihren Familien Glück gebracht hatte – Allah möge mir verzeihen! Aber jetzt fiel mir keine neue Geschichte mehr ein. Im Schlafzimmer lag ein prachtvoller, seidig glänzender Teppich aus China. (Kansu – das wußte ich nun.) Auf ihm kämpfte ein Drache mit dem Vogel Phönix; er war blau, goldfarben und braun und grün. Ich wußte, daß der Drache das Symbol des Kaisers war, aber was der Vogel bedeutete und ob er dieselbe Bedeutung wie der Phönix aus der griechischen Sage hatte, wußte ich nicht. Ganz bestimmt hatte ich es in einem der vielen Teppichbücher gelesen, nur fiel es mir nicht ein.

Weil alle Teppiche Ränder haben, ist der Anfang immer ganz leicht. Ich erzählte vom kaiserlichen Palast mit den vielen Hallen, durch die man vordringen muß, wenn man zu den Privatgemächern des Kaisers will. In meiner Geschichte war der Kaiser verschwunden, doch das wußten nur seine engsten Vertrauten. Sie suchten ihn überall, aber keiner dachte an den kleinen Garten nahe der Mauer, um den ein Zaun lief, der so mit Blumen und grünen Ranken überwachsen war, daß die Menschen vergessen hatten, daß es dahinter einen Garten gab. In ihn brachte ich den von einem Zauberer in einen Drachen verwandelten Kaiser, der zu groß war, um durch das Törchen zu entkommen, durch das er in Menschengestalt hatte schlüpfen können. Der Zauberer hatte sich in den goldenen Vogel verwandelt. Er konnte den Drachen und damit den Kaiser töten, wenn er ihm die goldene Krone vom Haupt hackte. Drache und Vogel hatten schon lange gekämpft, und der Drache war ermattet und fühlte sein Ende nahen. In seiner Verzweiflung dachte er an seine kleine Tochter, die niedliche Prinzessin Ming-Lie. Er dachte so sehnsüchtig an sie, daß sie von seinen Gedanken herbeigeholt wurde. Die Kleine lief ihren Hofdamen davon, kam auf den Hof hinter den kaiserlichen Gemächern und sah vor sich den grünblauen Wall des überwucherten Zauns, von dem blaue Glyziniendolden bis auf die Marmorplatten des Pflasters rankten. Das Kind, von den Gedanken des Vaters gerufen, fand die kleine Pforte und gelangte auf die Wiese, auf der Drache und Vogel kämpften. Ming-Lie stand erschrocken vor dem häßlichen Untier mit den breiten Pfoten, den riesigen Krallen und einem Schuppenpanzer, der auf seinem Rücken einen zackigen Kamm bildete. Und sie sah den gold-glänzenden Vogel in seiner ganzen Schönheit und zauderte. Während Ming-Lie sich zwischen den Ranken verbarg, entdeckte sie auf der Stirn des Drachens die kleine Krone, die nur ihr Vater trug. Der schöne Vogel öffnete den Schnabel, aus dem häßliches Geschrei und Gekreische drang. Auch ein mächtiger Zauberer, der Menschen in Drachen und sich selbst in den schönsten aller Vögel verwandeln kann, vermag nicht alles. Es war ihm nicht gelungen, sich eine schöne Stimme zu geben. Das Kind blickte erschrocken zu dem Vogel auf und hörte nun erst die dunkle, klagende Stimme des Drachen mit der Krone des Vaters. Ohne nachzudenken, ergriff Ming-Lie eine der langen Ranken, die sich gehorsam in ihre Hände schmiegte. Sie wickelte sie um den kreischenden Vogel, bis er sich nicht mehr rühren konnte. – Die Auflösung war wiederum leicht. Der gefesselte Vogel mußte dem Kaiser seine wahre Gestalt wiedergeben und versprechen, nie mehr seine Heimat in den hohen Bergen zu verlassen und in das Reich des Kaisers zurückzukehren.

«Das war schön», sagte der alte Mann. «Wenn Sie wiederkommen – Sie kommen doch bestimmt wieder? –, müssen Sie mir Geschichten über die Miniaturen erzählen. Leben Sie wohl, liebe Annemarie.»

Ich habe ihn nicht wiedergesehen. Vierzehn Tage später war er tot. Auch Herbert sah ich vorher nicht. Er rief an und schrieb mir dazwischen kleine Briefe:

«Annemarie, wenn ich denke, wie Du sein könntest! Du könntest schwarzbemalte Fingernägel haben, mit ordinären Ausdrücken um dich werfen, alte Klamotten tragen, viele Schichten Farbe – schwarz und lila – auf dem Gesicht haben und mit hochhackigen Stiefeln meine schönen Teppiche zerstören. Ich habe Sehnsucht nach Dir. Mein Vater spricht oft von Dir. Er möchte Geschichten erzählt bekommen, aber das kann ich nicht. Es geht ihm schlecht. Felix und ich lassen ihn nie mehr allein. Felix ist ein Orff-Fan geworden. Ich liebe Dich ...»

«Annemarie, habe ich Dir am Telefon gesagt, daß ich es nicht gern habe, wenn ‹Deine› Küche von den Angestellten zum Kaffeekochen benützt wird? Niemand spricht von den Teppichen wie Du. Keiner fragt: ‹Wie heißt der hübsche Kleine denn nun?› Frau Melsungen, meine treue alte Verkäuferin, ist von der Kartei hingerissen. Und Wunder über Wunder, sie kann mit ihr umgehen! Daß sie narrensicher ist, ist Dein Verdienst. Wann bekommst Du endlich eine Wohnung? Ich könnte dann spät abends noch kommen oder mit Dir telefonieren. Ich bin in großer Sorge um Vater. Der Arzt sagt, es geht zu Ende. – Wenn er sterben muß, dann hier zu Hause, wo alles vertraut ist. – Komm nicht! Er würde Dich nicht wiedererkennen. Oft weiß er nicht, wer ich bin. Nur Felix erkennt er immer. – Ich habe große Sehnsucht nach Dir ...»

Der Hausmeister von Roswithas Haus hat mir eine Wohnung verschafft, im selben Block unter dem Dach. Klein und teilweise möbliert. Sie gehört einem jungen Ehepaar, das für ein Jahr nach Japan geht. Der Hausmeister, ein neuer Freund von mir, hat sie überredet, zu vermieten, weil sie dann viel unbesorgter fortgehen könnten. Und er wüßte auch jemand Geeigneten, mich. Ich war zur Besichtigung da – sie haben mich besichtigt, ich die Wohnung. Alles Wertvolle, Silber, Wäsche, Bilder usw. lagern sie bei ihren Eltern ein. Ich bekomme die Möbel, die komplette Küche und alles, was ich nicht habe, wie zum Beispiel das Putzzeug samt Staubsauger. Es ist eine ideale Lösung für uns alle. Ich kann das Telefon übernehmen, Post nachschicken und was es sonst für sie Lästiges gibt, dafür habe ich zum erstenmal in meinem Leben eine eigene Wohnung.

Ich war immer eine gehorsame Tochter. Als ich zu studieren begann, war Robert noch nicht fertig. Von einem Beamtengehalt kann man schlecht zwei Kinder studieren lassen, wenn man kein Vermögen im Rücken hat und teuer lebt, was man tut, wenn man mit unserer Mutter verheiratet ist. Ich mußte zu Hause wohnen, weil das viel Geld sparte. Darum habe ich auch die ganze Zeit in München studiert. Unser Vater war für Stipendien zu reich, aber für auswärts lebende Kinder zu arm. Ich habe immer gejobbt, aber nicht viel damit verdient. Als ich endlich fertig war und mir die Stelle bei Margarete Karsten suchte, waren unsere Eltern offenbar schon übereingekommen, sich zu trennen. Warum ich denn nicht in München bleiben wolle, fragten sie. Ähnliche Stellen wie die in Düsseldorf gäbe es doch auch hier, und dann könnte ich weiter zu Hause wohnen. Robert, immer schneller und wacher in solchen Dingen, griff ein und nahm für mich Partei. Wie lange sie mich denn noch an ihre Schürzenbänder hängen wollten. Hätte ich nicht auch das Recht, endlich selbst über mein Leben zu bestimmen?

Privat sagte er: «Mirl, es braut sich was zusammen. Sie will Vater verlassen. Sie hat ein schlechtes Gewissen und findet es darum gut, wenn du in München bist und ihm den Haushalt führst. Geh um Gottes willen fort, solange du es noch kannst.»

Ich ging und habe mit sechsundzwanzig gelernt, was andere mit zwanzig können: allein wohnen, allein leben, mit langen Abenden fertig werden, an denen keiner anruft und keiner kommt. Ich habe die Trennung von Schorsch allein überstanden und überlebt. Ich habe jetzt eine Wohnung mit eigener Haustür, mit Telefon, einem Strom- und Wasserzähler und tausend kleinen Dingen, um die ich mich selbst kümmern muß. Ich habe Abbuchungsformulare ausgefüllt und bin stolz, daß ich das kann. Ich möchte überall herumerzählen, wie fabelhaft praktisch und selbständig ich bin, aber ich kann es keinem sagen, weil sie mich alle auslachen würden, daß ich das nicht schon seit Jahren bin. Ich habe meine Koffer bei Roswitha abgeholt, sie eine Haustür weitergetragen und habe angefangen, meine teilmöblierte Wohnung einzurichten. Meine Zwiebelmusterteller stehen im Geschirrschrank, über meinem Bett hängt die Miniatur mit den schöngekleideten persischen Edelleuten, die Rast von der Jagd machen. Auf meinem Bett liegt der Flickenteppich, den ich mir von meinem ersten selbstverdienten Geld zwischen dem ersten und zweiten Semester gekauft habe. Er erschlägt die Miniatur, die nach einfarbigem Samt oder nach gewässerter Seide verlangt, sie aber nicht bekommen kann, weil ich den Teppich brauche wie Philip seinen Kinderteddy. Man müßte einmal untersuchen, wie Emanzipation bei den einzelnen Frauen aussieht. Bei mir ist es das eigene, selbstverdiente Auto, ein Flickenteppich, eine in den Kinderschuhen steckende Sammlung von Porzellan und ein Bankkonto, das so groß ist, daß sie mir ohne Wimpernzucken und ohne Fragen zu stellen Schecks ausgehändigt haben.

Vater hat mir aus München zwei Bücherkisten geschickt, die ich zu Hause fertig gepackt auf den Dachboden gestellt hatte. Als ich zwischen Koffern und Kisten saß und auspackte, klingelte es an der Wohnungstür.

Wenn Felix ihn in der Hand trägt, sieht der größte Blumenstrauß nicht besonders groß aus. Herbert hatte ihn geschickt – beide, den Strauß und Felix. Den einen zur Schönheit, den anderen zur Hilfe. Als Felix nach zwei Stunden wieder nach Köln fuhr, waren die Kisten im Keller, die Bücher im Regal, der Teppichboden gestaubsaugt und der Blumenstrauß in meiner einzigen großen Vase. Mit vielen «Frau Doktors» erzählte er mir, warum Herbert nicht selbst gekommen ist. Er hatte sich beim Umbetten seines Vaters verhoben und seinen armen Rükken so strapaziert, daß er wieder am Stock ging und nicht Auto fahren konnte. «Es wird schon wieder besser», sagte Felix. «Keine Angst, Frau Doktor, dat kriechen wir hin. Aber so will er Sie nicht besuchen. Dat müssen Sie verstehen. Er scheniert sich.»

Ich habe einen neuen Platz für die Miniatur gefunden.

Sie hängt jetzt über dem Bücherregal, das ganz anders aussieht, seit es Bücher beherbergt. Ich kochte mir dann den unvermeidlichen Tee, saß im Sessel und las den Brief, den ich mir aufgehoben hatte, bis es um mich herum aussah, wie es ein Liebesbrief verlangen kann.

«Annemarie, wie Du mir fehlst! Felix, der den Mund nicht halten kann und Dich fast ebenso sehr liebt wie ich, wird Dir mein Mißgeschick verraten haben. Ich bin wieder da, wo ich schon einmal war, schmerzverzerrt und am Stock, nur daß ich jetzt weiß, es wird nicht ewig dauern. Aber Du hast eine Wohnung, ich könnte Dich besuchen, selbst wenn es nur für Stunden wäre – und das geht nicht. Ich hadere mit dem Schicksal. – Der Prinz aus Saudi-Arabien war gestern abend hier. Ich habe das Geschäft meines Lebens gemacht, aber statt mich zu freuen, habe ich an seinen letzten Besuch gedacht und an Dich, an alles, was darauf folgte, und ich war krank vor Sehnsucht. So muß ich auch ausgesehen haben, denn er wurde ganz ängstlich, während ich am Schreibtisch lehnte – sitzen tut zu weh –, und vergaß im entscheidenden Augenblick, zu handeln. Jetzt bekommt er den Jagdteppich, sobald das Geld auf meinem Konto ist. Ich wollte es Vater erzählen, aber er hat es nicht mehr aufgefaßt. Alles reduziert sich und erlischt. Manchmal jedoch, wenn er auf Kissen gestützt im Bett liegt, betrachtet er den Teppich. Felix sagt: ‹Jetzt erzählt er sich die Geschichte von unserer Frau Doktor.› Die erzähle ich mir auch – die von der zerlumpten Uniform mit den goldenen Uhren, die vom durstigen kleinen Fuchs und die vom Missionar, der es so macht, wie Du es am liebsten hast. Dann liebe ich Dich so sehr, daß es weh tut und ich darüber die Schmerzen vergesse, die meinen Rücken quälen . . .»

Wenige Tage später starb sein Vater. Er rief im Geschäft an und teilte es offiziell Margarete mit. Sie sagte es Roswitha und mir und nahm dann sofort die Organisation in die Hand. Roswitha und sie würden zur Beerdigung nach Köln fahren; ich könne nicht mit, da einer im Geschäft bleiben müsse.

«Sie haben ihn ja auch nur flüchtig gekannt», sagte sie. «Sie können Herbert schreiben.»

Ich rief ihn an. Ich bot an, vorher an einem Abend zu kommen, aber er wollte es nicht. Die ganze Maschinerie des Sterbens lief auf Hochtouren; Beerdigungsunternehmer, Todesanzeigen, Beileidsbesuche, anrollende Scharen von Verwandten und Freunden. Es ging ihm etwas besser, aber er war noch in ärztlicher Behandlung. «Ich komme am Tag nach der Beerdigung zu dir. Wenn ich nicht fahren kann, lasse ich mich von Felix bringen, aber wahrscheinlich geht es bis dahin wieder.»

Ich war benommen, weil er fern und kühl sprach und eine gläserne Wand zwischen uns errichtete. Er schloß mich von seiner Trauer und seinem Leid aus.

Am Abend vor der Beerdigung dachte ich an den alten Mann mit den wachen braunen Augen, wie ich ihn an jenem ersten, schrecklichen Tag gesehen hatte. Doch dann zerfloß diese Erinnerung mit denen der späteren Besuche zu einem Schattenriß, der für mich grau blieb und nur durch Herberts Erzählung Farbe bekam. Ein Vater, der mit übermenschlicher Energie seinen Sohn zwingt, gesund zu werden, und zusammenbricht, als er sein Ziel erreicht hat. Hatte er es überhaupt erreicht? Ist es ein Ziel, einen Sohn zu haben, der fünf Treppen hinauf und hinunter gehen kann, ohne ans Geländer fassen zu müssen, wenn er bei diesem ewigen Treppenlauf alle Leichtigkeit und Fröhlichkeit einbüßt? Wie wäre Herbert mit einem anderen Vater geworden? Wäre er glücklicher und fände er am Leben mehr Gefallen, wenn er am Stock gehen müßte und diese drei Jahre nicht durchlitten hätte?

Müßig, darüber nachzudenken. Es war, wie es war. Vielleicht erleichterte die Befreiung vom Anblick des leidenden alten Mannes mit der Zeit die ihn niederdrükkende Last, die doch nur dem Körper abgenommen und dafür der Seele aufgeladen worden war. Was nützte es, wenn er mir sagte, daß er durch mich glücklich geworden sei und wieder lachen könne, wenn er nicht einmal annehmen konnte, daß ich mit ihm trauerte und verstand, was er verloren hatte. Er schrieb auf seinen Zettelchen, daß er mich liebte. Was für eine merkwürdige Art von Liebe, die nicht einmal einen Tod überstand, mit dem seit langer Zeit zu rechnen gewesen war, ein Abschiednehmen auf Raten.

Und wie stand es mit meiner Liebe? Man nennt das Liebe, wenn man sich nach einem Menschen sehnt und mit ihm zusammensein möchte, wenn alle anderen Menschen in den Hintergrund rücken und nur dieser eine vorn im Rampenlicht steht. Er hatte Schorsch zurückgedrängt, sicher, aber das war längst fällig gewesen. – Ich stand auf und ging zur Schublade, in der der sorgfältig in Seidenpapier verpackte Schorsch hauste. Es war ein Foto wie jedes andere. Nicht mehr. Die Brücke zum lebendigen Schorsch war eingebrochen. Ich konnte ihn nicht mehr an das vertraute Ufer herüberholen. Von Herbert hatte ich kein Bild. Noch hatte ich keins gebraucht. Ein Senken der Lider, dann war das hagere Gesicht mit den Augen, dem Mund, der Nase und der Struktur der Haut so nah, daß ich nur die Hand auszustrecken brauchte, um es zu berühren. Er schrieb mir Liebesbriefe, aber er sprach am Telefon wie ein Kunde von Margarete, der gerade einen Teller gekauft hatte und nun vereinbaren wollte, wie und wohin er geschickt werden sollte.

Am Tag, an dem Herberts Vater beerdigt und abgefeiert wurde – mit einem Empfang im Domhotel –, verkaufte ich einen Glasschrank für achtzehntausend Mark, eine alte Meißener Deckelvase und drei Streublumentassen. Um zwei Uhr mittags kam ein alter Herr ins Geschäft und bot Biedermeierbestecks an, Spatenform mit einer Gravur aus kleinen Blumen. Die Familie, sagte er, habe Blume geheißen. Das gesamte Silber sei so graviert gewesen, und ob es den Wert mindere, wenn es kein Monogramm sei? Ich schlug alles Gelernte in den Wind. Ich hatte an einem Vormittag so viel verkauft, wie wir um diese Jahreszeit manchmal nur in einer Woche verkauften. Nein, sagte ich, es erhöhe ihn, denn Silber mit niedlichen kleinen Blumen sei viel hübscher als Silber mit Buchstaben, die im seltensten Fall zum Namen der Käufer paßten. Ich benahm mich schlecht. Ich sagte dem alten Herrn, was er dafür verlangen könnte. Als ich ihm den Preis nannte, strahlte er. Mit so viel hätte er nie gerechnet. Ob ich es denn kaufen wolle. Ja, sagte ich, aber ich dürfe es nicht allein entscheiden. Ob er morgen wiederkommen könne. Ich würde Frau Karsten von seinem Besuch und seinen Preisvorstellungen erzählen. Bestimmt würde sie versuchen, ihn herunterzuhandeln. Vielleicht wäre es ratsam, daß er ganz geringfügig nachließe. Sogar diese Zahl nannte ich ihm. Dann bat ich ihn, mir ein Musterbesteck dazulassen, damit ich es Frau Karsten vorher zeigen könne. Er ging auf alles ein. Wie solche Verkäufe bezahlt würden, in bar? Das handhabten wir ganz nach Wunsch.

Er war ein reizender Mensch. Er ließ das ganze Besteck da – acht Suppenlöffel, Messer, Gabeln und kleine Löffel.

«Sie waren so freundlich. Wenn ich sowieso morgen wiederkommen kann, brauche ich es nicht mehr nach Hause zu tragen.»

«Ich gebe Ihnen eine Quittung. Ich finde es besser, wenn man solche Dinge korrekt erledigt.» Ich schrieb sie ihm aus, bat um seinen Namen und sagte dann: «Verraten Sie mich bitte nicht. Ich meine, daß Sie den Preis von mir haben.»

Er setzte ein Verschwörerlächeln auf. «Natürlich nicht.» Er hob die Quittung vor die Augen und las meinen Namen. «Frau Waldkirch? Ist das richtig? Was für einen schönen Namen Sie haben! Ich danke Ihnen vielmals. Ist es Ihnen angenehm, wenn ich am späten Vormittag komme?»

«Ja, ausgezeichnet. Dann auf Wiedersehen.»

Nachmittags um fünf Uhr kam einer unserer Stammkunden zum Herumschnüffeln. Er ist im Vorstand einer großen Gesellschaft, kommt alle paar Wochen und nimmt meistens irgend etwas mit. Er hat Kinder und Enkel und macht gern Geschenke. Kunden wie er sind Margaretes Reservat. Nicht einmal Roswitha darf an sie heran.

«Habe ich ein Glück!» sagte er vergnügt. «Sind Sie tatsächlich allein im Geschäft? Keine Frau Karsten, keine Roswitha?»

«Nur ich.» Ich grinste ihn an. «Aber ich habe den Schlüssel zum Schrank mit dem Sherry. Was halten Sie davon?»

«Mein Glück wird immer grenzenloser.» Er kam ins Hinterzimmer, zog den Mantel aus und setzte sich auf eins der viktorianischen Monstren. «Haben Sie denn was Hübsches? Frau Karsten zeigt mir immer Sachen, die mir eigentlich zu teuer sind. Wenn ich in seltenen Fällen mal an Roswitha gerate, will die mir ihre Ladenhüter andrehen. Welche Prinzipien haben Sie?»

«Gar keine. Ich werde Ihnen hier ein Glas hinstellen und Sie frei laufen lassen. Sie dürfen überall die Schränke und Schubladen aufmachen und alles ansehen.»

«Was ist, wenn ich Beratung brauche?»

«Sie brauchen keine. Sie verstehen von allem, was im Laden ist, bestimmt ebensoviel wie ich. Sie haben eben gesagt, daß Sie hier viel zu viel beraten werden. Aber ich will Ihnen zeigen, was ich heute nachmittag in Kommission genommen habe. Das wird Ihnen sicher gefallen.»

Ich holte das Biedermeierbesteck aus dem Tresor und sah die Habgier in seinen Augen, die jeden echten Sammler überkommt, wenn er eine Gelegenheit wittert.

«Ist das schön!» Er drehte sich zu mir um. «Wissen Sie, daß Ihre Prinzipienlosigkeit entwaffnend ist? Bei Frau Karsten hätte ich mir lieber die Zunge abgebissen als zu sagen, daß mir etwas auf den ersten Blick gefällt und ich es auf den zweiten kaufen möchte. Was soll das denn kosten? Wieviele sind es? Acht?»

«Ja, acht.» Ich erzählte ihm, wie es zu den kleinen gravierten Blumen kam. Dann ritt mich der Teufel. Ich schlug fünfzig Prozent auf den höchsten Preis, den ich dem alten Herrn genannt hatte und sagte, ich glaubte, daß er es dafür bekommen könne. Aber nicht vor morgen nachmittag. Wir wären nämlich mit dem Verkäufer noch nicht handelseinig.

«Bitte, Frau Dr. Feldkirch», sagte er artig. Ich korrigierte nicht. «Werden Sie mit ihm handelseinig. Wenn es sein muß, zahle ich zehn oder höchstens zwanzig Prozent mehr, aber versuchen Sie, mir das Besteck zu verschaffen.»

«Ich will mir Mühe geben.»

«Werden Sie denn mit Frau Karsten einig? Wenn sie es diesmal einem anderen verkauft, wird sie mich als Kunden los.»

«Damit sollten Sie sie selber erschrecken. Das ist wirkungsvoller. Aber ich glaube, ich bekomme es auch so hin.»

Ich bekam es hin. Gleich morgens, als sie und Roswitha kamen, zeigte ich ihnen meinen Schnapp und nannte den Preis, den ich dem alten Herrn gesagt hatte. Margarete machte ein verdrossenes Gesicht und fragte, warum ich den Verkäufer nicht hingehalten hätte, statt ihm gleich einen so ungeheuerlichen Preis zu nennen. Ich machte bescheiden auf meine gestrigen Verkaufserfolge aufmerksam und sagte dann ganz nebenbei, ich hätte auch schon den richtigen Käufer an der Hand. Er käme am Spätnachmittag. Als ich seinen Namen nannte, fragte sie bösartig:

«Und ihm haben Sie sicher auch schon einen Preis genannt?»

«Ja, das habe ich. Ich habe fünfzig Prozent aufgeschlagen, und dafür will er sie kaufen.»

Margarete knurrte und murmelte etwas von solventen Kunden, denen es aufs Geld nicht ankäme. Ich wehrte mich. Dafür, daß die acht Bestecke einmal über die Theke wanderten, fände ich den Preis richtig, und schließlich sei Herr Sowieso doch ein Stammkunde. Roswitha machte mir verstohlen Zeichen, ich sollte es damit bewenden lassen, was ich auch tat.

Der alte Herr wurde freundlichst behandelt und sofort bar ausbezahlt. Der nette Herr aus dem Firmenvorstand bekam die Bestecke zu meinem Preis und war sehr zufrieden. Trotzdem machte er eine kurze bissige Bemerkung, daß es ihm größtes Vergnügen bereitet habe, dieses Geschäft mit mir abzuschließen. Ich schloß ihn warm ins Herz.

«Kindchen», sagte Roswitha, als wir zusammen nach Hause fuhren, «ich möchte mich ja nicht einmischen, aber –»

«Ich war frech, machtvollkommen und vorlaut», ergänzte ich.

«Nun, ich hätte es nicht ganz so formuliert, aber es kommt in etwa hin. Margarete hat es nicht gern, wenn man sie übergeht. Und es ist ja auch ihr Geschäft, das müssen Sie zugeben, selbst wenn Sie gestern wirklich sehr erfolgreich waren.»

«Ach Roswitha, mir war und ist nicht ganz wohl in meiner Haut, aber es macht so viel Freude, einmal selbst verantwortlich zu sein, mit den Kunden reden zu können und Geschäfte zu machen, bei denen jeder zufrieden ist. Der alte Herr war zufrieden, die Bestecke gehören jetzt jemand, der sich an ihnen freut, das Ehepaar, das den Glasschrank gekauft hat, ist glücklich, weil er genau das war, was sie immer gesucht haben, die drei Tassen sind bei einer Dame gelandet, die schon drei davon hat und die sie nun zum Familien-Festtagskaffee auf den Tisch stellen kann. Bei den beiden Damen, die die Deckelvase gekauft haben, bin ich nicht so sicher. Die Vase ist kostbar, jedoch so kitschig, daß es mir egal ist. Roswitha, ich habe Blut geleckt. Meinen Sie, ich könnte selber mal einen Laden aufmachen?»

Sie lachte. «Warum nicht? Es scheint Ihnen wirklich zu liegen. Ich fürchte nur, daß Sie binnen kurzem mit all Ihren Kunden befreundet sind, ihnen Freundschaftspreise machen und nie viel Geld verdienen werden. Am besten heiraten Sie einen reichen Mann und betreiben das Geschäft als Steckenpferd, bis es sich rentiert.»

Herbert kam um acht. Er stand ohne Stock vor der Wohnungstür, hielt sich aber steif und vorsichtig, als könne er jeden Augenblick zerbrechen. Ich stellte mich auf die Zehenspitzen und küßte ihn. Ich küßte ihn länger, als es nötig war, weil ich nicht wußte, was ich sagen sollte. Er legte mir die Arme um die Schultern; es war eine ungewohnte, fremde Bewegung, wiederum haftete ihr etwas Gläsernes an. Er sah grau aus, und die Schmerzfurchen auf seiner Stirn waren tief gekerbt. Wenigstens lächelte er.

«Annemarie, wie endlos lange habe ich dich nicht gesehen!»

«Wie schön, daß du endlich da bist.» Ich zeigte ihm die beiden Zimmer, das Bad, die kleine Küche und parkte ihn dann in dem großen steilen Lehnstuhl, den mir die Wohnungsbesitzer gelassen hatten. Der Tisch war schon gedeckt, mit meinem Porzellan; und zur Einweihung der neuen Kanne hatte ich Kakao gekocht. «Gefällt es dir? Mir gehört gar nicht viel davon, aber es ist meine erste Wohnung. Es sind meine Bücher und mein Bild und mein Porzellan. Und du bist mein erster Gast. Außer Felix war noch niemand hier. Sogar die neugierige Roswitha habe ich auf Sonntag vertröstet.»

Wie immer, wenn ich aufgeregt bin, redete ich zuviel. Ich hörte mir selber zu und fand alles, was ich sagte, übertrieben und hektisch und fehl am Platze. Vor allem hätte ich, statt über die Wohnung zu faseln, nach seinem Rücken, nach der Beerdigung fragen müssen. Ich hätte ihm sagen sollen, wie leid mir der Tod seines Vaters tat. Aber ich bekam es einfach nicht heraus. Warum, weiß ich nicht. Ich redete weiter – über das Geschäft, meine gestrigen Käufer, über den alten Herrn mit dem Besteck und darüber, daß ich auf den Gedanken gekommen wäre, später selber mal einen Laden aufzumachen. Dann knackte es – bei mir, nicht bei ihm –, und auf einmal fing ich an zu heulen und saß neben seinem Stuhl auf dem Teppich und wischte mir mit seinem Taschentuch abwechselnd die Augen und die Nase.

Er drehte meine Schnittlauchhaare um seine Finger, war beruhigend wortkarg, nachdem ich soviel geredet hatte, wartete, bis ich weniger schniefte, und sagte dann endlich: «Der Kakao wird kalt.»

Auf einmal war alles wieder gut. Ich konnte darüber

lachen und war normal. Ich stand auf, beugte mich über ihn und küßte ihn diesmal richtig. «Danke, daß es dich gibt, und danke, daß du gekommen bist. Wie geht es dir?»

«Bis auf den nagenden Hunger und Durst ganz gut.»

Ich holte meinen Waldkirch-Spezial-Käseauflauf aus dem Wasserbad, ich mischte den Salat und stellte die Kakaokanne auf den Tisch. Wir aßen alles auf und tranken die Kanne leer, obwohl es eine komische Zusammenstellung war und bestimmt noch niemand Kakao zu Käseauflauf getrunken hat. Beim Essen erzählte er von den vielen Freunden seines Vaters, die gekommen waren oder geschrieben hatten. Er machte sich ein wenig über die Verwandtschaft lustig, die solche Anlässe als Familientag feiert, aber es hörte sich nicht verbittert an.

«Bist du sehr traurig?»

«Wenn ich das wüßte. Es ist alles noch zu neu und ungewohnt. Ich vermisse ihn am meisten, wenn ich mit Felix allein in der Wohnung bin, die für ihn umgebaut worden ist, damit er mit dem Rollstuhl in jedes Zimmer und jeden Winkel kommen konnte. In den letzten Wochen haben Felix und ich uns tags und nachts an seinem Bett abgelöst. Wir wollten keine fremden Pfleger oder Pflegerinnen, weil er sich nicht ängstigen sollte, wenn er plötzlich klar wurde und ein fremdes Gesicht sah. Wir haben wenig geschlafen. Jetzt, wo wir schlafen können, fällt es uns beiden schwer. Felix hat mir gesagt, daß es ihm auch so geht.»

«Und dein Rücken?»

«Der tut höllisch weh, ist aber nicht gefährlich. Es wird auch schon besser. Ich nenne es Hexenschuß, der

Arzt sagt ‹überlastete Bandscheiben›.» Er machte sein typisches Bedauerngesicht. «Nur mit der Liebe ist es nicht weit her. Es geht noch nicht.»

«Bei mir geht es gerade auch nicht.»

«Wie sich das trifft!»

Nun haben wir schon gemeinsame Redensarten, Codeworte der Verbundenheit. Das baut sich auf: Die Eifel, der August in Köln – wir zählten die Tage zusammen, an denen wir uns gesehen hatten, wir stritten uns darüber, ob Telefongespräche mitgezählt wurden und welchen Stellenwert Briefe haben müßten. Wenn ich seine Briefe in Zeit umrechnete, müßte er das mit meinen Geschichten auch tun. Nein, sagte ich, die gehörten in die gemeinsam verbrachte Zeit. Darüber kamen wir dann wieder zu seinem Vater.

«Du hast etwas von ihm geerbt, Annemarie», sagte er und war plötzlich ernst. «Als er noch klar war, kurz nach deiner Abreise, hat er es mir und Felix gesagt. Es war sein Wunsch. Du sollst den Gartenteppich haben.»

«Nein!»

«Doch. Felix ist mein Zeuge. ‹Wenn ich tot bin, gib Annemarie den Gartenteppich. Für all die schönen Geschichten. Sie wird sich an ihm freuen und ihn lieben.› Ich zitiere ihn wörtlich, Annemarie. Ich habe mir das aufgeschrieben.»

«Das geht mir sehr zu Herzen, Herbert. Ich bin betroffen. Und es rührt mich, daß du es mir sagst. Trotzdem kann und will ich den Teppich nicht annehmen. Ich glaube, daß du mich gut genug kennst, um das zu verstehen. Wäre es, sagen wir, eine Prachtausgabe von ‹Tausend-und-eine-Nacht›, hätte ich mich dankbar gefreut.

Aber der Teppich ist eine Belastung und eine Verpflichtung, der ich nicht gewachsen bin.»

Er nahm es an, ohne mich zu bedrängen oder mir zuzureden. «Ich habe gefürchtet, daß es so kommen wird», sagte er nur und erklärte, der Teppich bliebe, wo er wäre; er würde nicht verkauft, und wenn ich es mir anders überlegte, könnte ich ihn jeden Tag haben oder verkaufen. Ob mir denn klar wäre, daß ich damit das Startkapital für ein eigenes Geschäft in Händen hielte?

«Ja, nur zu klar, Herbert. Es ist eine Versuchung, der ich gern entgangen wäre. Aber es scheint das Wesen von Versuchungen zu sein, daß sie einen überfallen, wenn man sie nicht gebrauchen kann. Könnten wir drei, du, Felix und ich, nicht vergessen, daß dein Vater das jemals gesagt hat? Mir wäre wohler, und die Erinnerung an deinen Vater bliebe für mich ungetrübter im Wissen, daß ich einem alten und kranken Mann ein wenig die Zeit vertrieben habe. Die Geschichten haben mir ebensoviel Spaß gemacht wie ihm. Das war rund und in sich abgeschlossen. Jetzt wird mir klar, daß ich für eine Handvoll Ton einen Goldklumpen bekommen habe. Steht das nicht in der Bibel: Gewogen und zu leicht befunden? Ich bin zu schwer befunden, Herbert.»

«Ich weiß. Ich wußte es schon, als mein Vater das sagte. Aber was sollte ich tun? Ihm sagen, daß du den Teppich nicht nehmen würdest? Das konnte ich nicht, Annemarie.»

«Natürlich nicht.»

Soweit es möglich war, schoben wir den Gartenteppich von uns fort. Wir gerieten ganz unversehens ins Philosophieren. Es lag an mir. Ich hatte einen unsteten

Tag, an dem meine sauber aufgeräumte Welt auf die ganz unaufgeräumte, wirkliche Welt stieß. Ich sagte: «Ich verkaufe Antiquitäten zu Überpreisen an reiche Leute, und gleichzeitig stirbt in jeder Minute ein Kind an Unterernährung. Papa Reichsgraf und seine Familie leben, um ein altes Schloß zu erhalten, das niemandem etwas nützt, nur einfach schön ist. Robert, der als Techniker eine Daseinsberechtigung haben müßte, entwickelt Maschinen, die Arbeitsgänge einsparen und damit menschliche Arbeit überflüssig machen. Seinetwegen werden Arbeiter entlassen. Was für einen Sinn hat das alles eigentlich? Wolfgang hat es vielleicht noch am besten erfaßt. Er baut Instrumente, die es ermöglichen, Menschen am Leben zu erhalten, die sonst sterben müßten. Dabei ist er allerdings reich geworden. Andererseits: Ist es sinnvoll, biologischen Kuchen teuer zu verkaufen und Tee mit entchlortem Wasser aufzubrühen? Wer von uns macht sich überhaupt noch Gedanken über das, was er tut? Wäre es nicht vielleicht besser, auszusteigen, wie es so viele meiner Generation und meiner Freunde getan haben?»

«Um was zu tun?» fragte Herbert.

«Wenn ich das wüßte. Nichts, glaube ich. Sie trampen nach Nepal und würden sterben, wenn ihre Eltern ihnen nicht Geld schickten. Sie spielen das einfache Leben, laufen gegen den Konsumterror Amok und löten Silberschmuck, den keiner braucht. Sie leben konsequent anspruchslos, arbeiten nur, um sich das Notwendigste kaufen zu können, und sacken dabei in ihrem geistigen und seelischen Niveau ab. Sie reden davon, wie man den Menschen helfen soll, aber sie rühren keinen Finger. Sie gammeln durch Indien, aber sie pflegen keine Kranken, retten keine Kinder vorm Verhungern und graben keine Brunnen. Dafür haben sie Erleuchtungen und finden durch ausgelebte Aggression und Meditation zu sich selbst. Aber was nützt ihnen dieses so gefundene Selbst, wenn die Erde um sie herum kaputtgeht? Sie sind auch kein bißchen besser als wir, sie kommen sich nur so vor.»

«Was soll ich dir zum Trost sagen, Annemarie? Ich weiß, und es quält mich auch oft, daß man deinen Papa Reichsgraf mit seinem Schloß, dich mit deinen Antiquitäten und mich mit meinen Teppichen nicht unbedingt braucht. Wir bieten Dinge an, die nicht zum Lebensminimum gehören. Ich könnte sagen, daß das Bedürfnis nach Schönheit zum Leben gehört, zum Leben eines jeden Menschen, aber da müßten wir noch lange über die Rechtfertigung unseres Daseins philosophieren.

Ich glaube, man muß sich damit zufriedengeben, einen Beruf zu haben, den man liebt und gerne ausübt. Und schließlich: Händler gibt es so lange wie die Menschheit, in jeder nur denkbaren Gesellschaftsform gab und gibt es sie. Ohne Händler, auch solche, die scheinbar Überflüssiges verkaufen, kann ein Staat nicht funktionieren. Und dabei will ich nicht einmal allein von Steuern reden. Indirekt finanzieren wir ja auch die Aussteiger mit. Denn nur eine intakte, wohlhabende Gesellschaft verkraftet es, wenn einige ihrer Mitglieder am Rande leben. Ja, und vielleicht kannst du sogar Leute wie dich und mich als ‹Aussteiger› betrachten. Wir tun etwas, das uns und ein paar anderen gefällt, nicht lebensnotwendig ist, aber auch niemandem schadet. Mehr weiß ich dazu nicht zu sagen.»

«Also sind wir reiche, gut gewaschene Aussteiger

ohne Sendungsbewußtsein?»

«Ja, so ungefähr.»

Ein paar Tage später fuhr ich zum erstenmal wieder nach Köln. Das Geschäft und das gemütliche Hinterzimmer waren merkwürdig fremd. Als wäre ich zu Besuch und gehörte nicht mehr dazu. Nicht «wäre», es war so. Ich war zu Besuch. Ich stand vor dem Schrank mit der Kartei, zog Karten heraus, erinnerte mich nach den getippten Texten an die Teppiche – aber es war einfach eine Kartei, irgendeine – nicht mehr unsere, auf die wir stolz waren, über die wir redeten, die wir verbesserten. Es war etwas Unpersönliches, das so funktionierte, wie es sollte. Die türenlose Wohnung – Felix hatte Ausgang oder war fortgeschickt worden – wirkte ohne den alten Mann im Rollstuhl gespenstisch. Wir setzten uns auf die Terrasse, blickten über die Stadt, wärmten uns im roten Schein des Heizstrahlers und brauchten lange, bis wir wieder die Vertrautheit heraufbeschwören konnten, nach der uns verlangte. In seinem Bett – zum erstenmal hier oben in seinem Bett – kamen wir miteinander nicht zurecht. Es lag nicht an ihm, sondern an mir. Ich horchte auf ferne Geräusche im Haus, kam mir vor, als läge ich im Schaufenster eines Möbelgeschäfts, wurde durch den wehenden Türvorhang irritiert, der nur wehte, weil wir die Terrassentür offengelassen hatten. Um ihn nicht zu enttäuschen, spielte ich eine Hingerissenheit, die ich nicht empfand, schämte mich darüber und war erleichtert, als er sagte: «Höchste Zeit, daß ich das Mausoleum umbauen lasse. Ich wußte nicht, daß du ein Türenfanatiker bist. – Nein, laß gut sein. Du brauchst dich nicht zu entschuldigen. Das Ganze war keine gute Idee von mir. Ich komme in Zukunft zu dir. Mittlerweile kannst du auch darüber nachdenken, was ich mit der Wohnung anfangen soll. Felix will bei mir bleiben. Ich will ihm unten die Hausmeisterwohnung geben. Ich könnte im Geschäft mehr Platz gebrauchen. Wenn ich das Büro in ‹dein› Zimmer verlege, hätte ich einen zweiten Verkaufsraum. Für Gäste habe ich hier oben genug Platz. Was soll ich mit sieben Zimmern?»

«Einen Harem einrichten», schlug ich vor.

«Das ist eine gute Idee . . .»

So recht war mir das auch wieder nicht.

Als es Zeit für die Rückfahrt wurde, brachte er mich nach unten. «Willst du deinen Teppich sehen?» fragte er, als wir vor der Hoftür standen. «Ich habe gemerkt, daß du vorhin einen großen Bogen um ihn gemacht und ihm keinen Blick gegönnt hast. Könntest du dich nicht wenigstens an ihm freuen und ihn besuchen? Weißt du, es gibt Leute, die mit ihren Topfblumen sprechen und Stein und Bein darauf schwören, daß sie deswegen besser gedeihen. Ich dachte, vielleicht wird er schöner, wenn du ihn besuchst und lobst.»

«Habe ich dir schon mal gesagt, daß ich dich liebe?»

«So deutlich nicht.» Er legte mir den Arm um die Schultern und ging mit mir ins Geschäft. «Ich höre es gern. Sag es oft!»

Ich saß schon im Auto, als er sich noch einmal zum Fenster herunterbeugte: «Ruf mich an, sobald du in Düsseldorf bist. Ich werde auf meine alten Tage ängstlich. Wenn ich weiß, daß du unterwegs bist, male ich mir aus, was alles passieren könnte. Es beruhigt mich zu wissen, daß du wieder heil angekommen bist. Nicht nur diesmal, Annemarie, jedesmal.»

Ich rief ihn an.

Es war alles so schön und hätte so schön bleiben können, wenn Schorsch nicht gekommen wäre. Es fing auch harmlos an und endete harmlos – soweit es Schorsch betraf –, aber sonst wurde es zu einer Katastrophe.

Schorsch rief im Geschäft an. Er käme nach Düsseldorf und würde es sich so einrichten, daß er um halb sieben frei wäre. Er könnte mich abholen, wir könnten zusammen essen, aber dann müsse er wieder zurück. Sehr viel Zeit hätte er nicht.

Den Nachmittag hindurch versank ich in Selbstanalyse. Freute ich mich? Ja, ich freute mich. Er ist eine Angewohnheit wie – nicht wie essen und trinken, wie sich erinnern können, wie eine Vergangenheit haben, wie: Weißt du noch? sagen. Hatte ich Angst, daß er kam? Nein, ich war nur unsicher, weil ich nicht wußte, ob der Abstand genügte, ob Herbert Karsten auch aus der Ferne wirkte; wenn er nicht neben mir stand und drohte, mir den Hals umzudrehen oder – wie war das doch mit dem liebeskranken Kalb? Egal. Würde Schorsch mir noch gefährlich sein? Aber wurde er mir gefährlich, dann stimmte es zwischen Herbert und mir nicht; dann war er nichts als ein gescheiterter Fluchtversuch. Wann immer ich darüber nachdachte, fiel mir Agneta und ihr Kind ein. Dann war der Spuk vorbei.

Ich wurde immer unentschiedener und nervöser.

«Was ist los?» fragte Roswitha. «Sie haben das Taschentuch bald ganz zerfetzt, Kindchen.»

Sie hatte recht. Die Ränder waren schon ausgefranst. «Schatten der Vergangenheit», sagte ich, aber es klang nicht so komisch, wie es geplant war.

Roswitha, zuverlässig wie eh und je, sah mich prüfend an und reagierte prompt. «Müssen Sie heute noch Auto fahren?»

«Nein, wieso?»

Sie ging nach hinten und sagte über die Schulter: «Weil Sie dann einen Schnaps trinken können. Kommen Sie.»

Sie zeigte mit spitzem Zeigefinger auf den Plüschsessel, schloß den Teil des Tresors auf, für den ich keinen Schlüssel habe, holte den Schweizer Birnenschnaps heraus und schenkte ein altes Glas mit einem Preisschildchen unter dem Boden randvoll ein. «Sobald Sie mir sagen können, was es kostet, wird es Ihnen besser gehen.»

«Es kostet dreihundertachtzig. Sie haben mal wieder mein phänomenales Zahlengedächtnis unterschätzt!» Ich trank einen Schluck. «In Irrenhäusern gibt es Patienten, die nicht wissen, ob sie auf dem Kopf oder auf den Beinen stehen, aber fünfstellige Zahlen multiplizieren können. Betrachten Sie mich als einen solchen.»

«Einen solchen was?»

«Patienten», sagte ich und trank noch einen Schluck.

«Gott sei Dank, es wirkt», stellte sie fest. «Seit heute mittag haben Sie noch keinen halbwegs vernünftigen Satz von sich gegeben. Ist es aufdringlich, wenn ich frage, was es mit diesem Schatten der Vergangenheit auf sich hat?»

«Er ist ein westfälischer Kleiderschrank und wirft einen sehr breiten Schatten.»

«Den der lange dünne von Herbert Karsten leicht überragen sollte.»

«Roswitha!» Ich trank das Glas leer. Es kostete dreihundertachtzig. «Danke, mir ist wirklich sehr viel besser.»

«Ausgezeichnet. Aber bremsen Sie von jetzt an mit dem Alkohol, Kindchen. Das Zeug ist hochprozentig, nicht nur gut.»

«Sind eigentlich alle Antiquitätenhändler Alkoholiker? Ich sollte ernsthaft über eine Zukunft als Schnapsdrossel nachdenken, ehe ich mich entscheide.»

Damit war das Gespräch zu Ende, denn Schorsch kam zur Tür herein, drang fast bis ins Hinterzimmer vor, sah mich und sagte: «Mirl!»

Ich sank nicht in seine ausgebreiteten Arme. «Hallo, Schorsch», sagte ich. «Pünktlich wie ein Maurer!»

Ich stellte ihn Roswitha vor und machte alles, wie es sich gehörte. Ich ging nicht auf Wolken, sondern stand auf meinen eigenen zuverlässigen Beinen. Bestimmt haben meine Augen auch nicht geleuchtet und an ein liebeskrankes Kalb erinnert. Es war Schorsch, mein Jugendfreund und Geliebter, der mir vertraut war, und den ich gern wiedersah. Ich brauchte nicht an Herbert zu denken, schon gar nicht an Agneta, dachte natürlich an beide, aber nicht als Rettungsringe. Meine Sicherheit und Erleichterung, vielleicht auch der Schnaps, machten mich fröhlich und übermütig.

Wir aßen in der Altstadt in einer Pizzeria und redeten viel. Er erzählte vom Schloß, von seinen Plänen, von

Reichsgrafens und Agneta. Ich tischte ihm die Münchener Neuigkeiten von Robert und Puttis Kind und der geplanten Hochzeit auf, brachte ihn über Mutter, Wolfgang, Vater und seine Freundin aufs laufende. Er war mein bester Freund und würde es bleiben, solange wir beide lebten. Aber nichts mehr tat weh; ich gönnte ihn Agneta, ich gönnte ihm ihr Wasserschloß, und ich gönnte beiden sechzehn kleine baltische Freiherren, die westfälisch sprechen würden.

Ahnungsvermögen! Schorsch fragte: «Wie ist das, Mirl, gibt's wen mit Tuchfühlung? Ist da ein Mann? Etwa der lange Hagere, mit dem du neulich bei uns warst?»

Woher nehmen sie nur diese spaßige, männliche Anmaßung, daß alles erst dann in Ordnung ist, wenn man einen Mann in der Nähe hat? Ich kenne aus der Schule und vom Studium her so viele Mädchen, die ein sehr normales Leben führen, einen Beruf haben, mit dem sie zufrieden sind, und bei denen Männer nur dann und wann eine Rolle spielen. Aber Schorsch, von dem ich annehmen kann, daß er mich gern hat und an meinem Leben teilnimmt, setzt voraus, daß ein Mann notwendig ist. Wenn schon nicht mehr er – unterschwellig sind seine Paschagefühle wach –, dann gönnt er mir in der Großmut seines Herzens einen anderen, der ihm zwar das Wasser nicht reichen kann, jedoch als Ersatz-Schorsch funktioniert. Und schließlich habe ich mir ja auch Ersatz-Schorschs gesucht, solange ich den echten aus Liebe und Enttäuschung ertränken wollte. Nur ist jetzt einer da, der eigene Rechte hat, darauf pocht und sich nicht als Ersatz mißbrauchen läßt.

Schorsch wartete noch immer auf meine Antwort. Ich fuhr mit dem Finger über den Glasrand und produzierte Sphärenklänge.

«Das geht dich nichts an», sagte ich endlich. Es geriet mir zu schroff. Er deutete es so, wie es sich für ihn angehört haben mußte.

«Bist du mir immer noch böse, daß ich dir erst so spät von Agneta und mir erzählt habe? Mirl, das mußt du doch verstehen. Ich war mir meiner Sache lange Zeit nicht sicher. Ich wollte nicht unnötig Porzellan zerschlagen.»

«Das kann man auch anders auslegen. Du hast den Spatz in der Hand behalten, solange du nicht sicher warst, die Taube auf dem Dach zu kriegen.» Ich lachte fröhlich, weil nichts mehr weh tat. Das Beispiel gefiel mir, nur war der Spatz in der Hand ziemlich stämmig und die Taube elegant und rassig. Na schön.

Schorsch machte ein indigniertes Gesicht, soweit das bei seinen Sommersprossen überhaupt möglich war. «Das hört sich gemein und berechnend an. So bin ich nicht, Mirl.»

«Ich weiß, Schorsch. Entschuldige, es war nicht so gemeint. Eigentlich wollte ich nur sagen, daß wir jetzt in getrennten Welten leben. Früher hast du für mich mitgesteuert, jetzt bin ich auf einem anderen Boot, dessen Kurs ich bestimme.»

«Brauchst du nie einen Lotsen?»

«Bisher nicht, danke.»

«Du hast dich sehr verändert», stellte er fest, als er mich nach Hause fuhr. «Agneta und ich glaubten, du würdest weiter unsere beste Freundin sein, weiter zur

Familie gehören und dein Leben mit uns teilen. Wir haben uns oft ausgemalt, wie es sein würde. Du solltest dein eigenes Zimmer haben, an den Wochenenden kommen, unser Kind oder unsere Kinder heranwachsen sehen und –»

«Gott, wie rührend!»

Das ärgerte ihn, und er brauste auf. «Nie in deinem Leben bist du bösartig gewesen, Mirl. Warum jetzt auf einmal? Du kennst uns beide gut genug. Meinst du, wir wären mildtätig oder wir wollten dich ausnützen? Wir lieben dich und möchten mit dir zusammensein. Der Papa liebt dich auch. Wir dachten, du könntest bei uns eine zweite Familie haben, nachdem deine auseinanderfällt.» Er versank in zorniges Schweigen und hielt vor meinem Haus unter der Laterne an.

«Du bringst mich heute dauernd in die Situation, daß ich mich entschuldigen muß, Schorsch. Ich will das aber nicht, schon gar nicht bei dir. Was für Freunde sind wir denn, wenn wir Worte klauben und nicht mehr zusammen lachen können? Gut, wenn du es partout hören willst: du hast mir wehgetan, und ich habe Zeit gebraucht, das zu überwinden. Jetzt ist es vorbei. Jawohl, ich liebe euch beide, und eure Kinder werde ich auch lieben. Ich werde demnächst wieder oft zu Besuch kommen. Aber ihr könnt aus mir nun wirklich nicht eine ältliche Tante machen, die bei euch Unterschlupf sucht. Du bist von Agneta geblendet – aber wenn du mich mal einen Augenblick ansehen könntest?»

Er hob den Blick und begann zu grinsen.

«Siehst du Runzeln und einen bitteren Zug um meinen Mund? Graue Haare, Tantenglück und Entsagung?»

«Also, wenn du so direkt fragst: Ich sehe alles, nur nicht gerade Tantenglück.»

«Du gemeiner Schuft!»

Er lachte, schlang die Arme um mich, zog mich zu sich herüber und begann mich abzuküssen. Ich wehrte mich, kletterte aus dem Auto und beugte mich noch einmal zur Tür herein. «Ich komme ganz bestimmt bald. Grüß mir Agneta und den Papa Reichsgraf. Bussi, Servus, Schorsch.»

Er fuhr ab, hupte zweimal kurz und verschwand hinter der Kurve.

Ich sah hinter ihm her, hörte sich nähernde Schritte und drehte mich langsam um. Vor mir stand Karsten aus der Eifel. Grau und böse.

«Was für eine reizende Szene! Abschied von der einen, wahren Liebe! Und ich Idiot habe mir ausgemalt, wie schön es wäre, dich zu überraschen. Was mir auch perfekt gelungen ist. Ich habe schon zweimal bei dir geklingelt und dann auf der anderen Straßenseite geparkt und gewartet. Du kannst mir glauben, daß ich meinen Augen nicht traute, als der Wagen aus Münster unter die Laterne fuhr und diese stürmische Liebesszene ablief! Wenn du dich schon nicht meinetwegen schämst, schämst du dich nicht wenigstens vor deiner Freundin? Das ist ja ekelhaft!»

«Nun hol' erst mal Luft, Herbert», sagte ich, aber da hatte er schon kehrtgemacht und war auf dem Weg zum Alfa, der in der regnerischen Dämmerung kaum zu sehen war.

«Herbert!» rief ich. «Das war ganz anders. Nun komm schon zurück!»

Aber er kam nicht. Er fuhr ab. Der Motor heulte. Ich stand allein und fröstelnd auf der Straße vor meinem Haus.

6

Nach fünf Tagen war ich sicher, daß er nicht mehr anrufen würde. Dennoch bekam ich bei jedem Klingeln des Telefons Herzklopfen. Bitte, dachte ich, bitte laß es ihn sein! Aber er war es nicht. Ich kämpfte mit dem Telefon. «Klingle!» befahl ich ihm, aber es klingelte nicht. «Warum rufst nicht du an?» fragte es. «Der Klügere gibt nach.» Ich nahm den Hörer, wählte die Null und legte wieder auf. «Nein», sagte ich. «Es geht nicht. Wenn er nicht mal so viel Vertrauen zu mir hat, wenn er mir so wenig glaubt, wenn er so hart und instinktlos ist, dann geht es nicht.»

Ich nahm die Miniatur von der Wand und stellte sie umgekehrt hinten in den Besenschrank, weil ich bei ihrem Anblick zu heulen anfing. Aber der leere Fleck an der Wand war genauso schlecht zu ertragen. Ich holte mir seine Briefe, las sie, zerknüllte sie, suchte sie wieder aus dem Papierkorb hervor und strich sie sorgsam glatt.

Im Geschäft funktionierte ich wie ein Roboter. Das ging merkwürdigerweise. Ich arbeitete wie sonst, aber mittags wanderte ich durch die Stadt, weil ich Roswithas forschende Blicke nicht ertragen konnte. Abends flüchtete ich ins Kino oder besuchte eine Münchener Schulfreundin, die es nach Düsseldorf verschlagen hatte, an Heimweh litt und sich an mir festhalten wollte. Sie redete auf mich ein, erzählte von ihrem Beruf und ihrer Familie, aber beides langweilte mich, und ich gab nach dem zweiten Besuch auf. An einem Abend ging ich zu der freundlichen jungen Frau, die unser Porzellan flickte. Sie hatte eine kleine Platte mit durchbrochenem Rand, die ich zu einem lächerlichen Preis bekam. Sie hatte zwei Jahre unabgeholt im Geschäft gestanden. Aber als ich sie abends zu den anderen Tellern und Tassen in den Schrank stellte, freute ich mich nicht.

Auf meinem Nachttisch lag der Rubaiyat, aber der ist nur für Glückliche geschrieben – «And Thou beside me singing in the Wilderness is Paradise enow». Spät in der Nacht, schlaflos und zerquält, half das Radio, das dudelte und an dem meine Gedanken hingen wie die Fledermäuse im Dachstuhl des alten Hauses meiner Großeltern. Ich dachte nicht, sah aber Bilder: Nie Herbert Karsten – nur das, was um ihn herum gewesen war. Immer wieder die Eifel, den Weg durch die Wiese, die Heuschrecke, die verrückte Séance, die Stiche im Treppenhaus, den Phallus aus Obsidian, die Spinnweben auf dem Hochsitz, meine taunassen Schuhe und Hosenbeine in der Mitte der Schneise; dann die Regentropfen, die am Seitenfenster bergauf liefen, der Eisentisch und die Eisenstühle vor dem kleinen Restaurant in der Kölner Altstadt.

Nach zwei Wochen nagelte Roswitha mich fest.

«Wieviel haben Sie in der letzten Zeit abgenommen, Annemarie?» Diesmal nicht «Kindchen», sondern ein sauberes, strenges «Annemarie». «Ihre Kleider schlabbern an Ihnen herum. Da Sie nicht krank sind, muß es Kummer sein. Vielleicht kann ich helfen. Reden Sie!»

«Danke, Roswitha, aber es gibt nichts zu reden.»

Am Freitagabend der ersten Oktoberwoche riefen die Münchener schön gestaffelt bei mir an. Ich kämpfte die Enttäuschung nieder, daß es nicht die erhoffte Stimme war, aber dann träufelte Balsam aus dem Telefon. Robert und Putti wollten in vierzehn Tagen heiraten und ich sollte – mußte! – kommen. Am Freitag zur standesamtlichen Trauung, am Wochenende zum Familienfest. Keine Hochzeitsreise, das wäre wohl albern. Sollten sie sich zum Gespött aller machen? Ich könnte doch Donnerstag mit dem Nachtzug fahren und bis Sonntag bleiben. Einen Tag Urlaub wären sie doch wohl wert? Dann rief mein Vater an. Das war selten geworden, denn wegen seiner vielen schönen Mädchen hatte er vor Robert und mir Hemmungen. Er wartete lieber, bis wir uns meldeten. Seine neue Dame Lola war offiziell bisher noch nicht eingeführt. Ob ich schon von Roberts und Puttis Plänen gehört hätte und eingeladen wäre? Ja, sie hätten gerade angerufen. Ich freute mich sehr, besonders auf das Wiedersehen mit ihm. Robert hätte mir erzählt, daß es eine – ich suchte nach dem richtigen Wort – neue Frau in seinem Leben gäbe. Ob ich sie denn kennenlernen dürfe? Als wir uns verabschiedeten, hatte ich einen Kloß im Hals und konnte vor Rührung kaum sprechen. Zuletzt rief Mutter an, Wolfgang assistierte aus dem Hintergrund. Ich fand im Kühlschrank eine Flasche mit einem Rest Korn. Ich trank ihn, war nicht glücklich, aber zum erstenmal seit langem wieder mit der Welt im reinen. Fünf Menschen hatten mir gesagt, daß sie sich auf mich freuten. Keiner zweifelte daran, daß ich jemand war, auf den man sich verlassen konnte, der nicht log und betrog und mies war.

Was hatte Schorsch gesagt? Sie wollten mir eine neue Familie geben, weil meine auseinanderbrach? Nein, sie zerbrach nicht; sie formierte sich um, wurde größer, aber ich hatte meinen Platz in ihr.

Am Samstag rief ich Agneta an und fragte, ob ich kommen könnte. Sofort und Hurra, und ich sollte mich ins Auto setzen. Sie warteten mit dem Mittagessen. Ich ahnte ja gar nicht, wie sie sich freute. Sie freuten sich alle!

Danke, Agnes. Dein Mann hat mir ahnungslos einen großen Dienst erwiesen. Er hat meinen Geliebten in die Flucht gejagt, der verkorkst und kleinmütig und kompliziert ist, der mir nicht vertraut und jetzt frohlockt, weil seine schlechte Meinung von der Welt und den Menschen wieder einmal bestätigt worden ist. Er wird böse, grau-gesichtig und mißlaunig in seiner Wohnung sitzen und mich hassen. Verdammt, warum heule ich auf der Autobahn? Warum sehe ich jetzt vor mir sein bedauerndes Lächeln, als er mit der schönen Perserin aus dem Restaurant ging? Warum muß ich dauernd daran denken, wie wir zusammen gelacht haben? Robert und Puttis Exhibitionistenkind mit dem Knoblauch – ich wischte mir mit dem Pulloverärmel die Tränen ab. Beinahe wäre ich am Kamener Kreuz geradeaus gefahren. Hinter mir hupte ein Lastwagen böse. Felix, mit dem alten Kindergesicht und den vielen «Frau Doktors». Mein alter roter VW schnurrte immer noch, als wäre er eben aus der Fabrik gekommen. «Das ist ja ekelhaft!» sagt Karsten und geht mit steifen Schultern zu seinem eleganten Auto.

Agneta stand allein auf der Brücke und winkte, als sie mich auf der Allee kommen sah. Sie war immer noch zart, trug aber einen runden Bauch spazieren. Das Kind von ihr und Schorsch, ihr Sohn oder ihre Tochter. Ein neuer kleiner Mensch zum Liebhaben. Ich werde euer Kind liebhaben, Agneta, das verspreche ich dir.

Ich hielt neben ihr auf der Brücke an, stieg aus, nahm sie vorsichtig in die Arme und sah sie mir genau an. «Du hast sanfte Kuhaugen bekommen, Agnes. Es steht dir. Wie lange dauert es noch?»

«Bis Ende November.» Sie stieg ein bißchen umständlich neben mir ein und fuhr die letzten paar Meter bis auf den Schloßhof mit. Noch nie bin ich so vorsichtig gefahren.

Wir aßen alle zusammen. Im Kamin brannte ein flakkerndes und knisterndes Feuer. Hinterher tranken wir lange Kaffee und redeten, wie nur gute Freunde reden können. Über dies und das, lauter Belanglosigkeiten, die nur deswegen wichtig wurden, weil Freunde sie sich erzählten. Noch nie hatte ich Agnetas strenge Mutter so gelockert und heiter gesehen. Die lobenswerte Wohltätigkeit, der sie sich hingab, wurde zu etwas, wovon sie engagiert sprach, das aber den Kreuzzugcharakter verlor, der mich und andere so oft gestört hatte. Der Papa Reichsgraf saß in seinem großen Renaissancestuhl, blickte sich in der Runde um, hörte zu und machte dann und wann ein paar Bemerkungen. Ein Familienoberhaupt, zufrieden mit den Seinen. Er konnte die Zügel aus der Hand gleiten lassen, weil er Schorsch hatte.

Später spülten die Mama und ich in der Küche das Geschirr. Agneta saß auf der breiten Fensterbank, hoch über dem Schloßgraben, strahlte, sah glücklich aus und lobte ihren Mann. Schorsch hatte gleich nach der Hochzeit Kälber gekauft, lauter kleine Stiere, die den Sommer über auf den nicht verpachteten Wiesen, die zum Schloß gehörten, geweidet hatten. Jetzt waren sie mit Gewinn verkauft worden. In Münster hatte er Studenten zur Schloßführung angeheuert, sie eingewiesen und während der Sommermonate auf dem Schloß einquartiert. Er hatte damit angefangen, Kaffee und Kuchen und alkoholfreie Getränke auszugeben. Auch das hatte sich rentiert. Im nächsten Frühjahr würde er das Gut übernehmen und selber bewirtschaften. Alles sähe so hoffnungsvoll aus. Dann wäre das Kind auch schon ein paar Monate alt und sie hätte wieder mehr Zeit, könnte mithelfen und sich abends mit dem Velazquez-Buch befassen.

Am Nachmittag machte ich mit Papa Reichsgraf einen unserer üblichen Spaziergänge. Er braucht den Stock, geht nicht sehr schnell, behauptet aber immer, es täte ihm gut. Unterwegs erkundigte er sich nach meinen Berufsplänen. Er kam immer wieder darauf zurück. Ob ich, falls ich mich selbständig machte, an eine Großstadt dächte? So, eine kleinere Stadt ginge auch? Ob ich wieder nach Süddeutschland wollte? Wie lange würde ich mir noch Zeit lassen, könnte ich darüber schon etwas sagen?

Wir standen vor einem großen Gatter, an das er sich lehnte und eine Zigarette anzündete. «Könnte es auch unsere Gegend sein, Annemarie?»

«Was führst du im Schilde? Ich bin sehr geschmeichelt, daß du so großen Anteil nimmst, aber mit der Schauspielerei ist es bei dir nicht weit her. Du denkst doch an was ganz Bestimmtes, nicht wahr?»

Er hatte sich ausgedacht, daß zu seinem Schloß, den

vielen Besuchern und der neu erstandenen Kaffeewirtschaft sehr gut ein Antiquitätenladen paßte. Es sollte ein Gemeinschaftsunternehmen von Agneta und mir werden; er könnte vielleicht auch als Aushilfe einspringen. Er mußte lange darüber gebrütet haben, denn es gab auch schon einen Platz für den Laden im etwas baufälligen Kavaliershaus im Park, hinter dem Schloß, auf der anderen Seite des Grabens. Wenn man das renovierte ... Im Dachgeschoß wäre genügend Platz für eine kleine Wohnung. Dann hätten sie mich in der Nähe, aber ich könnte meine Selbständigkeit bewahren, auf die ich offenbar so großen Wert legte.

«Meine Güte», sagte ich, «das ist ja eine phantastische Idee! Wie bist du darauf gekommen?»

Als er antwortete, wirkte er wie ein verlegener Junge. «Ich habe alle meine Wünsche in einen großen Topf getan und umgerührt. Dabei ist das herausgekommen.»

«Sagst du mir die Wünsche?»

«Seit Schorsch hier wirtschaftet, habe ich Zeit. Ich möchte mit dieser Zeit etwas anfangen, was mir Freude macht. Ich bin kein Landwirt, und das Schloß habe ich immer als Last empfunden. Ich gehe gern mit Menschen und mit schönen Dingen um. Ich dachte, wenn ich dich überreden könnte, mitzumachen, würdest du Agneta und mich anlernen. Ich wäre ein etwas ältlicher Lehrling, aber du bist geduldig und fröhlich, die beste Freundin meiner Tochter und meine Leihtochter – was sollte da schiefgehen? Glaubst du nicht, daß wir das zu dritt schaffen könnten?»

«Woher nehmen wir das Geld? Hast du darüber auch schon nachgedacht?»

«Bisher hilft alles Nachdenken nichts, denn wir haben unsere Kreditgrenze erschöpft. Geld können Agneta und ich nicht beitragen, wohl aber viele Dinge, die sich verkaufen lassen. Möbel, Krimskrams von den Dachböden, Kutschlampen, Pferdegeschirre. Meinst du, du könntest irgendwo Geld auftreiben?»

Ich dachte an Herbert, an den Monat mit ihm und seinen Teppichen, an meine geheimsten Überlegungen, daß ein kleiner Laden in Köln, wo wir uns jeden Tag sehen könnten ... Das war aus und vorbei. Plötzlich kam etwas Neues in Sicht, verlockend und verführerisch, möglich, vielleicht machbar.

Ich starrte auf meine erdverkrusteten Schuhe und überlegte. «Hör zu, ein Jahr werde ich noch brauchen. Ich kann noch nicht genug. Ich verstehe nichts von Buchhaltung und dem ganzen wirtschaftlichen Kram –»

«Das kann ich.»

Ich bezweifelte es, denn Schorsch hatte mir erzählt, daß Papa Reichsgraf keine Bücher, sondern mehrere große Pappkartons führte, in denen alles war. Aber er fand nie das Richtige. Das sagte ich nur nicht. «Der nächste Punkt ist deine liebe Tochter. Ich glaube auch, daß sie eine bessere Geschäftsfrau als Bäuerin sein wird, aber was ist, wenn die beiden ein Kind nach dem anderen in die Welt setzen? Dann wird sie die Hilfskraft, und du mußt voll arbeiten. Kannst und willst du das?»

«Ja, solange ich dazu in der Lage bin. Aber meine Frau ist jünger und könnte immer einspringen.»

Ich lachte. «Du hast aber wirklich an alles gedacht, was? Wer weiß davon? Hast du schon mit den anderen Geschäftspartnern gesprochen?»

«Kein Wort. Das möchte ich vorläufig auch nicht. Ich wollte es nur dir sagen, damit du es in deine Zukunftspläne einbeziehst, falls die Idee dir gefällt.»

Sie gefiel mir sehr. Als ich am nächsten Nachmittag zurückfuhr, hatte ich Wärme und Freundlichkeit, Dazugehören und Zukunft getankt. Während der Fahrt hielt das gute Gefühl an. Aber dann kam ich in die Wohnung, in der alles so glücklich begonnen hatte und die nun auch nichts anderes war als irgendein möbliertes Zimmer, in dem die Schicksale Unbekannter wie Moder lagen, den man durch noch so viel Lüften nicht hinausbekam.

Ich kochte Tee und setzte mich in den Sessel vor die Bücher und den leeren Fleck an der Wand. Noch elf Tage bis München. Von morgen an gerechnet. Endlose Tage und noch viel schrecklichere Nächte. Wenn ich mich jetzt noch ins Auto setzte und nach Köln fuhr – eine Dreiviertelstunde, wenn ich Glück hatte –, was dann? Nein. Das Einlenken mußte von ihm kommen. Wenn ich jetzt zu Kreuze kroch, würde ich es für den Rest meines Lebens tun müssen. Immer würde ich nachgeben, einlenken oder mich entschuldigen müssen. Immer würde ich ein schlechtes Gewissen haben. Dann war ich nicht mehr ich, und meine Liebe würde sterben. Oder war sie schon tot?

Ich rappelte mich auf, holte mein Strickzeug und schaltete das Fernsehen ein.

Und dann klingelte es Sturm.

Das konnte nicht Herbert Karsten sein, denn der war kein Sturmklingler und würde selbst in der größten Erregung nie einer werden. Ich dachte also an Telegrammboten und schlechte Nachrichten. In unserem Treppenhaus kann man nicht sehen, wer heraufkommt, weil im

Schacht der Lift eingebaut ist. Ich hörte die Schritte viele Stufen hinaufkommen, feste, kräftige Schritte auf flachen Sohlen. Ich stand unter der Wohnungstür und wartete mit Herzklopfen.

Philip Philip überwand die letzten Stufen mit zwei Riesensätzen, ließ eine Reisetasche aus der Hand gleiten und wickelte mich in eine stürmische Umarmung ein.

«Annemarie!» sagte er. «Es ist wirklich nicht leicht, dich zu finden. Überhaupt ist dieses Düsseldorf eine Scheißstadt! Weißt du, daß ich seit zwei Stunden nach einem Hotel gesucht habe, in dem eine Übernachtung mit Frühstück weniger als hundertzwanzig Mark kostet? Das ist nämlich die Untergrenze. Alle anderen Zimmer sind besetzt, weil lauter Kongresse gleichzeitig stattfinden. Ich habe nicht viele Prinzipien, aber für das Betten meines müden Hauptes und ein Frühstücksbrötchen und schlechten Kaffee bezahle ich nicht so viel.»

«Philip», bat ich, «hol' mal Luft! Ich freue mich, dich zu sehen, aber was tust du hier? Und warum hast du dich nicht vorher gemeldet? Was soll das mit den Hotels? Ich begreife gar nichts.»

«Ich bin doch mitten in den Erklärungen. Paß auf! Margarete, zu der ich wollte, meldet sich nicht. Roswitha, bei der ich angerufen hatte, scheint auch nicht zu Hause zu sein. Wo du wohnst, wußte ich doch nicht. Ich wußte nur, daß die alte Adresse nicht mehr stimmte. Wir richten ausnahmsweise ein Haus in der Nähe von Münstereifel ein. Von dort komme ich. Es hat sich ganz plötzlich ergeben, daß ich was von Margarete brauche. Ich habe es schon nachmittags bei ihr versucht, sie war nicht da, also bin ich losgefahren. Ich dachte, abends würde sie sicher zu Hause sein. Dann habe ich die Hoteltournee gemacht, wurde sauer, weil sie alle so hochmütig taten, und hätte beim nächsten bedauernden Achselzucken den Empfangschef erschlagen. Dann bist du mir als Silberstreifen am Horizont erschienen – spät, nicht? Hoffentlich bist du nicht beleidigt. Na, ich dachte, wenn einer weiß, wo du bist, wird es Herbert sein. Ich habe vom Intercontinental aus in Köln angerufen. Siehe da, er wußte deine Adresse und wußte sogar, daß du ein Sofa hast, auf dem ich schlafen kann. Und er läßt auch vielmals grüßen.»

Ich schnappte nach Luft und stierte ihn an.

«Annemarie, ehe du vor Willkommensglück völlig zur Salzsäule erstarrst: Ich muß mal ganz dringend in dein Bad. Ich platze gleich! Und gegen einen Schnaps hätte ich auch nichts. Wo geht man hin?»

Ich zeigte es ihm. Als er wieder herauskam, roch er nach meinem Eau de Cologne. Er hatte sich aus dem Filmstar im Burberry in den schönen Philip mit rehbraunen Pumphosen und einer beigen Hemd-und-Pullover-Kombination verwandelt und trug ein anmutiges Seidentuch um den Hals.

«Du bist umwerfend schön, Philip», sagte ich bewundernd. «Vielleicht hilft dir das über die schrecklichen Enttäuschungen hinweg, die dich jetzt erwarten. Erstens: kein Schnaps, überhaupt kein Alkohol. Zweitens: alles, was ich zum Essen im Haus habe, ist Orangenmarmelade, Butter und Zwieback. Ich war nämlich auch übers Wochenende fort. Drittens: –»

«Wenn du jetzt sagst, daß ich dein Sofa nicht kriege, bekomme ich einen Weinkrampf!»

«Du kriegst das Sofa. Drittens können wir erst mal fortlassen. Was möchtest du, Kaffee oder Tee?»

Er wollte Tee, kam mit in die Küche, holte seine Reisetasche, in der er einen Flachmann mit Weizenkorn hatte und zwei Tafeln Schokolade. Das steuerte er zu unserem Nachtmahl bei. Wir blieben in der Küche sitzen, und er erzählte von Lena von Rosbach, von Baumann und von Gruber, die alle an der Einrichtung des Hauses in der Eifel beteiligt waren. Er erklärte, daß er von Margarete einen Heiligen für eine Wandnische brauche, und daß er bei dem Telefongespräch mit Herbert einen Termin für Teppichkäufe ausgemacht hätte. Er hatte so viel zu erzählen, daß ich kaum ein Wort zu sagen brauchte.

Endlich fiel mir etwas Unverfängliches ein. «Margarete hat keine Heiligen.»

Er winkte ab. «Sie hat, glaub' es mir.»

«Aber nicht im Laden oder im Lager. Ich habe noch nie einen Heiligen bei ihr gesehen. Was für einen willst du denn?»

«So was hebt sie in der Wohnung auf. Manchmal auch in der Eifel. Am liebsten hätte ich natürlich einen St. Georg oder eine Madonna auf der Mondsichel. Wenn das nicht zu machen ist, nehmen wir, was wir kriegen. Ich bin da nicht so wählerisch. In eurer Gegend sind Barbaras sehr beliebt. Das einzige, was ich nicht ausstehen kann, sind schmerzverzerrte Sebastians. Aber in der Not frißt der Teufel Fliegen. Hättest du gerne einen Sebastian in einer Nische?»

«Brr! Ich möchte keine Nische, keinen Heiligen und schon gar keinen mit Pfeilen gespickten Sebastian. Was für Leute sind das, was für ein Haus wird das?»

«Das Haus wird gut. Wenn Lena und ich einrichten, machen wir es anständig. Aber es gibt bei jedem Auftraggeber einen Punkt, wo man nachgeben muß. Manchmal sind es die Farben, manchmal die Bilder, manchmal ist es irgendein unerfüllter Jugendtraum, der einfach Gestalt bekommen muß. Hier ist es die Nische für den Heiligen. Das hat die Frau unseres Auftraggebers mal bei anderen Leuten gesehen. Da waren sie noch sehr arm. Aber seither träumen sie davon. Nun hat sie ihre Nische, und ich suche den Heiligen.»

Ich lachte, aber er schüttelte verneinend den Kopf.

«Dafür sind wir doch da, Annemarie. Wir erfüllen die Wünsche reicher Leute. Wir liefern ihnen unseren Geschmack und unser Einfühlungsvermögen, machen daraus etwas, das ihnen gefällt und sich vorzeigen läßt. Unsere Häuser sehen nicht so aus, als wären sie von Innenarchitekten eingerichtet, obwohl wir das sind. Darauf legen wir großen Wert. Wenn wir fertig sind, glauben unsere Kunden, sie hätten sich das alles selbst ausgedacht, und wir wären nur die Handlanger gewesen.»

«Wie sieht deine Wohnung aus, Philip?»

«Zusammengewürfelt, gemütlich, schlampig. Die Vorzeigewohnung hat Lena. Du mußt uns besuchen. Bist du seit Juni nicht mehr in München gewesen?»

«Nein, aber in nächster Zeit komme ich gleich zweimal. In vierzehn Tagen heiratet mein Bruder. Da ertrinke ich in der Familie und werde keine Zeit haben. Aber dann komme ich wahrscheinlich zur Messe. Margarete weiß noch nicht, ob sie Roswitha oder mich mitnehmen will. Wenn ich es bin, besuche ich euch, sonst über Weihnachten. Ihr steht fest auf dem Programm.»

Nach einiger Zeit kam die Frage, auf die ich gewartet hatte. «Muß es das Sofa sein, Annemarie?»

«Ja.»

Er grinste bedauernd. «Schade. Ich habe die Eifel in so erfreulicher Erinnerung. Vermutlich bist du kein wankelmütiger Mensch. War das das ‹Drittens›, das du aufgespart hast?»

Ich nickte.

«Das hat sicher sein Gutes», sagte er und streckte gähnend die Arme über den Kopf. «Mit Lena ist nämlich zur Zeit alles in allerbester Ordnung.»

Ich holte ihm Decken und Kissen und Bettzeug und brachte ihn unter, so gut es eben ging.

Im Bett wollte ich über Herbert nachdenken. Es hatte mich verwirrt, daß er mir Grüße bestellen ließ und Philip zu mir schickte. Aber dann schlief ich ein, schlief traumlos und wurde wach, weil mir der Duft von frischem Kaffee in die Nase stieg.

Es war sieben Uhr. Ich mußte den Wecker überschlafen haben. Im Badezimmer war alles in tadelloser Ordnung, in der Küche stand die Kaffeekanne unter der Haube, der Tisch war gedeckt und im Wohnzimmer waren alle Spuren des nächtlichen Schlafgastes beseitigt. Sein Mantel hing nicht in der Garderobe, nur die Reisetasche stand noch da. An der Tür fand ich seinen Zettel: «Habe mir deinen Schlüssel geborgt, hole Semmeln, bin gleich zurück.» Hübsche runde Buchstaben, die den Zettel ganz ausfüllten.

Er brachte nicht nur Semmeln, sondern auch Eier und einen bunten Asternstrauß. Er küßte mich, sah mich an und sagte:

«Heute gefällst du mir viel besser.»

«Ich mir auch. Hast du einigermaßen geschlafen?»

«Hervorragend. Ich bin von deinem Wecker wachgeworden, wollte dir, höflich wie ich bin, überall den Vortritt lassen, aber als du dich nicht rührtest, bin ich in Aktion getreten. Ich habe eine Begabung zum Hausmann. Bist du sicher, daß du mich deswegen nicht heiraten willst? Ich würde hervorragend auf unsere Kinder aufpassen und mit Haushaltsgeld und einem bescheidenen Kleiderzuschuß auskommen.»

«Ich fürchte, das reizende Angebot scheitert am Kleiderzuschuß. Was kostet Rehleder und Samt und Seide und Kaschmir?»

«Das fragt mich Lena auch immer.»

Es war wie Weihnachten. Herbert hatte mich grüßen lassen, Philip verbreitete Wohlbehagen und Festtagsstimmung. Ich war fast glücklich.

Er fragte nach Robert und seiner Frau. Als ich Puttis Namen nannte, faßte er nach. Etwa die aparte junge Frau, die für die Museen arbeitete? Die Restauratorin? Ja. Na, da könnte mein Bruder aber zufrieden sein. So was Nettes, und was die könnte! Er pfiff bewundernd. «Du, die ist erstklassig. Wir haben ihr schon ein paarmal alte Bilder zur Beurteilung gebracht. Restaurieren kostet ein Heidengeld, und wir haben vorher gern eine Expertise, ob es überhaupt lohnt. Lena war schon ganz eifersüchtig. Und das wird deine Schwägerin?»

«Ist es praktisch schon seit einigen Jahren. Sie heiraten, weil sie ein Kind bekommt, das einen Namen haben soll.»

Vor lauter Zufriedenheit rauchte ich eine von Philips

Zigaretten. Sie trieb mir Tränen in die Augen, und ich mußte husten. «Wo hast du das Bettzeug hingeräumt?» fragte ich, als ich wieder Luft bekam.

«Ich hab es in die Decke gedreht und in deinem Besenschrank geparkt. Ich dachte, es sieht hübscher aus, wenn das Wohnzimmer wieder frei ist. Ich hoffe nämlich, daß du mich noch eine Nacht beherbergst. Tust du das?»

Ich nickte.

«Wobei mir einfällt: Was macht eine von Herberts kostbarsten Miniaturen in deinem Besenschrank? Steuertricks hätte ich ihm nie zugetraut. Dazu ist er doch viel zu anständig. Wenn du sie schon für ihn aufbewahrst, kannst du sie dann nicht an die Wand hängen? Dann hättest du doch auch was davon.»

Ich wurde feuerrot.

«O Gott! Verzeih mir, Annemarie. Ich habe den Eindruck, daß ich bis zu den Knien in Fettnäpfchen stehe. Das kommt von meiner Neugier. Wenn ich ein kostbar und sorgsam gerahmtes Bild sehe, muß ich wissen, was drauf ist. Ich habe es natürlich umgedreht. Ich werde gleich nicht mehr davon reden. Aber du mußt es aus dem Besenschrank holen. Es ist eine Barbarei. Und wenn sie Schaden nimmt ...»

Er verstummte, betrachtete mich aber weiter aufmerksam. Dann schüttelte er den Kopf. «Als du gestern abend Nein sagtest, dachte ich, es wäre wegen dem dicken Sommersprossigen im Silberrahmen. Auf Herbert wäre ich nie gekommen. Er hat es auch mit keiner Silbe angedeutet. Ich kombiniere: Wenn die Miniatur im Besenschrank steht, bist du nicht auf einer Woge des Glücks, sondern in einem ziemlich tiefen Wellental. Über Herbert kann ich mit dir nicht reden, der ist mir zu schwierig. Ich könnte dich aber aus dem Wellental fischen. Wenn du willst, setze ich meinen unnachahmlichen Charme ein und beschimpfe ihn fürchterlich. – Ja, ich sehe dir an, daß du nicht an mich glaubst. Erspare dir deine Bemerkungen. Dann werde ich eben nicht mit ihm reden! Brauchst du vielleicht einen Kümmerer?»

«Ich habe seit gestern abend einen, Philip. Ich danke dir. Und wenn wir uns jetzt nicht beeilen, komme ich zu spät ins Geschäft. Fährst du gleich mit?»

Es wurden zwei wunderbare Tage voller Unruhe und Wirbel. Philip rannte Roswithas kleine Festung im ersten Anlauf über den Haufen. Sie schäkerten, schwatzten und lachten ungezwungen. Margaretes Bollwerk, hinter dem sie sich und ihre Heiligen verschanzte, brauchte Sturmböcke und Geschosse aus brennendem Pech. Philip schaffte es mit saftigen Klatschgeschichten, mit hinreißenden Komplimenten und sehr lukrativen Einkäufen. Unter anderem einen Heiligen Josef.

Am Abend lud er uns alle drei zum Essen ein; dann landeten wir in Margaretes Wohnung, wo er den Heiligen abholte, in eine Decke gewickelt in mein Auto trug und ihn selber nach Hause fuhr, weil er mir das Steuer bei einer so kostbaren Last nicht anvertrauen wollte. Aber bevor es so weit kam, tranken wir bei Margarete noch Mokka. Sie schnurrte wie ein alter asthmatischer Kater und wurde bärbeißig komisch, was ihr besonders gut steht. Seit langer Zeit mochte und bewunderte ich sie wieder.

«Die Teppiche sind von meinem Schwager Karsten», sagte sie zu mir, als ich die Wohnung besichtigen durfte.

Sie hatte mich noch nie zu sich eingeladen. «Mein Mann war sein älterer Bruder. Darum hat er auch den elterlichen Hof in der Eifel geerbt. Wir haben später natürlich ausgebaut und modernisiert. Aber wenn ich sterbe, fällt der Hof an Herbert zurück. Hoffentlich heiratet der endlich einmal. Sie waren doch jetzt so lange bei ihm, Annemarie, haben Sie was von einer Freundin bemerkt? Wenn ich ihn frage, macht er so...» sie ahmte Herberts Schweigegesicht nach und traf es mit pantomimischer Perfektion, obwohl sie wie ein altgewordener Posaunenengel aussah. «Na?»

«Ich weiß nichts. Ich habe einmal eine wunderschöne Perserin gesehen...»

«Ach, die zählt nicht. Die ist mit dem Burri aus Zürich verheiratet. Den kennen Sie doch?»

Auf einmal standen Roswitha und Philip neben uns. «Margarete, was vollbringt der Heilige Josef?» fragte Philip. «Ich habe Roswitha schon gefragt, aber die weiß es nicht. Ich bin ein Heide. Du müßtest das doch wissen.»

Margarete lachte. «Haben eure Kunden Töchter?»

«Ja, zwei.»

«Hervorragend. Man betet zum Heiligen Josef, wenn man einen Mann sucht.»

«Das sagen Sie mir jetzt erst!» Roswitha machte ein komisch-vorwurfsvolles Gesicht. «Und nun verkaufen Sie ihn auch noch an diesen Schlingel. Hätten Sie ihn doch als unverkäufliches Dekorationsstück ins Geschäft gestellt. Wer weiß, was aus mir geworden wäre!»

«Eine ehrbare Frau», sagte Philip und legte ihr den Arm um die Schultern.

Auf der Heimfahrt setzten wir Roswitha vor ihrer Haustür ab, stellten das Auto unter die verhängnisvolle Laterne in der Mitte zwischen Roswithas und meiner Haustür und überredeten sie dann, mit dem Kustos noch auf einen allerletzten Schnaps herüberzukommen. Ich war mittags zum Einkaufen gegangen, hatte tief ins Portemonnaie gegriffen und den traditionellen Schweizer Birnenschnaps gekauft.

«Annemarie hat heute ihre Spendierhosen an», sagte der Kustos.

«Den Spruch habe ich schon lange nicht mehr gehört!» Philip lachte. «Ich kenne ihn von Lenas Großeltern.» Er erklärte dem Kustos, daß er nach dem Tod seiner Eltern bei den Rosbachs aufgewachsen wäre. Es war sympathisch und nett, wie er den anderen einbezog und in alle Kreuz- und Querverbindungen mit den beiden Karstens, mit Baumann und Gruber einweihte. Ich dachte an den Teddy und ob der auch auf Reisen mitgenommen wurde. Aber dann vergaß ich ihn, weil wir den Heiligen Josef aus seiner Decke wickelten und bewunderten.

«Der gehört in eine Kirche oder ein Museum», sagte der Kustos fast traurig.

Wir drei anderen sahen uns schuldbewußt an. Was hätten wir sagen sollen?

Beim Frühstück am nächsten Morgen, das ich gemacht hatte, weil ich diesmal rechtzeitig aufgewacht war, kam das Thema zur Sprache, über das ich immer nachgedacht hatte, ohne eine Lösung zu finden.

«Was soll ich Herbert sagen?» fragte Philip. «Kann ich ihn grüßen?»

«Ja.»

«Vielleicht fragt er mich über dich aus. Was dann?»

«Das wird er nicht.»

«Also gut.» Philip grinste. «Ich grüße ihn nur ein bißchen. Dann sage ich, die Miniatur stünde im Besenschrank –»

«Nein!»

«Schön. Ich sage, ich hätte keine Miniatur gesehen, aber bei dir wäre plötzlicher Reichtum ausgebrochen. – Halt, das sage ich natürlich nur, wenn er mich fragt. Sage ich des weiteren, wir hätten zwei bezaubernde Nächte miteinander verbracht – ich auf dem Sofa, du in deinem Bett?»

«Philip!»

Ehe ich ins Geschäft fuhr, nahm ich Abschied vom Heiligen Josef, der im Wohnzimmer neben dem Sofa stand. Bist du auch zuständig, wenn man nicht irgendeinen, sondern einen ganz bestimmten Mann braucht? fragte ich ihn stumm. Einen, den man liebt, aber mit dem es nicht geht, weil alles so kompliziert ist? Kannst du da auch helfen?

Der Heilige Josef hatte ein feines, müdes Gesicht aus Lindenholz; er blickte versunken in die Ferne.

Während Philip bei Herbert in Köln war, begann Roswitha mit mir einen Schnellkursus in Buchführung. In den nächsten Tagen schwirrte mir der Kopf. Noch nie in meinem Leben hatte ich eine Bilanz gelesen; ich hatte sogar Schwierigkeiten, zwischen Soll und Haben zu unterscheiden, weil dauernd Posten auf der Soll-Seite auftauchten, die nach meinem Gefühl ins Haben gehört hätten. Ich lernte, daß Rückstellungen etwas völlig anderes sind als Rücklagen. Ich saß staunend vor Steuererklärungen und Steuerbescheiden, bei denen ich nicht einmal die Computertexte richtig lesen konnte. Roswitha erklärte mit Schafsgeduld, aber nach acht Tagen war es nicht viel besser geworden. Ich dachte an Papa Reichsgrafs Kartons und an das, was Roswitha hier betrieb, und sah mich alt und grau werden, bis ich an den eigenen Laden denken konnte.

«Werfen Sie nicht gleich die Flinte ins Korn, Kindchen», sagte sie am Donnerstag, an dem ich nachts nach München fahren wollte. Wir tranken Tee, und ich hatte den Kuchen gestiftet, weil Margarete mir den Freitag freigegeben hatte, ohne daß er mir auf den Urlaub angerechnet wurde. «Wenn Sie erst einmal Ihren Bruder verheiratet haben, fangen wir wieder an. Auf einmal geht es dann plötzlich. – Sagen Sie, was schenken Sie eigentlich?»

«Mein Zwiebelmuster-Kaffeegeschirr. Ich habe es für sechs Personen beisammen, sogar mit Zuckerdose und Milchkännchen.»

«Was? Ihr mühsam zusammengesuchtes Porzellan? Behalten Sie denn noch was davon?»

«Nicht mehr viel. Den Rest schenke ich den beiden nach und nach. Ich werde dann wieder mit was Neuem anfangen.»

Ich sagte ihr nicht, daß mir das Sammeln keinen Spaß mehr machte. Zuletzt hatte ich es gebraucht, als Herbert bei mir war. Jetzt mochte ich es nicht mehr. Was für eine feine Art der Selbstbestrafung! Mir gefällt mein Porzellan nicht mehr, die Miniatur steht im Besenschrank. Welches Glück, daß ich den Teppich nicht genommen habe! Hätte ich ihn nun in kleine Stückchen geschnitten? Allein beim Gedanken daran wurde mir ganz elend.

«Annemarie, was ist mit Ihnen und Herbert Karsten?» Das hatte sie lange nicht mehr gefragt. Jetzt machte sie einen neuen Versuch.

«Das ist aus, Roswitha. Ich möchte bitte nicht darüber sprechen.»

«Okay.»

Sie sah mich aufmerksam an, mit einem Ausdruck grimmiger Entschlossenheit.

Als der Zug in Köln hielt, saß ich auf dem Schlafwagenbett und starrte auf den Bahnsteig. Wir waren nie zusammen auf dem Bahnhof gewesen, aber dies war Köln, das ich nun auch nicht mehr mochte. Der Schaffner führte eine redselige, umständliche ältere Dame ins Abteil. Bis sie verstaut war, bis wir die Betten getauscht hatten, weil sie lieber unten schlief, bis ihre Taschen und Köfferchen untergebracht waren, lag Köln weit hinter uns. Ich kletterte nach oben und heuchelte Schlaf, um ihrer Redeflut zu entkommen, lag aber lange wach.

In München stand mein Vater auf dem Bahnsteig. Die Trauung sollte um elf Uhr sein. Wir hatten vier Stunden Zeit zum Wiedersehen, Frühstücken und meiner ersten Begegnung mit Lola. Sie erwartete uns in Vaters – unserer – alten Wohnung. Eine hübsche Frau mit braunen Haaren, braunen Augen mit Lachfalten, einem runden sommersprossigen Gesicht, breiten Schultern und breiten Hüften. Roberts Beschreibung war von vorne bis hinten falsch.

«Das ist Annemarie», sagte Vater, «und das ist Lola.»

«Sie hab' ich mir ganz anders vorgestellt», sagten wir

fast im Chor, mußten darüber lachen und waren damit über alle Anfangsschwierigkeiten weg.

Sie hätte nicht erwartet, daß ich ebenso schlank und fast so groß wie Robert und Vater wäre. Alle hätten ihr erzählt, ich wäre klein und stämmig, und das hätte sie getröstet, weil sie selber so kurz und rund geraten wäre. Ich tröstete sie damit, daß ich meistens zehn Pfund mehr wöge. Ich hätte sie mir als mondänen Vamp mit tiefen Ausschnitten vorgestellt.

«Dahinter steckt dein Robert», sagte sie zu Vater. «Das ist ein frecher Bursche!»

Wir saßen endlos lange am Frühstückstisch, und ich erfuhr alles über ihr Kennenlernen, über Lolas Teehaus und ihre Kunden. Sie zeigte mir Fotos. Dann fragten sie mich über den Beruf und meine Pläne aus und nahmen so viel Anteil, daß ich von Papa Reichsgrafs Vorschlag mit dem eigenen Geschäft erzählte, und daß die Hauptschwierigkeit das Geld wäre.

Lola legte die Stirn in Falten. «Das mit dem Kapital sehe ich ein, Annemarie. Ich darf doch du sagen, ja? Aber da könnte man doch was machen, wenn wir alle zusammenlegen? Wenn du von mir was nimmst und von deinem Vater –» Sie schnippte mit den Fingern. «Der Wolfgang, den müßte man fragen!»

Wieder mal Wolfgang, der Allerweltsfreund. Wenn sie ihn Wolfgang nannte, kam sie auch mit Mutter zurecht. Als sie von Robert sprach, klang das so freundlich und fröhlich, daß auch da alles klar sein mußte.

«Wie macht ihr das alle?» fragte ich Vater. «Ihr könntet euch spinnefeind sein, aber jeder singt in den höchsten Tönen das Loblied des anderen. Siehst du denn Mutter und Wolfgang? Vertragt ihr euch wieder?»

«Ich werde gesehen, und ich werde vertragen.» Vater schmunzelte. «Annamirl, du gerätst in die Geburtswehen eines neuen Großkonzerns. Diese drei Geschäftshyänen, Wolfgang, deine Mutter und Lola haben sich gesucht und gefunden. Lola hat Wolfgangs Kantine besichtigt, für schlecht befunden, einen neuen Leiter empfohlen und dafür gesorgt, daß es besseres und gesünderes Essen gibt. Deine Mutter hat über Wolfgangs Firma für Lolas Teehaus neues Geschirr und rosa Leinendecken bestellt, um das ‹Image› aufzubessern. Alles zu Fabrikpreisen. Wenn du dich nicht vorsiehst, wirst du eingeplant und kommst da nie wieder heraus.»

Wie recht er hatte! Zwei Tage München, und ich steckte in einem Leimtopf allgemeinen Wohlwollens.

Vater will mir zehntausend Mark schenken, weil ich bisher so bescheiden war und so billig studiert habe. Wolfgang kann mir billige Kredite beschaffen oder selbst zinslos investieren. Mutter findet die Idee mit dem alten Wasserschloß in Westfalen, dem gräflichen Namen und Agneta als Partnerin erstklassig. Sie kennt die richtigen Kunden für uns, reiche Leute, die es apart finden, Einkaufsreisen zu Schloßherren auf dem Land zu unternehmen. Sobald die Sache steht, wird sie sie schicken.

Putti: «Sie reden von nichts anderem als deinem Laden. Dabei dachte ich, Robert, ich und Amor oder Psyche würden die Hauptrolle spielen. Woher denn! Mirl, du stiehlst uns die Schau, aber ich liebe dich trotzdem. Sag mal, haben deine Grafens alte, vergammelte Bilder, die ich restaurieren könnte? Fürs Geschäft meine ich. Falls sich einer Ahnen zusammenkaufen will. Wenn du mir ein

Foto vom Käufer schickst, male ich über Generationen eine Familienähnlichkeit hinein. Für dich vergesse ich mein Berufsethos und allen Anstand.»

Robert: «Mirl, geliebte Schwester, sie überziehen dich mit einem Schokoladeguß und wickeln dich in lila Glitzerpapier. Ich habe noch nie von einer Verlorenen Tochter gehört. Du mußt das erste Exemplar sein. Was haben sie denn alle? Kann eine Familie ein schlechtes Kollektivgewissen haben – oder müßte ich kollektives schlechtes Gewissen sagen? Sie schütten Liebe über dich aus. Nicht, daß ich dir das nicht gönne – aber wenn du nicht aufpaßt, bleibst du am Fliegenleim hängen.»

«Du, ich habe auch schon an einen Leimtopf gedacht. Was ist in sie gefahren? Bist du auch verplant?»

«Und ob. Ich soll Wolfgangs Nachfolger werden. Mein ‹Erfindungsgeist› ist genau das, was er braucht. Später natürlich, nicht gleich – dazu sind sie viel zu gescheit. Nur Putti ist noch aus dem Rennen, weil sich eine bayrische Staatsbeamtin mit Kind im Bauch so schlecht verplanen läßt.»

«Na, ich weiß nicht. Sie hat mir eben angeboten, Ahnenbilder zu restaurieren und zu fälschen, die von Mutters Chi-Chi-Clique gekauft werden.»

«Wir gründen einen Verein, Mirl. ‹Rettet die Waldkirchs!› Gefällt dir das?»

«Wer soll gerettet werden?»

«Das ist doch klar: Du, ich, seit heute Putti, die auch Waldkirch heißt, dann Amor oder Psyche und Vater. Wir sind in Gefahr, von normal ihren Unterhalt verdienenden Menschen in die Kategorie der Geldmacher geboxt zu werden. Das muß verhindert werden. Unsere edlen Seelen könnten daran Schaden nehmen. Kannst du dir vorstellen, daß du im Schaufenster einen Pelz siehst, ihn haben willst, in den Laden gehst und ihn kaufst? Kannst du dir vorstellen, daß es dir und mir Spaß macht, in einem Luxusrestaurant zu Abend zu essen, wenn wir das jeden Tag könnten? Wie sollten wir entdecken, daß wir so dicht am Inzest gebaut haben, wenn so ein Nachtmahl nicht mehr ein Glanzpunkt in unserem Geschwisterdasein ist?»

Wir sahen uns an und grinsten dümmlich. Vater kam dazu und fragte: «Was soll das Augurenlächeln?»

«Wenigstens ein gebildeter Mensch in der Familie», stellte Robert fest. «Weiß ich doch endlich, wie ein Augurenlächeln aussieht. Dir steht es, Mirl.»

Vater entwickelte gelegentlich eine Wahrnehmungsfähigkeit, die einem Angst einjagte. «Du hast immer noch die elegante Art, Robert, mißliebigen Fragen aus dem Weg zu gehen. Das konntest du schon als ganz kleiner Bub. Seid ihr mit eurer Geheimbesprechung fertig? Ich wollte euch nur warnen: Laßt euch nicht zu sehr einwikkeln. Bewahrt euch eure Selbständigkeit. Aber darüber können wir immer noch reden.»

Robert sah hinter ihm her. «Schon wieder ein deus ex machina, was? Damals wie heute. Ein Kellner und ein Vater.»

«Dummkopf!» sagte ich. «Heute brauchen wir keinen mehr, und damals war es ganz anders.»

Ich erzählte, und Robert hörte anfangs ausdruckslos zu; dann begann er allmählich zu schmunzeln, und endlich lachte er. «Er muß dich lieben, Annemarie. Hundert Mark für ein Stolpern! Weiß er, daß er deinen Bruder aus dem Feld geschlagen hat?»

«Ja.»

«Warum hast du ihn nicht mitgebracht?»

«Weil es vorbei ist. Endgültig.»

Ich rettete mich zu Wolfgang, der gerade allein saß.

Ich kam vom Regen in die Traufe.

«Gut, daß wir mal allein sind», sagte Wolfgang. «Ich muß dir endlich erzählen, was mir neulich in Köln mit deinem Karsten passiert ist.»

«Er ist nicht ‹mein› Karsten, Wolfgang. Nicht mehr.»

«Ach? Den Eindruck hatte ich eigentlich nicht. Er sprach von dir, sagte, du wärst so nett zu seinem Vater gewesen und hättest von ihm den Staatsteppich geerbt, der im Geschäft an der rechten Wand hängt. Du wolltest ihn nicht, hat er gesagt, aber er würde ihn für dich aufheben. Es könnte doch sein, daß du mal Geld brauchtest. Ich bin ein Geschäftsmann, Annemarie. Ich habe ihn nach dem Wert gefragt und bin fast auf den Rücken gefallen. Ist dir klar, daß du ein wohlhabendes Mädchen geworden bist?»

«Wolfgang, können wir das Thema fallenlassen? Ich möchte nicht über Karsten reden, nicht über den Teppich und schon gar nicht über seinen Wert. Und halte bitte den Mund. Ich flehe dich an.»

«Ich hab es niemand gesagt, Annemarie. Aber von Karsten soll ich dir was bestellen. Als ich von Roberts Hochzeit sprach, und daß du kommen würdest, benahm er sich wunderlich. Er lief hin und her, blieb mit einem Mal stehen und sagte etwas, was ich nicht verstanden habe. ‹Ich brauche dringend die Sternschnuppe. Sie soll sie mir wiedergeben. Sagen Sie ihr das.› Weißt du, was das bedeutet?»

«Ja.»

Er wartete auf eine Erklärung, aber ich floh weiter. Neben Putti war ein Stuhl frei. Sie strahlte und sah mich aus runden, sanften Augen an.

«Auf einmal siehst du Agneta ähnlich», sagte ich. «Du hast denselben seelenvollen Blick einer Kuh.»

«Herzlichen Dank.»

«Das war ein Kompliment, Putti. Du hast sonst immer so wache, klare Augen, die alles sehen und erforschen. Jetzt strahlst du eine Sanftmut aus, die dir steht.»

«Ich fühle mich auch sanftmütig, Annamirl, sonst ginge ich auf dich los. Seit ich Amor oder Psyche mit mir herumtrage, komme ich mir vor wie eine Kuh, die wiederkäut, auf der Wiese steht, einen Grashalm aus dem Maul hängen hat und ins Leere blickt.»

«Was für ein hübsches Bild. Wie von Potter. Wenn ich jemals ein Kind bekommen sollte, mußt du es mir malen. Ich wünsche mir ein Kuhbild.»

«Gut, du kriegst die seelenvollste, kitschigste Kuh, die es je gegeben hat.»

Am Samstag, beim Familientreffen in erweiterter Auflage, zu dem Puttis Familie und unsere Tanten mit Anhang in Wolfgangs Haus kamen, erzählte ich ihr von Philip Philip. Wir beschlossen, uns bei der nächsten Gelegenheit mit ihm und Lena in München zu treffen.

Das Familienfest wurde laut und fröhlich und dauerte lange.

Am Sonntagmorgen – mittags ging mein Zug – lag ich noch im Bett, als Robert anrief. «Ich muß mit dir reden», sagte er. «Ich komme zu euch und hole dich ab. Anschließend bringe ich dich zum Zug.»

«Was ist denn?»

«Das sage ich dir gleich.»

Er wartete, bis ich neben ihm im Auto saß.

«Dein Düsterer von den Teppichen hat mich aus dem Brautbett geklingelt. Er dachte, du wohntest bei uns. Er wollte dich unbedingt sprechen. Er hat aus Köln angerufen. Da ich in dein Liebesleben nicht eingeweiht bin, wußte ich nicht, was ich sagen sollte. Ich habe mich dann darauf beschränkt, mitzuteilen, daß du ab Montag wieder in Düsseldorf wärst. War das richtig?»

«Ja.»

Er warf mir einen Seitenblick zu und fuhr zum Bahnhof, wo wir uns in ein Café setzten. Dann sah er auf die Uhr. «Etwas mehr als eine Stunde. Beeil' dich. Ich möchte alles hören. Du hast Kummer, siehst wie ein halbverhungertes Pferd aus, was dir zwar steht, aber nicht zu dir paßt. Wo bleibt dein fröhliches Leben, Mirl? Wie hast du es mal genannt? Leicht, heiter, hingetupft? O je! Um beim Pferd zu bleiben: Du siehst so aus, als hätten sie dich einmal zu oft über die Hindernisse gejagt und dafür gesorgt, daß du dir an jeder Stange wehtust. – Nein! Laß das! Ich kann heulende Frauen nicht ertragen, dich schon gar nicht. Seit wann gehst du unter die Erpresser?»

«Okay.» Ich erzählte ihm das ganze Karsten-Drama mitsamt den viel zu gewichtigen Geschenken, erst die Miniatur, dann der Teppich, der geerbt sein sollte und Hunderttausende wert war. «Ich bin gefesselt, Robert. Mit goldenen Ketten gefesselt.»

«Und darum hast du einen Streit heraufbeschworen?»

«Nein. Es war ganz anders. Schorsch war in Düsseldorf –»

«Das mußte ja kommen!»

«Nein, es war ganz harmlos. Ich war mit Schorsch abendessen, dann hat er mich nach Hause gefahren. Er ist nicht mal aus dem Auto gestiegen. Aber Karsten hatte auf der anderen Straßenseite geparkt und auf mich gewartet. Er hat Schorsch gesehen.»

«Wobei hat er ihn gesehen?»

Ich wurde rot. «Er wollte mich küssen. Wir hatten gealbert. Es war absolut harmlos. Ich habe mich gewehrt und bin ausgestiegen, und Schorsch ist abgefahren. Kar – Herbert kam und machte mir eine Szene. Wenn ich mich schon nicht seinetwegen schämte, sollte ich mich wegen Agneta schämen. Dann hat er gesagt: ‹Das ist ja ekelhaft› und ist davongebraust.»

«Und was war dann?»

«Nichts. Absolute Funkstille.»

«Dieser verdammte Schorsch, dieser tölpelhafte Hans im Glück!» sagte Robert. «Immer pfuscht er in dein Leben, und du hältst auch noch zu ihm.»

«Das ist nicht mehr wahr, Robert. Es ist vorbei. Er geht in seiner Landwirtschaft auf, liebt Agneta und schuftet von morgens bis abends. Ich liebe ihn nicht mehr. Als ich ihn noch liebte, wollte ich ihn im Schloßgraben ertränken. Symbolisch, meine ich, nicht wirklich. Ich habe es mir nur ausgemalt.»

Robert lachte. «Das ist das einzige, was ich dir bedingungslos glaube, Mirl. Welch hübsches Bild. Ich sehe dich, wie du ihn über das Geländer stemmst. Ich kann mir nur nicht vorstellen, daß Karsten sich nicht gerührt hat. Ich hatte den Eindruck, daß er auf dich wartet. Bist du ehrlich?»

«Vor zehn Tagen hat er mir einen Gruß bestellen lassen. Und jetzt, vorgestern, hat mir Wolfgang was von ihm ausgerichtet. Er war bei ihm in Köln.»

«Wann?»

«Er sagte ‹neulich›. Ich habe ihn nicht gefragt.»

«Warum bist du so hart? Drei Botschaften! Was soll der arme Mann noch alles tun? Willst du nicht einlenken? Ich habe fast Mitleid mit ihm, wenn er auch nicht der Geschicktesten einer zu sein scheint. Erst sieht er uns beide, dann muß er zusehen, daß du beim unverhofften Wiedersehen mit Schorsch beinahe in Ohnmacht fällst, und kaum glaubt er, das ist alles überstanden, erwischt er dich mit Schorsch im Clinch.»

«Es war kein Clinch! Robert, ich hätte es erklären können.»

«Ich glaube dir das. Aber wenn du dir so schwierige, komplizierte Männer aussuchst, mußt du ihnen einräumen, daß sie schwierig reagieren. Wenn du es nicht tätest, wärst du dumm, und das bist du nicht. Wenn du vor lauter Liebeskummer abmagerst, kann man davon ausgehen, daß du ihn liebst. Was steckt wirklich dahinter?»

«Ich habe Angst vor den Ketten. Ich habe mir meine Freiheit erkämpft, Robert. Ich habe einen Beruf gefunden, der mir Freude macht. Kaum erzähle ich der Familie davon, werde ich verplant. Ich habe mich in einen Mann verliebt, der mich binden und festhalten und umformen will. Meine Freiheit –»

«Mirl! Freiheit ist ein Wort, nichts weiter. Es wäre ein Armutszeugnis, wenn du es nicht fertigbrächtest, dir in jeder Lebenssituation den Raum zu schaffen, den du brauchst. Wehr dich gegen die Familie. Wehr dich gegen

Schorsch und allen Anhang. Sie wollen alle mehr von dir als du von ihnen. Wenn du Karsten liebst, geh zu ihm, heirate ihn meinetwegen und setze Kinder in die Welt. Zum Umformen gehören nun einmal zwei. Du willst ihn doch wohl auch ändern, oder? Dabei liebst du ihn doch, weil er er ist. Heirate ihn, kriege Kinder und mache trotzdem dein Geschäft auf, wenn dir das so wichtig ist. Beweise doch, daß du organisieren kannst. Wir anderen wissen das. Ich glaube, es geht darum, daß du es dir selbst beweisen mußt. Und wo bleibt die Freiheit, wenn du etwas mußt? Denk darüber nach, Mirl. Die Zugfahrt ist lange genug.»

So lange war sie gar nicht. Als der Zug am Abend im Bahnhof von Köln hielt, wußte ich immer noch nicht, was ich wollte. Aber dann stand ich plötzlich auf dem Bahnsteig und sah hinter meinem Zug her.

Jemand sagte: «Annemarie!»

Nach längerer Zeit kam ich wieder zu mir und löste mich aus den Armen, die mich festhielten, weil dicht neben uns einer pfiff. Wir drehten uns um und sahen in die lachenden Gesichter von zwei jungen Soldaten, die auf dem Bahnsteig standen.

«Gar nicht so ohne, Opa», sagte einer zu Herbert.

Wir lachten alle vier.

Er nahm meinen Koffer, hielt mich mit dem anderen Arm umfaßt und zog mich zum Ausgang.

«Woher weißt du ...?» fragte ich.

«Dein Bruder hat mich nachmittags angerufen und mir gesagt, wann der Zug hier ist, und in welchem Wagen du sitzt. Du solltest dich um seine Manieren kümmern, Annemarie. Er hat gesagt, ich wäre ein Idiot. Ich gebe zu, daß ich einer bin, aber ich lasse es mir nicht gern sagen. Deinetwegen habe ich mir viel anhören müssen. Nicht nur von deinem Bruder.»

«Das verstehe ich nicht.»

«Oh, in schöner Reihenfolge. Erst Philip. Du wärst das Beste, was mir im Leben passieren könnte. Statt zuzugreifen, machte ich dich unglücklich. Dann Roswitha. Sie hat mich beschimpft. Danach kam ich mir wie einer vor, dem die Dame Fortuna samt Füllhorn vor der Nase davongelaufen ist. Siehst du dich als Dame Fortuna?»

Ich schüttelte benommen den Kopf.

«Meinetwegen wärst du zum Skelett abgemagert.»

«Ich habe mir Fortuna immer als besonders üppig vorgestellt, Herbert. Sehe ich denn wie ein Skelett aus?»

Er schob die Hand in meinen Mantel. «Nein, aber du fühlst dich falsch an. Dann kam der Mann deiner Mutter und hat mich schlankweg erpreßt. Er würde ja gern Teppiche kaufen, aber nicht ohne dich. Wenn du und ich – wenn wir nicht mehr – nein, dann ginge es leider nicht.»

«Von Roswitha wußte ich nichts. Bei Philip war ich nicht sicher. Und Wolfgang hat mir deine Botschaft erst am Freitag in München ausgerichtet. Ich bin ausgestiegen, weil ich dir etwas bringen wollte, das dir gehört . . .»

«Was?»

«Weißt du es nicht?»

«Doch, ich weiß es.»

«Ach, wäre ich doch früher gekommen – mit der Sternschnuppe.»

«Statt mit dem Intercity?»

«Ich liebe dich.»

«Sag das noch mal, Annemarie.»

[illegible] sie [illegible] ich [illegible] es nur [illegible] [illegible] und der anderen [illegible] [illegible].

[illegible]

[illegible] Philip. Du [illegible] [illegible] was [illegible] passieren könnte. Statt zu [illegible] unglücklich. Dann [illegible] [illegible]. Danach kam ich mir wie einer [illegible] vor [illegible] [illegible] dich [illegible] [illegible] den Kopf.

[illegible] gemacht [illegible] immer [illegible] [illegible]

[illegible] Markt [illegible] du [illegible] [illegible] [illegible]

[illegible]

[illegible]

[illegible]

[illegible]

[illegible] mit Hammarat [illegible]